荒野求生

华为精英

驻外手记

Man vs.Wild

令狐无忌 /著

新世界出版社
NEW WORLD PRESS

图书在版编目（CIP）数据

荒野求生／令狐无忌著．—北京：新世界出版社，
2014.7
ISBN 978-7-5104-5107-2

Ⅰ．①荒…　Ⅱ．①令…　Ⅲ．①长篇小说—中国—当代
Ⅳ．①I247.5

中国版本图书馆 CIP 数据核字（2014）第 147647 号

荒野求生——华为精英驻外手记

作　　者：令狐无忌
责任编辑：张　奇　周　强
责任印制：李一鸣　黄厚清
出版发行：新世界出版社有限责任公司
社　　址：北京西城区百万庄大街 24 号（100037）
发 行 部：（010）6899 5968（010）6899 8733（传真）
总 编 室：（010）6899 5424（010）6832 6679（传真）
http：//www.nwp.cn
http：//www.newworld-press.com
版 权 部：+8610 6899 6306
版权部电子信箱：frank@nwp.com.cn
印　　刷：三河市骏杰印刷有限公司
经　　销：新华书店
开　　本：710mm×1000mm 1/16
字　　数：240 千字　　**印　　张**：17
版　　次：2014 年 9 月第 1 版　2014 年 9 月第 1 次印刷
书　　号：ISBN 978-7-5104-5107-2
定　　价：35.00 元

自 序

2012年7月14日，星期六，法国国庆日。

我和几个同伴一大早就藏在了卢浮宫里。卢浮宫太大，计划了半天时间只能是走马观花。我们看了三件镇馆之宝：维纳斯、蒙娜丽莎和胜利女神。这三位美女中一位断了胳膊，另外一位没了脑袋，但她们仍是西方世界美的象征，也是卢浮宫的骄傲。我完全不懂得绘画，仍然在一间间油画展厅里倘佯，一幅《拿破仑一世加冕大典》令我驻足，凝望画上精彩，凭吊一代枭雄登峰造极的那一天。还有一幅画上是个小女孩为一位劳作的老者举着蜡烛，本来我已走过，一位站在画前静静欣赏的女士用充满遗憾、饱含急切的语气轻声喊道："不要错过这一幅啊！拜托！"我走了回来，果然被它光影间的栩栩如生所折服。我们拿着博物馆印制的地图，对照上面算是官方推荐的名作标注找来找去，几次路过埃及馆时我都心弦一动，只是微微一动，就想着时间太紧张而没有停下脚步，没有多看一眼那些来自北非古老国家的熟悉又陌生的文物。

午后出了卢浮宫，经过小凯旋门，在杜勒丽花园的草坪上吃了午餐，然后往香榭里舍大街、凯旋门方向去。法国人每年都要隆重纪念象征自由和革命的7月14日，巴黎每年都要用香榭丽舍大街的阅兵和埃菲尔铁塔的焰火来装点这一天。我走到协和广场时为了庆典而聚集的人群尚未散去，身着礼服的军人随处可见，我一眼就看见了广场上那座纪念碑，那座从埃及来的方尖碑。六年前我在卢克索神庙前的夜色里遇见过另外那一根，知道了它们本是一对，这一根背井离乡，从尼罗河畔来到了塞纳河边。只是，法国人怎么给它涂了个如此浮华的金顶？我站在那里，站在巴黎广场的和谐里，远远望着孤独的方尖碑，开始惦念开罗。埃及动荡的局势是否已快平定？尼罗河是否已经恢复了它的波澜不惊？周末的夜色里，迈阿第大街小巷上那些若隐若现的笑脸是否一如既往？

2011年以来，突尼斯、埃及、利比亚、也门、叙利亚，这些国家的名字一个接着一个变成了新闻里的热门词，阿拉伯世界的变化来得如此突然。一百个人眼里有一百个哈姆雷特，每当看到电视中的种种乱象，看到网络上的各式评论，我总是从心底里抱不平："不，这个世界并不属于穆巴拉克、卡扎菲、巴沙尔、萨利赫，更不会属于萨科奇、奥巴马和普京！"我相信尘归尘土归土以后，突尼斯的西迪布塞仍然会是浪漫的蓝色小镇，白色茉莉花只是扎成小束别在小镇男人们耳廓的装饰；开罗解放广场是藏着木乃伊和图坦卡蒙黄金面罩的博物馆，是夜色里有着魅惑光影的尼罗河和河滨路上招揽游客的旧式马车；的黎波里的绿色广场只是喧嚣夜晚里阿拉伯水烟的迷香；也门的萨那是蜂蜜、咖啡与卡特叶的协奏，是明月和弯刀的辉映；叙利亚的哈马只是古老的水车之邦，那里有着令人难忘的美味冰淇淋。

我所在的这家公司这几年越来越无法低调，既是因为它自己走出单一电信运营商市场，更主动在企业市场、手机等消费者领域拓展业务的必然，亦有树大招风的被动。满世界在讨论它的狼性、神秘；机场、车站的书店里到处可见高谈阔论关于它的领袖与管理的书籍；美国人更是不厌其烦地将美国的网络安全与两家中国公司联系在一起，没完没了地否决、质疑、调查、听证。我加入这家公司已经超过十三年，身边所遇见的只是一张张青春的脸，他们质朴又纯真、随和又倔强，他们来自中国的东西南北、大城小镇，他们行走在世界各个角落。我相信二十年后再回首，他们是微不足道的小人物，但也是一个时代的见证者，是中国企业和“企业人”走向世界的亲历者，是他们自己的创造者。

时间是个固执的老人，记忆是个任性的孩子，你想忘记的常常被深深雕刻，你想记得的总被悄悄抹去。距离我第一次踏上中东北非土地已经有八年多了，有一日在香港机场遇见个熟悉面孔，我知道自己一定认识他，他一定曾经是我身边的同事，在阿拉伯人的地盘上待过。可又是那么陌生的一张脸，我怎么也记不起来他的名字，记不起来我们是在何时、何地，一起喝过酒还是一起吵过架。那一刻我想，要么翻出当初的笔记写一本书吧！

其实，这本书的第一个字是八年前写下的。它源于那些年我在各个机场的候机厅、飞来飞去的飞机上、辗转颠簸的路途上写下的游记，一开始只是随手写心情、写风月。后来，加上了我和我的同事、朋友们所经历的小小故事，加上了关于青春、行走和奋斗，关于这个时代普通中国人在世界上存在的一点点记录。再后来，它就变成一本小说了。既是小说，如有雷同，纯属巧合。

其实，对于要不要完成这本书我有过很多顾虑。直到 2013 年看到公司老板讲的这么一段话："我们要想到几百年来，从欧洲到亚洲的航道上，不仅长期经历海盗的袭扰，而且在风暴中的沉船超过三百五十万艘。想想我们的丝绸之路，并非丝绸铺成的路，其中包含了多少艰难困苦，忍受着多少干渴、劫匪的肆掠、沿途累累的白骨？没有这些海上马车夫的牺牲就不会有今天欧洲的繁荣；没有那些冒险西行，穿着草鞋、布衣的中国先辈，就没有我们今天的开放、富强。我们今天同样会碰到今天的困难，我们不因困难而止步，为什么不可以潇洒走一回呢？我们诚实，我们向上。在前进的路上，不要忘了任何一个默默无闻奉献过的人。"

致这些年在路途遇见的每张笑脸和这个不完美的世界。

第一章

钱旦的生日是元旦，所以他在每年辞旧迎新之际格外善感，又容易冲动。譬如千禧年新年钟声敲响的时候他吻了秦辛，那算他和她在一起的第一天。

那时候他俩都在长沙，但是钱旦要在新的一年离开。他收到了伟通公司的 Offer，要去深圳，开始新的工作、新的生活。那一年距离伟通公司首次闯入世界五百强还有整整十年，在通信行业之外并没有几个人知道“伟通”的名号。钱旦一心想去深圳闯荡，正巧在《计算机世界》上看到了伟通的招聘广告，他觉得和自己的专业、经验匹配得上，就投了简历，专程跑去深圳进行了面试，面试之后半个月顺利收到了 Offer。

借着满世界渲染的世纪末气氛，钱旦那一周每天都在和长沙的朋友们告别。但是，有一个人他一直拖着没有说“再见”，因为他不知道该如何与她“告别”。她，就是在他身边忽远忽近、若即若离的秦辛。

1999年最后一天，钱旦约了秦辛吃晚饭。他先到了餐厅，秦辛走进来时手里提着个沉甸甸的纸袋，纸袋上面印着伟通公司的Logo。钱旦纳闷地望着她，“你哪来这么个袋子?”

秦辛莞尔一笑，“你不是要去伟通公司吗？我哥前段时间去伟通培训，收集了一堆他们公司内部的刊物。我那天听你在电话里说要去深圳伟通，总觉得这公司名字挺熟悉，昨天才记起来是在我哥那里见过。我把这袋东西偷出来了，送给你。你可以先翻翻，提前熟悉一下新公司的氛围。”

他俩的晚饭时间拖得很长，两个人一直聊着过往琐事，却没有说现在，也没有提未来。

吃完饭，他们沿着湘江边慢慢走着，秦辛轻轻哼着《*My heart will go on*》。岁末的江边寒风凛冽，未等到零点，秦辛说：“冻死了，不和你迎接新世纪了，我回家了。”

钱旦没有留她，他不知道怎么开口留。他送她回家，她却走得磨磨蹭蹭，不知不觉时间就近了零点。到了她家楼下，他们站在拐角暗处又聊了几句。她转身上楼的刹那间他突然握住了她的手，“十二点到了！世界末日到了!”

话音未落，他用力拉她入怀，不容置疑地吻了上去。

秦辛的唇与舌迟疑了一秒钟，眼睛确认了四下无人，就紧张又放松地欢迎着钱旦。

片刻后，两人在黑暗中凝望，她问：“会回来吗?”

他回答：“不知道，应该就在深圳待下去了。”

“我等你。”

“不要。”

在后来的漫长岁月里，这句“不要”一直是钱旦的历史污点。他在那一刻确实怯懦，不敢承诺或者被承诺，因为那是他有生以来第一次离开湖南。他从小就听那个一头长发的台湾叛逆歌手唱“外面的世界很精彩”，可是“外面的世界很无奈”。

沉默之后，秦辛转身上楼，没有再回头。钱旦伫立原地，看她消失在楼梯拐角，所有离愁别绪随着心头一阵快过一阵的悸动蔓延开来。

后来，秦辛果然没有等他，她背井离乡去深圳找他了。

五年后同一个时刻钱旦在和老董碰杯。老董是他的领导，那个晚上带着一帮人在“酷比龙”唱着歌喝着酒辞旧迎新。老董是麦霸，虽然在一屋子人中年纪最大，但是点唱新歌的比例大大超过“怀旧金曲”。钱旦瞅着他一曲《2002 年的第一场雪》刚唱完就拿着啤酒过去了，碰杯时钱旦大声说：“董总，我想去海外常驻。”

“Not now！”总是声称小时候英语老师水平太差导致自己现如今有英语恐慌症的老董居然熟练地回了一句英语，他回答的时候还举起了话筒，“Not now”在包房里震响，招惹来了一堆与领导干杯的人。

钱旦愣在那儿想领导显然在悄悄学英语，只是这“Not now”是说不是今晚，还是不是今年？

伟通公司念叨“东方不亮西方亮”，召唤员工到海外市场去奋斗有几年了。

早在 2001 年元旦，公司老板就发表了一篇《雄赳赳，气昂昂，跨过太平洋》的新年献词欢送即将奔赴海外的开拓者们。老板豪情万丈地对大家说：

“雄赳赳，气昂昂，跨过太平洋，当然还有大西洋和印度洋。是英雄儿女，就要挺身而出，奔赴市场最需要的地方。哪怕那儿十分艰苦，工作十分困难，生活寂寞，远离亲人。为了祖国的繁荣昌盛，为了中华民族的振兴，也为了伟通的发展与自己的幸福，要努力奋斗。要奋斗总会有牺牲，牺牲青春年华、亲情与温柔。不奋斗就什么都没有，先苦才能后甜。

“青山处处埋忠骨，何须马革裹尸还？我们要泪洒五洲，汗流欧美亚非拉。你们这一去，也许就是千万里，也许就是十年、八年，也许你们胸戴红花回家转。但我们不管你是否胸戴红花，我们会永远想念你们，关心你们，信任你们，即使你们战败归来，我们仍美酒相迎，为你们梳理羽毛，为你们擦干汗和泪。你们为挽救公司，已付出了你们无愧无悔的青春年华，你们将青春永驻。

“随着中国即将加入 WTO，中国经济融入全球化的进程也将加快，中国不仅允许外国投资者进入国内，中国企业也要走向世界。在这个时代，一个企业需要有全球性的战略眼光才能发愤图强；一个民族需要汲取全球性的精髓才能繁荣昌盛；一个公司需要建立全球性的商业生态系统才能生生不息；一个员工需要具备四海为家的胸怀和本领才能收获出类拔萃的职业生涯。

“所以，我们要选择在这样一个世纪相交的历史时刻，主动地迈出我们融合到世界主流的一步。这，无疑是义无反顾的一步，但是它不正承载着我们实现客户梦想，成为世界一流设备供应商的使命和责任吗？它不正是对于我们的企业、我们的民族、我们的国家，乃至我们个人，都将被证明是十分正确和富有意义的一步吗？

“是的，我们正在创造历史，与文明同步！”

钱旦不为所动。他自忖英语水平差，觉得那些号召距离遥远。2001 年 1

月这个世界也没有几个人看见一群自称要创造历史、与文明同步的中国人正在打点行装。

到了2004年，海外地区部的资源需求越来越多，越来越急迫，总部机关人员输出压力越来越大。老董要求大家每天早上提前十五分钟到岗，由秘书和文员带着先读十五分钟英语。钱旦仍然不为所动，他一边滥竽充数一边想中国的英语教育真失败，这一屋子人读书读得最少的也是本科毕业，前前后后至少学过十年英语，居然会让“语言能力不行”成为伟通公司海外客户满意度调查发现的TOP问题。

转眼到了年中，饯行酒越喝越多，今天送张三去泰国，明天是李四去安哥拉，后天闷头闷脑的王五说他要打点行装飞赴巴西。钱旦心里渐渐生出些存在感的呼唤了，仿佛眼看着一场足球赛踢到高潮，自己哪能总在场外跑圈？

当然还有更实际的驱动力，他年初从伟通昆明办事处调回深圳后在后海买了套房，一百零九平米，总价七十多万，贷款贷了五十多万。他那一辈子踏踏实实，不欠人情不欠人钱的老爸在电话里念叨：“你这要干到五十岁才能还清欠账啊!”钱旦算了又算，确实压力巨大，每个月工资到手上六千多，其中一半要直接交给工商银行还贷，得这样过上二十年？看来只有去海外赚补助了，外派海外满三年可一次性拿到十五万安家费，再加上艰苦补助什么的干一年赶得上国内干两年，于是，他主动请缨了。

那些年伟通公司积极报名去海外的年轻人常常有两类：一类是像钱旦这样买了房子欠了一屁股账，想去海外赚补助还贷的；另一类是想去海外赚了补助再衣锦还乡买房的。后来的故事可想而知，前者英明，后者发现自己赚补助的节奏根本赶不上国内房价上涨的速度。几年之后钱旦那套房从每平米六千多涨到了每平米超过三万，他老爸感慨早知道就全家集资买两套，现在可以住一套卖一套。

钱旦心里犹疑的是他和秦辛恋爱几年，一直没有结婚。他想娶，秦辛却不同意嫁。每次他求婚，秦辛就说害怕，害怕“婚姻是爱情的坟墓”，害怕爱情没了怎么办。他觉得这根本就是伪命题，对秦辛晓之以理动之以情，玩过捧花跪地的老套招数，也狠狠地说过“没有婚姻爱情将死无葬身之地”，但秦辛总是态度温柔，立场坚定，一拖再拖。那个晚上他一说想去海外常驻几年，秦辛竟然毫不迟疑地同意了。别人不是总说因家庭原因希望公司网开一面不要安排自己去海外吗？

老董的“Now”不过一个季度，元旦过了没几天钱旦就收到了老董的邮件，要求他在5月1日前去中东北非地区部报到，做地区部YR产品服务部经理老谢的副手，负责地区部YR产品线的项目交付。他听说老谢压力巨大，要顶不住了，打了个电话过去问情况。

老谢说：“我发个邮件给你，你打开附件。”

他收了邮件，附件是一页胶片，“中东北非地区部YR产品线最近五年订货情况”，柱状图上前四年的柱子都是贴着横轴，2004年一下子冲得高高的，定睛一看，2004年的订货额是2003年的五倍。

老谢在电话那头慢条斯理地说：“这就像当年朝鲜战争，敌人在仁川都登陆了，友军还在四川福建钻山洞的钻山洞、学游泳的学游泳，朝鲜那几杆枪哪能顶得住啊?!”

钱旦想汹涌而来的倒不是敌人，是生意，是未来的真金白银，但老谢说得没错，伟通公司的服务体系2002年、2003年还在聚焦国内服务销售，忙着在国内搞服务转型，根本没有预料到海外市场井喷，没有提前做好资源及方法上的准备，所以这两年处处被动，连公司技术服务部的总裁都在年初“下课”了。

2005年4月14日，黄昏的蛇口港有些冷清，钱旦从这里出发，踏上了去往中东北非的漫漫旅程。出境大厅中间有对小情侣旁若无人地激吻，难舍难分。他俩只是云淡风轻地交代彼此善自珍重。

走上二楼边检区的最后一刻他递给秦辛一个信封，秦辛平静地接过，不自然地笑了笑，说了句“一路顺利，发短信给我”，然后，转身离去。

信封里是钱旦第一次求婚被拒绝后写的一首诗，也是他唯一一次写诗。那时候秦辛不知道从哪里看到“专家”说一段爱情只可能持续三年，所以那首诗名字叫《我又不是只给你一段爱》：

他们说
一段爱情只有三年的寿命
傻
如果这是真的
那也没有什么可怕
因为
我给你的又不是一段的爱
瞧
这一段

你是天空遥远的星
我是远方守候的云
那一段
我是挺拔坚强的橡树
你是同立风雨的木棉
又一段
你是我眷恋缠绵的港
我是你宽厚温柔的枕
再一段
我是你孩子他爹
你是我孩子他妈
……
折折叠叠绵绵又长长
一段一段一段又一段
又怎是十个百个三年能够了
等到那一段
我吻你光秃秃的牙床
你抚我坑洼洼的额头
哈
我们的爱还是没有完

那是钱旦第一次出境，他觉得香港距离深圳真是很近，快船只用半小时就把他从蛇口码头送到了赤腊角机场。办理登机手续、接受九一一事件之后越来越繁琐的安检、排在绕来绕去的长队后面等待摆渡巴士、搭乘机场地铁，人似走在流程标准的生产线上，那个晚上没有人迷惑该往哪里去。人生路途却总是难以预料，谁知道下一个路口会在哪里？谁知道在已选择的前路上将有什么在等待，被放弃的路上又会错失些什么？

临近子夜，跑道灯在舷窗外快速掠过，飞机昂首冲进夜空，飞向他的第一站阿拉伯联合酋长国。钱旦喜欢阿联酋航空空姐们脸旁垂着的那一抹纱，给她们平添了几分神秘味道，他又奇怪和国内航班上的空姐们比，她们无论长相身材还是衣着都不整齐，离他最近那一个胖胖的身材，敞着外套，斜靠在舱壁上。与钱旦同行的同事是老王，是位德高望重的老前辈。

钱旦对老王说："这空姐长得不咋地啊！看上去也没有国内空姐那么规范啊!"

老王反问："你说我们机票上承诺的 SLA（服务等级协议）是什么？"

不等钱旦回答他接着说："是安全、正点，行程表上是几点几分飞，几点几分到，中途停几站，有没有食物；又没承诺空姐要对你笑。国内航班总是晚点，空姐再漂亮再礼貌有什么用？人家还是觉得你和阿联酋航空、新加坡航空不是一个档次。"

钱旦佩服身边这位"老竿子"对客户服务本质的深刻理解，伟通公司一说服务好，更多时候还停留在态度好、不怕苦不怕累、加班加点过年不回家的层次上，老王已经先想一步了。

他们的航班确实是准点起飞按时降落，到达迪拜时是北京时间上午八点半，当地时间凌晨四点半。虽是拂晓，机场入境大厅却仍热闹得很，大家排着队做入境阿联酋所需要的眼睛扫描。不知道那台冰冷机器能从人们眼睛里读到些什么！钱旦无辜地对着它睁大了双眼，它就是不肯说"GO"，无奈用手去撑开眼皮也没有用。边检人员示意他去望天花板上的灯，他抬头瞪着那盏他乡白炽灯，瞪到自己眼花缭乱瞳孔放大之后再去试，那机器终于被感动，给出了一个绿色的“GO”。他就这样第一次踏上了异国土地，一走出入境大厅的门，热乎乎的“水蒸汽”扑面而来，迪拜的天是桑拿天。

第二章

阿联酋在20世纪70年代才脱离大英帝国的保护宣告独立，它由七个酋长国联合而成，其中最重要一个是以奢华闻名于世的自由港迪拜，另一个则是钱旦和老王此行目的地——阿布扎比。汽车奔驰在连接迪拜和阿布扎比的沙漠公路上，天空与大漠的边际一轮红日那么沉静，接他们的同事开始介绍阿联酋人的幸福生活，他说生于斯长于斯的“Local”们享受着近乎完美的社会福利，例如一出生即有一笔无息贷款帮助人茁壮成长，例如大疾小病均可以获得免费医疗，例如要结婚了还可以得到政府赠予的房产，甚至说这里的跑马场头奖常常是百万现金，下注却是免费。不过，要成为阿联酋的“Local”可不容易，得连续合法居住不少于二十年。阿联酋人口超过四百万，其中百分之八十都是外籍人士，既有不少来自南亚、中东邻国的劳工，又到处是金发碧眼的欧美面孔，这些年生活在此的中国人越来越多，龙蛇混杂，做什么的都有。

阿布扎比虽是一国之都，却格外清静，城内治安出乎意料地好。伟通公司的办公室和宿舍同在一栋三层小楼里，一楼是办公室和食堂，楼上两层是宿舍，生活和工作彻底纠缠在一起。钱旦在小楼顶层的房间里住了一个星期，钥匙不再是必需，因为院门总是到深夜才锁上，锁上了以后也可以轻松翻墙而入。最初的时候有些不习惯，但看到周围几个院子也是日不闭户，看到住在二楼的一个单身女孩房间也总是门户大开，他也就很快学会享受这份安全感了，连自己的房门都懒得去锁了，即使笔记本电脑总是放在桌上。在阿布扎比的日子里他感受着初到海外的种种新奇，知道了阿拉伯人的数字其实不是平日里大家所谓“阿拉伯数字”的模样，大家说的“阿拉伯数字”原来是印度数字；发现了街边每棵树下都布放着滴灌用的黑色橡胶管，据说在这片干旱的土地上养活一棵树一年的花费大约是三千美元。他去吃了地道的阿拉伯餐，虽然与中国菜相比它们太粗糙，但烤羊肉依然是他的最爱，用鹰嘴豆制成的胡姆斯酱成了他的新宠，各式各样的开胃菜和沙拉吃起来也算不错。他们还去参观了建设中的阿拉伯皇宫酒店，据说它比迪拜的七星级酒店还要多一颗星，不但很奢华，还很高科技。

新奇归新奇，他们毕竟不是来旅游的。此行阿联酋的主要目的是为了一个迟迟不能关闭的项目，在机关不时收到现场项目组转回来的关于 ES 项目 VA 产品的客户投诉、资源申请，老王作为总部 VA 产品的服务主管，此次是亲自出马来现场办公了。

他们去拜访 ES 客户，希望推动项目验收。虽然现场项目经理阿杜一直抱怨负责此项目的客户主管老莫，说他刁钻刻薄，脑子里绝不相信双赢，只把尽量占供应商便宜当作唯一目标，但钱旦相信老王能搞掂。他认识老王时还在昆明办事处工作，老王还是公司技术专家的角色。一天晚上某客户设备出现故障，出了通信中断的事故，钱旦在现场向在深圳总部的老王求助，老王问了几句就断言："和我们设备没关系，肯定是客户把他们某某设备的某某数据做错了，你把电话给他们。"钱旦把电话递给身边一位客户主管，就见那位客户主管的脸色变得更难看了，然后去找他们的工程师去了。片刻后，那位钱旦平时小心哄着的客户走了回来，把电话还给他，脸上一半欣慰，一半悻悻然，"刚才打电话那人是你们公司谁？脾气真大，劈头盖脸地把我骂了一顿。不过他说得很对，故障已经恢复了，伟通公司牛人多哈！"

钱旦在ES公司会议室等待时望着走廊里的人来人往，阿杜介绍说："你们看那些穿西装打领带、皮鞋擦得锃亮的就是外地到阿联酋来打工的，穿白袍戴头巾、脚上拖着拖鞋的就是'Local'。"

老莫进来了，他大名叫穆罕默德，最普遍的阿拉伯名字，来自巴勒斯坦，是穿西装打领带的那一类。

老莫问："你们公司现在有多少个3G项目在交付？"

老王答："十个左右吧。"

老莫又问："你们有多少人在做VA产品？"

老王想了想，往大了说："有一两千人吧。"

狡黠的笑容在老莫脸上一闪而过："你们看看你们在ES项目现场才多少人？你们认为ES不是你们的重要客户？一千除以十等于多少？你们至少也要有一百人在我们这里，否则怎么可能启动验收？"

老莫水银泻地地痛数伟通公司的各种不是，拜访不欢而散。钱旦想老莫的"不欢"只在脸上，这就是他心里想要的效果。他们的"不欢"只在心里，脸上还得堆笑。走出 ES 公司大门，阿杜说："告诉过你们这人变态吧！"

老王瞪了阿杜一眼，开始往国内打电话。

一夜不眠。

他们在办公室细致研究项目计划，回溯遗留问题和风险列表。老王有些恼怒，"这合同怎么签的？你们答标的时候怎么答的？对客户的所有需求全部是 FC（完全满足），这几条怎么可能实现？做不到的！你们这不是乱承诺吗？"

当地市场部支持项目交付的客户经理叫陈永生，广西人。他讲话时夹杂的英语发音比普通话发音还标准，"红军叔叔爬雪山过草地为什么不吃巧克力要煮皮带？王总，我们现在就这江湖地位，挑剔不了客户，得先拿到合同啊！"

陈永生停顿了一下，继续认真地说："公司说我们的核心价值观是以客户为中心，那还不得先不顾一切争取到服务客户的机会？要等产品完全成熟了才敢答复'满足'，连合同都拿不到，服务客户的机会都没有，怎么去以客户为中心啊？"

虽然钱旦觉得他话里的逻辑似是而非，但道理也对，任何业务策略的对与错一定离不开其历史背景，脱离当时当地去追求完美未必是更佳选择。伟通公司也好，中国人也罢，在海外市场上都是后来者，现在这个历史阶段，为了抢占别人的山头只能把姿态放得更低。

2005 年的伟通，愿意在合同签署后仍把精力投入在项目交付阶段的客户经理不多，但陈永生很认真，他马不停蹄地从迪拜赶到阿布扎比，整个晚上都在会议室和大家讨论，甚至忘了松一松领带。

拂晓时，众人突然听到咿咿啊啊的广播声，钱旦问："什么声音？学校做早操啦？"

陈永生乐了：“穆斯林一天要祷告五次，这是第一次，晨礼。你是调过来常驻的吧？你摆脱不掉这个声音喽！”

说完，陈永生起身告别：“讨论得差不多了，我先走了。我要马上出发，开车去迪拜，早上和那边的客户还有个会。”

老王伸个懒腰，对阿杜说：“你再约下老莫，看能约得上吗？下午我们去见他吧。”

阿杜有些意外，“今天又去见他？”

老王说：“讨论了一晚上，对他提的几个关键需求、关键问题不是都有计划了吗？上午整理一下，下午去和他澄清、确认，也表示我们极重视他嘛。”

下午，三个人又坐在了老莫对面。

老莫先发制人，“你们的计划呢？准备增加多少人过来？什么时候到？”

老王回答：“我们计划安排个数据网络的专家，已经启动签证、机票了。”

老莫板着脸，“你们今天来做什么？告诉我只准备增加一个人？”

老王也把脸一板，“你是专家还是我是专家？我们谁对这个解决方案理解更深刻？”

老莫一愣，显然没料到老王会这么说。

老王脸色一变，笑容重现，眼镜背后精光一闪，“穆罕默德先生，一个女人生一个孩子要十个月，十个女人生一个孩子要几个月？娶再多老婆也没办法一个月就生出个孩子啊！这不是人的数量能决定的。我们已经连夜组织专家做了充分讨论，在现场我们的确缺乏一个精通数据网络的专家来协助大家做数据网络上的优化，但其他关键路径上的障碍并不是靠在现场堆积人力就能解决的。现在，我来分析一下所有遗留的需求和问题，你看看我们的理解对不对，我们的解决方案是不是更好一些。”

钱旦望着滔滔不绝的老王和专心听着的老莫，心想：姜还是老的辣，老王花了一天时间已经把这个项目的关键问题及解决方案梳理清楚，心中有数了。

那一天钱旦依旧睡得晚，因为一位他们从国内合作公司租赁的工程师前来促膝谈心。那位兄弟和钱旦绕着所住的 Villa 走了十多圈，一直愁眉不展，说老谢要安排他去喀土穆做工程，说上网查苏丹查出来的都是“苏丹红”之类的关键词，说自己是独生子，父母不放心他去那样的国家，说自己还年轻需要珍惜生命云云。他讲到“苏丹红”时钱旦不以为然，“苏丹红”事件和苏丹有关系吗？他讲到父母时钱旦开始走神，想起了家乡父母的牵挂。每次过年回家，第一眼见到母亲时她总是站在马路边，笑容总在见到钱旦的刹那绽放，绽放得那么灿烂，却又总是很快收回去，默默转身向家里走去，仿佛只是担心他忘了回家的路。父亲总在厨房忙碌，走到门前小路上就可以透过窗户看见他微驼的背影。钱旦知道饭桌上一定有道菜是炒鸭子，他从小吃到大的最爱。母亲年轻时常常出差，钱旦很小时就有本地图集，没事就研究她在哪里。钱旦到海外以后母亲买了张世界地图，贴在卧室墙壁上，不时琢磨他的所在。父亲年轻时是个很棒的钳工。在钱旦眼里他无所不能，发起脾气来也很吓人，会喝令他“滚出去”或者“跪下”。钱旦 16 岁时有次和一班同学去邻县春游，不幸同校高年级有两位同学在江水里溺亡，含糊的消息迅速传回学校，又迅速传到了他们家住的院子里，有好心人早上遇见钱旦出门说去邻县玩，就找了他父亲告诉他可能的不幸，特别交待他在得到确切消息前不要告诉钱旦母亲。父亲镇定地走回家，一开门见到母亲就瘫软在地上。傍晚，对一切浑然不知的钱旦回到家时只看见父亲像平常一样在厨房里忙碌，仿佛什么都不曾发生过。很久以后他们才在讲笑话时讲起了那一天的故事。

可怜天下父母心，钱旦送走那位兄弟以后看看表，北京时间天未亮。他先在网上找到老谢，两个人达成了一致。然后给那家合作公司发了封邮件投诉，要求他们尽快换人，并且要和员工提前沟通好工作环境问题，下不为例。又发了封邮件向总部求助，要求协助落实替代人员。天亮以后又该是一轮电话了。

周末阿杜带着钱旦、老王去波斯湾岸边散步。波斯湾就在城市之中，城市之中的海也可以是如此蔚蓝而清澈吗？他们漫步在海边便道上，天上是密密鱼鳞样的云，夕阳把霞光从云缝中洒下来，海面上是三辆疾驰的水上摩托和追浪人的笑语，对岸沙丘在暮色里隐约可见。转过身来再看这城市，街灯不知什么时候被点亮，灯下人们悠然自得，有一件黑袍从头蒙到脚只留一双眼睛的女子，有白袍飘飘又头戴一顶耐克帽的少年，有迎着晚风慢跑的短衫男女，还有调皮孩子追着他们的镜头嬉闹。不远处，一个穿着黑袍的中年女子倚着石栏看海，海风轻轻掀起她的袍角，钱旦窥见了黑袍下面时尚的裙子，还有脚上那双金色高跟凉拖。他惊讶，忍不住去留意其他过往女子的脚，竟然发现海风拂过，十之七八的黑袍下摆处都会露出鲜艳裙裾和华丽的鞋。人们一说到中东总是觉得除了战乱就是满世界的黑纱白袍，钱旦发现每个地方都有自己装饰传统的方式，就像这些低调奢华的阿布扎比女人和她们的城市。

回到宿舍不想睡，看了几集《老友记》，提高英语听力和口语是他的当务之急。上了会儿网，收到秦辛发的邮件，她说："你走后我在蛇口港的大门口坐了会儿，哭了一下，回家后在床上本来想哭，忍住了，起床看《老友记》去了。"她还说，"你没有拿走你的牙刷和毛巾，让我好过很多。"

钱旦有些意外，那天秦辛一直平静，没想到她会一个人坐在蛇口港的街边哭。他想到了秦辛只是忍着不哭于他面前，所以笑得不自然，他却拿秦辛和传说中别人家的温柔小女人做比较。他觉得秦辛对婚姻的恐惧是个伪命题，可自己真的体会过她的心情吗？他看到朋友圈子里一些伴侣口说深爱对方实则深爱自己，总希望对方按照自己的方式接受自己的爱，明明对方爱吃面包喝牛奶却每天起个大早去买油条豆浆表达爱意。钱旦想自己是不是也忽略了秦辛真实的喜怒哀乐？

钱旦直到凌晨四点半才上床，但他仍然睡不着。祷告声又从附近清真寺里传来，他躺在床上迷迷糊糊地听着，脑海里恍恍惚惚是少年时学校有线广播里的进行曲，也是这样日复一日执著地回响在日出时分。集体生活的日子总是会随着号令开始，当今世上也只剩阿拉伯人坚持着每日聚集在一起祷告的传统吧？

第三章

2005年4月22日，钱旦从阿联酋迪拜飞向埃及开罗，那里是伟通公司中东北非地区部总部所在。下午出发，阿联酋航空EK923航班，他懒懒地半躺在椅上，将椅背电视固定在航路图上，看屏幕上面小小飞机慢慢飞越阿拉伯半岛的天空，四小时是多么短暂的光阴，他已经到达了历史有几千年之久的开罗城。

“未见过开罗的人就未见过世界，她的土地是黄金，她的尼罗河是奇迹，她的妇女就像天堂里的黑眼睛圣女，她的房子就是宫殿，她的空气柔软得像芦荟木般香甜好闻令人喜悦。开罗怎能不是这样呢？因为她是世界的母亲。”

这是《天方夜谭》里的开罗，那一日钱旦所见的开罗仿佛是十年前的中国内地城市，与摩登的迪拜机场相比，开罗机场的水泥地面、狭窄楼梯老旧多了，整个印象上像是到了从前国内的大火车站。进城路上，道路宽敞，往来的车大多破破烂烂，又都以一副不服老的架势横冲直撞，后车总是贴着前车屁股在跑，随意变线绝不打灯，看得钱旦心惊胆颤。公路两旁很空旷，奇怪的是不少房子明明住着人家，却裸着外墙未做粉刷，或者秃着屋顶未加修饰，后来听老谢说是因为埃及法律规定房屋一旦完工就必须缴纳高额物业税，所以当地人建房子喜欢留一点尾巴，一直不算完工，就可以一直避税了。不知道这个说法是否确实，但阿拉伯人老早在丝绸之路上往来，埃及人一直守在连接亚非欧的地中海边，他们应该是精于算计的。

来接他的司机是个壮实的光头大汉，走起路来有点上个世纪 80 年代香港警匪片里英雄的样子。那段时间因为历史教科书问题中国和日本之间有些摩擦，他一边驾车左冲右突，一边说他刚看了新闻，日本首相小泉道了歉。这位埃及兄弟坚定表达了自己和中国站在一起后又说起中国和埃及都有古老历史，有相似文化和传统。望着埃及兄弟的黄色皮肤和车窗外“20 世纪 90 年代的中国”，钱旦点头称是。

一路上吸引他视线的还有开罗城的戒备森严，印象中埃及并不在中东乱局里，但到处都是荷枪军警做严阵以待状，有的穿着白色制服，有的穿着黑色制服；有腰里别着手枪的，有肩上挎着 AK74 突击步枪的；有隐蔽在路边盾牌后的，有端坐在皮卡车后厢里的，原来这个国家并不太平。伟通公司的办公楼和宿舍集中在迈阿第区的迪格拉，是外国人聚集的区域，路边更是三步一岗五步一哨，钱旦宿舍楼下就有一个铁架与纸板搭建而成的简易岗亭，总是有四五个警察长枪短炮地守着。一开始他觉着有安全感，因为从来没有享受过这样的警卫待遇，不久就听人说设置这个岗亭的原因是住在这栋公寓中的美国人多，与山姆大叔的儿女们为邻，在今日中东可谈不上有安全感了。

钱旦到埃及的第一顿晚餐是在9街上的“Dragon House”，一家中文名字叫作“龙鑫庄”的中餐馆，老谢在此欢迎他的到来。他们从迪格拉广场打了辆出租车过去，那车旧旧脏脏的，样子像动画片《黑猫警长》里的警车。下车时长相忠厚的老谢与司机为了两埃镑还是五埃镑的车费纠缠着，结果是老谢把两镑半往座位上一扔，带着钱旦扬长而去。见他们嚣张，出租车司机迅速变得淡定了，钱旦想看来不是老谢剽悍，而是埃及司机习惯“宰老外”。过了没几天，钱旦听说一位从国内调动过来的同事打车走了比他们那天更短的距离，懵懂中付出了十美元的车费。

已经过了正常晚餐时间，餐馆里人不多，大红灯笼的暗淡灯光下只有一对西方来的情侣在窃窃私语。打理这家中餐馆的女士热情、健谈，她叫Mary，来自香港，据说是开罗华语妇女会的带头大姐。侍者都是埃及人，穿着红色唐装，很快就端上来一桌丰盛的中国餐，以及埃及当地产的“SAKARA”啤酒。有一个年轻英俊的小伙识得中文，殷勤地跑上跑下，问他，说是刚刚拜师学了三个月中文，不能不让人刮目相看，因为他的水平已经远不止讲得出“麻婆豆腐”、听得懂“宫保鸡丁”的程度。不过，没过几天钱旦就听说每次有新的中国客人去，他总是一脸诚挚地说刚学了三个月中文，原来是一个永不会结束的第三个月。

四月的开罗，白天烈日炎炎，夜晚凉风习习。酒足饭饱后钱旦和老谢没有再打车，而是一起向宿舍走去。异乡明月高挂天际，林荫路上遇不着几个行人，路边宅院都是灯光暗淡、悄无声息的样子，黑暗里不时会撞见个简易岗亭，视线里不时会冒出几个武装警察。听说阿拉伯人是以猫为灵物的，迪格拉该算野猫的天堂吧，一路上他们总是和各种颜色、各种大小、各种神态的猫儿们不期而遇。

钱旦的宿舍在200街上，面积有一百三四十平米，三室两厅两卫，和国内常见的户型差不多，住得舒适。两位室友一位就是老谢，还有一位叫路文涛，三个人那一年都是30岁。钱旦到的那天正好是当地一个小长假，路文涛去红海边的沙姆沙伊赫度假去了。老谢介绍说路文涛从2001年开始就在中东北非常驻，年初刚从伊朗代表处调动到地区部，现在自称“迈阿第第一气质男”。

客厅桌上摆着份伟通公司内部报纸《伟通人报》，上面有篇署名“路文涛”的文章，钱旦拿了报纸进了自己卧室，躺在床上读这个未曾谋面的室友的德黑兰往事：

大雪纷飞的除夕晚十点，我和本地员工完成客户拜访和宣讲后，连赶十二个小时的山路，终于从省里回到了费伦贾克。积雪已经过膝，雪花还在不停地飘落，大大小小的汽车横亘路中，纹丝不动。我跳下车踉踉跄跄地往山上爬，平时二十分钟的路程，我用了一小时，总算到了大伙聚集吃年夜饭的三号楼。在欢迎声中，我空着肚子连干三大杯，立刻酒意上涌，随后的事情都是模模糊糊的，只记得跟人说了很多豪情万丈、肝胆相照的话，还爬上楼顶在漫天风雪中朝着家的方向给老娘磕了三个头。

中秋夜，睡梦中的我被耀眼的灯光惊醒，赫然发现四个陌生劲装男子立于床前，手里手枪、微冲一应俱全。打劫啊？再仔细看看，好像都穿着制服，忐忑间看见他们逐屋搜查后示意我跟他们下楼，后脊梁冒着冷汗就下了楼。楼下有个略通英文的连说带比画了好一阵，我才明白他们是晚上巡逻时发现我们车库门没锁，怀疑有人入室抢劫，所以调动了这一区的机动力量过来，总共来了两个皮卡加一辆警车，满满当当二十号人马。我送他们出门的时候听见枪栓拉得一片稀里哗啦，才知道他们手里的枪都是开着保险的。

又一个夜晚，时近零点，正在跟本地员工讨论第二天跟客户开会的材料，忽然一阵剧烈晃动，地震！大伙连滚带爬窜下楼，看着彼此缺鞋少衣的狼狈样子，忍俊不禁。在街上一边看着本地人拖家带口满街窜，一边苦候天明，谁知道屋漏偏逢连夜雨，真的又下起雨来。

为什么我的记忆总是跟夜晚相关？难道是夜晚的记忆特别容易打动心弦？在伊朗的征战中，我们日渐成熟、百炼成钢，变得更沉稳，更老练。许巍唱，“理想的彼岸，也许不存在，我依然会走在这路途上”，是的，生活不够完美，但我还是要往前走。

伟通公司中东北非地区部的办公楼在迪格拉广场边上，从前是朗讯的办公楼。“朗讯的创造力，通信的原动力”，多么牛气的口号，可惜，通信网络的建设仍然如火如荼，朗讯却正在加速走向衰败，正在被伟通公司甩在身后。

假日的办公室空空荡荡，钱旦和老谢把自己在会议室里面关了一整天，分析部门 TOP 问题及应对策略。2004 年以前中东北非 YR 产品线一直处于市场默默耕耘阶段，服务资源纯粹以项目为单位板结在几个国家，一旦有新项目要交付唯一能做的就是向总部呼唤炮火。2004 年公司海外市场高歌猛进，各个地区部交付业务量都在井喷，各个山头对人力资源的争夺如狼似虎，使得整个交付与服务体系压力巨大。中东北非 YR 产品服务部面临几倍于之前的业务量，突显的最大问题就是人力资源不足，并且缺乏弹性。其次是大家急着抓住机会打破海外市场既有格局，但是对海外客户的需求理解、把握能力不足，导致总是随意承诺，然后又不能严格按承诺完成交付。有此间客户说伟通公司 YR 产品线的市场销售人员是“Mr. Yes”，对客户提出的一切需求都说

“Yes”；总部研发是“Mr. Delay”，总是对销售人员已经承诺给客户的交付计划说“Delay”；服务团队则是“Mr. Sorry”，总是因为需求不能按时交付而在现场对客户说“Sorry”。

到开罗的第三天，钱旦和老谢继续加班，整理头天的讨论，形成纪要和遗留问题跟踪表，晚上十二点才离开办公室。

第四天，埃及人民仍然放假，老谢带着钱旦来了个开罗一日游。

钱旦没有想到金字塔离开罗城这么近，那个早晨车刚过尼罗河，它们高大的轮廓就隐约在农田和椰枣树的尽头出现。车向右拐下大路，沿着一条小河沟前行不远，传说中的金字塔和它们脚下的狮身人面像就出现在他的现实生活里了。

过去人们是可以攀爬上金字塔顶的，钱旦在电影《尼罗河的惨案》中看到过那样的场景，在金字塔顶迎风而立感觉是浪漫还是豪情？如今的游客不得而知。他们只能站在塔下仰望，或者沿着不及一人高的甬道猫进塔里，在空荡荡的墓室中凭吊。四千六百多个春秋逝去，胡夫金字塔、海夫拉金字塔、门卡乌拉金字塔始终执着地站立在吉萨的沙漠高地上，它们所经历、所见证的有多少是今人不曾了解的呢？又有谁真正懂得它们的前世今生呢？人们说吉萨金字塔是世界七大奇迹之一，但所谓七大奇迹只是公元前3世纪腓尼基王国那位叫昂蒂帕克的旅行家“亲眼所见，永难磨灭”的七处建筑，他的活动范围其实极其有限，金字塔也未必会在意这样的虚名。有人说金字塔的建造反映了法老对奴隶的残酷压迫，现在的研究发现这个说法也未必是真实的历史，很可能只是后人为了书写阶级斗争史的生编硬造。至于金字塔来自外星人的揣测更像是现代人的傲慢而已，总以为古埃及人就一定没有这样的智慧和手艺。烈日当头，钱旦彻底被那几座黄褐色石头堆给征服了，被它们雄壮的身躯，冷峻的气质，从头到脚洋溢着的难以言喻的神秘力量所征服。

亲近过三座金字塔，钱旦和老谢走下高地到它们脚下去瞻仰了狮身人面像。这座在金字塔旁坚守了四千多年的石头雕像风化得厉害，鼻子也缺了一块，有人说它的残缺不是因为年复一年的风沙，而是遭到了拿破仑军队的炮弹轰击，还有人说这鼻子是被来朝圣的苏菲派教徒敲破的。“子在川上曰：逝者如斯夫”，即使是一个石头鼻子，流逝的时光也可以给它化上不同的妆容，让人难以分辨什么只是传说，什么才是它真实的往事。

下午，他们回到了尼罗河东岸，在解放广场吃了顿肯德基，然后就走进了埃及博物馆。博物馆是座两层的红褐色石头建筑，它在 1902 年建成开放，里面珍藏着包括木乃伊、图坦卡蒙黄金面罩在内的数十万件古埃及珍贵文物，大多数文物的年代超过了三千年。

晚上，他们去了“法老号”。尼罗河上有不少这样的游船，它们每天晚上启航两次，一次航行大约两小时，一顿本地食物为主的自助餐，一场民族特色的歌舞表演，一条夜色弥漫的大河，足以让人觉得值回票价。老谢说在“法老号”上看肚皮舞要碰运气，有人遇到的舞娘风情万种，有人却遇见了老大娘。钱旦算运气不错了，第一次来遇到的舞娘就是位漂亮丰满的姑娘，一件轻薄、低胸的绿色舞衣突显出她的性感。音乐一起，她一舞动，钱旦就全然忘记了桌上食物，视线已被牢牢抓住，这不是柔美的舞蹈，而是充满自信和快乐，肆意释放活力与性感的舞动。所谓肚皮舞，重点当然在肚皮上，只见她随着音乐节拍或慢或快地抖动着腹部和臀部肌肉，慢时有些妩媚，快时激情洋溢，高潮处她腰肢肌肉急速颤动，脸上充满可以自由驾驭自己身体的骄傲，船上的舞台空间逼仄，但完全无法束缚住她的万般风情。

肚皮舞舞娘舞毕，就该跳苏菲舞的汉子上台了，这是“法老号”上固定的节目顺序吧。对肚皮舞钱旦其实是久仰大名，小时候就在电影电视里见过，对苏菲舞他却是闻所未闻，完全想不到眼前这个孔武有力却穿着鲜艳圆蓬长裙的壮汉会带来一段令人叹服的舞蹈，把船上气氛再次推向高潮。“苏菲舞”是他回宿舍后上网才查到的名字，老谢当时介绍它的名字是“土耳其转转舞”，因其起源于土耳其，精彩又全在于“旋转”二字。舞者以脚为轴，在原地做着三百六十度不停歇的旋转，身上的鲜艳长裙随着旋转展开，似孔雀开屏。手鼓节奏越来越快，他旋转得越来越快，钱旦坐在台下看着都觉得眼花缭乱了，他怎么不会头晕目眩呢？竟然还能一边旋转一边摆弄些小道具，并且一边旋转一边慢条斯理地脱下外面的长裙，折成个襁褓模样，送给台下一位女游客作为美好祝福。

眼看歌舞表演高潮已尽，钱旦和老谢离座走上了甲板。甲板上是另一番天地，清静得很。暮色沉沉，岸边开罗塔、四季酒店、凯悦酒店等建筑灯火通明，高楼上广告牌霓虹变幻，点亮着一个世俗的开罗。有人说白天的开罗是个男人，晚上的开罗是个女人，钱旦深以为然。白天的开罗烈日照耀着那些灰蒙蒙的旧建筑，不少街道显得又脏又乱，整个城市的确像个不修边幅的粗犷汉子；晚上的开罗夜色修饰了一切，霓虹下尼罗河波光明灭，既给这座城市送来凉风阵阵，又给它带来些温婉气质。河上风很大，被吹得连打了几个寒战的钱旦望着河水想自己算是一见钟情，爱上这个“女人”了吧。

第四章

2005年4月26日，埃及的小长假终于结束了，老谢带着钱旦在办公室走了一圈，简单认识了新同事们，去见了他们的领导，地区部技术服务总监老韩。老韩交代了他俩的分工。老谢偏重人员招聘、培养、组织建设，钱旦的工作重点是具体工程项目的交付和资源调配。末了，老韩对着他俩露出略显疲惫的笑容，“好好干，争取一年以后你俩可以轻松地躺在红海边上，因为一切皆在你们掌握中了。”钱旦心里倒是记起了出来前欢送宴上老董对他说的话：“好好干，你要相信我们永无宁日，永远没有停歇的一天。”

“好好干”是毫无疑问的，钱旦觉得每天总有干不完的活儿，每天都在晚上十点以后才离开办公室，回到宿舍身体已然疲惫，思维却依然活跃，总是和老谢在客厅里一人躺一个沙发，一边看卫星电视里的“Fashion TV”，那个频道夜里总有美女内衣Show；一边把地区部所属各个代表处的项目和人员一个一个地聊。路文涛不属于他们产品线，算半个局外人，通常是端坐在桌前，在他的电脑上忙着，要么就突然抬起头一脸真诚地冲着钱旦和老谢说：“我说你俩有点出息，别吵吵了，下班了，洗洗睡了。”要么就冷不丁清清嗓子道：“你俩什么逻辑？我认为你们说的都不对！”

钱旦确实是斗志昂扬、精力充沛。他从昆明办事处回深圳后在总部机关工作了一年，觉得在一线工作的“疼”是来源清晰的剧疼，疼起来难受，但总会有止疼方法，并且疼过一阵会好一阵子，而在机关工作的“疼”是长期隐隐作疼，常常还不知道到底是为啥疼。虽然严格说在地区部工作还不能算一线，但至少可以闻到硝烟味了，他认为尽管“敌人”很强大，但自己是知道“敌人”在哪里，也知道该如何战斗的。

他和老谢最大的敌人，他们每天“吵吵”最多的还是资源问题。

一是如何更加高效地使用中方员工，地区部不能只有他们两人，得调几个骨干过来做机动资源，组成自己的“海豹突击队”。如果他们认为地区部所属各个代表处的YR产品服务部做得不够好，想去管理人家首先得有能力支持人家，想去指导人家首先得有能力帮助人家。甚至因为看得到全局，看得到更多经验更多信息，在这个历史阶段他们可以比代表处更早看到风险，主动提出支持建议。

二是合作资源建设，按理说考虑到内控风险，需求部门不应该参与合作资源建设，可一切刚刚起步，拘泥于阵地战必败。老韩也敢承担领导责任，同意他们直接和合作公司接触，自由恋爱，只要别忘了找采购部门盖章之后再结婚就行了。钱旦和老谢既准备忽悠国内合作方加大对YR产品线的投人，又计划寻觅本地合作资源。

更重要是区域内本地员工的招聘和能力建设，他俩相信未来伟通公司一定得学会“以夷制夷”。老谢已经在开罗张罗过两期新员工培训班了，钱旦到的时候正好赶上了第二期，“学生”是四个埃及人、两个苏丹人和一个突尼斯人。伟通公司单独租赁了一栋四层小别墅改造成为地区部培训中心，它藏在路旁花树后，钱旦第一次去的那天，大家都挤在一楼客厅改的教室里，由老谢给学生们做技术答辩。晚春阳光透过大落地窗照进来，给人平添几分慵懒的感觉，但几位学生在谢老师的犀利发问下一点也不敢轻松，尤其是一位苏丹来的大个子，基本上是手足无措地站在台前发愣，让人看着都着急。成绩优秀的是埃及人阿马尔和谢里夫，他们俩一个以前在 IBM 的一家代理商处工作，一个来自阿尔卡特公司，明显比其他几个要老到些。

钱旦适应能力本来就不错，何况迈阿第幽静的环境、便利的生活条件大大超出了他的预想。最初的日子唯一令人困惑的是老迷路。

迪格拉附近是从前英国人殖民埃及时所规划，见不着高楼，找不到标志性建筑，只有一个个院落或者是长得差不多一个模样的公寓楼隐于大树后。并且，每每走到路口，人们遇见的并不是丁字路口、十字路口，而是米字路口，常常看见六七条小路弯延向每一个方向。钱旦有一次从迪格拉广场去距离不到一公里的培训中心开会，特意提前了二十分钟出发，结果会议开始十分钟后迷失在林荫路上不知道身处何地的他叫了辆出租车把自己拉回了原点，重新出发一次才找到正确的路。还有一次周末独自在办公室加班，说好了回宿舍与老谢、路文涛共进晚餐，结果原本十五分钟的脚程，他一个人在暗夜里转了一个多小时，怎么也走不回去了。最后无奈在路边找了家餐厅，落寞地填饱了肚子，细细回忆出自己是在哪个路口犯了错，然后“倒带重放”，终于在大家上床之前回到了宿舍。

5月1日，埃及劳动人民放假一天，钱旦和几个初来埃及的同事去了地中海边的亚历山大。亚历山大距离开罗不过两百公里，是埃及第二大城市，同样是一座历史悠久的古城。但它和开罗气质迥异，穿行在开罗，一不小心就能看见金字塔，看见阿里清真寺，看见一条大河波浪宽，开罗总是让人想起几千年的古埃及文明；亚历山大则是由马其顿帝国最富盛名的征服者亚历山大所建，它伫立在地中海边，令人想起的是埃及艳后，是那些古希腊古罗马的大帝和名将们。他们去游览了古罗马圆形剧场、庞培之柱、卡伊土贝伊要塞、蒙塔扎，还在海边一家叫作“Fish Market”的餐厅吃了顿海鲜。

他们在地中海边的千年港市度过了极快的一天。

节后一上班就收到两个坏消息，一是叙利亚的客户通知伟通公司取消一个已经发货的YR产品线的项目，原因是“无法交付”，有地区部领导恼怒表态今后不卖YR产品线的产品了。二是小强从乍得发来邮件，强烈要求回家。小强和大山也是从国内合作公司租赁的工程师，4月底刚去的乍得。他们在开罗转机时和钱旦、老谢见过一面，告别时钱旦望着他们精神抖擞的背影说：“好了，乍得的资源问题总算解决了。”老谢笑笑，“到了再说，到了再说。”老谢的淡定不无道理，他俩一下飞机就被人盯上，在宿舍门口被摁在枪口下打劫，小强受到惊吓后又病了，几近崩溃。

钱旦和老谢上了办公楼楼顶抽烟，天气不错，望得见天边的金字塔。他对老谢说：“难怪你那么淡定，有预感啊？”

老谢叹口气，“西非、中非才是真艰苦，我2002年去过乍得，有天晚上有人敲门，一开门一把手枪顶着我的头，他们三个人，在我房间里洗劫了十分钟，那把枪一直顶在我头上啊！”

老谢顿了顿，又露出了他标志性的憨厚笑容，“我发誓，不会再让人用枪指着我的头。”

钱旦知道他后面这句是《英雄本色》中“小马哥”的话，却无心玩笑，给老谢又递过一支烟。

老谢点了，慢悠悠地抽了一口，“说真的，在乍得、伊拉克、也门这些地方跑了这几年，我的人生观都有了改变，没那么容易多愁善感咯。”

老谢接着说：“给你讲个西非的笑话吧，早两年我们只有两个兄弟在乍得常驻，工作之余实在找不到什么娱乐活动，有天两个人在市场上买了只鸡带回去喂着玩，后来，他们每天最大的业余爱好变成了在院子里追着鸡跑，比赛谁能先抓到那只鸡，直到那只鸡终于不堪其辱，活活给累死了。”

虽然坏消息接着来，叫唤人手不足的声音依旧此起彼伏，但钱旦已经开始心里有数。机关承诺补充给他们几名中方骨干；三家国内合作公司终于愿意加大对中东北非 YR 产品服务资源的投入，准备了二十多个工程师在国内学习相关产品；地区部 YR 产品服务部的第三名中方骨干，技术专家宋扬从沙特到埃及报到，总算有人协助他们从技术视角盯着各个国家的项目了；第二期本地新员工培训班结束，不管他们学习得怎么样都得赶鸭子上架，苏丹人回苏丹、突尼斯人回突尼斯、四个埃及人中哈尼和穆罕默德留在开罗由宋扬带着，最厉害的阿马尔和谢里夫一个去马尔代夫、一个去约旦，支持代表处的工程去了。钱旦和老谢不能在埃及待着，下半年重点代表处的重点项目交付必须达到阶段目标，打几个漂亮仗来树立品牌，他俩得去现场支持，老谢计划去叙利亚、突尼斯，钱旦的目的地是苏丹和伊朗。

周末，四位埃及员工和钱旦约着在尼罗河边的“Friday’s”餐厅共进晚餐，互相饯行。

钱旦以为他们推荐的是家埃及特色餐馆，到了才发现“Friday’s”该算一家美式餐厅。“加州旅馆”的旋律正在餐厅中回响，他们在露天院子里找了张桌子坐下，正对着下午六点钟的尼罗河。大河宽阔，静水潜流，离岸不远处一只小渔船摇摇晃晃，一老一少在船上慢条斯理地收着网，远处，不少提供给游客的白色风帆来来往往，给平静的河面添了几分灵动。钱旦点了一份烤鱼，一杯芒果汁。“Friday’s”的烤鱼盐味太淡，芒果汁却让他一喝钟情，它是真正鲜榨出来，没有兑一点水进去的纯粹果汁，口味醇厚地道，完全没有盒装饮料的糖水味。他们几个一边吃喝一边聊埃及聊中国，劳累了一个星期的身体和心情像身旁那棵老树的茂盛枝叶一样舒展开来。谢里夫见钱旦凝望河面若有所思的样子，问了一句：“中国有几条河？”

钱旦一愣，中国有几条河？谁数得清楚啊！很快明白了他为何如此问，因为埃及只有一条河，古埃及语里“尼罗”就是“大河”的意思，它长达六千六百五十公里，是世界上最长的河流，是埃及人的母亲河，古埃及遗迹几乎全分布在尼罗河两岸，现代埃及超过百分之九十的人口生活在尼罗河沿岸和三角洲地区，正是尼罗河的灌溉和湿润，少雨的埃及才有可能孕育出几千年的文明。

钱旦想了想，告诉谢里夫中国有两条像尼罗河一样的大河，一条叫长江，一条叫黄河，它们都被中国人视为母亲河。

红日跌入尼罗河的尽头，人们纷纷结束了晚餐。钱旦发现地上出现了越来越多齐膝高的玻璃瓶，它们造型奇特，瓶里盛着半瓶水，一条长长的软管从水中引出，一些人正含着软管，在咕噜咕噜的水声里吞云吐雾。阿马尔告诉他这就是阿拉伯水烟，它的阿拉伯语发音是“Shi Sha”，据说是八百多年前从印度起源，然后流传至伊朗和土耳其，并渐渐成为了整个阿拉伯世界中经久不衰的休闲活动。阿马尔给钱旦做了详细解说，在水烟壶顶部有个小盆，里面用锡箔纸隔成两层，上面一层燃着几块木炭，下面一层放置烟泥，人们要的就是这烟泥的味道，常见的口味有苹果味、哈密瓜味、薄荷味、草莓味等。“Friday's”里烟气越来越旺，美式餐厅摇身一变，成了阿拉伯水烟馆。最靠近尼罗河的一张桌子旁，一位身材高挑的金发美女盘腿坐在椅子上，带几分寂寞，吸一樽水烟，独自凝望大河北去，其人亦成风景。

几个埃及人交换了个眼色，开始忽悠钱旦来一壶。钱旦早就蠢蠢欲动了，赶紧点了个苹果味的。不一会儿，穿一件灰布传统长袍的老侍者端上了烟具，钱旦先是拿着精致的玻璃壶把玩一番，然后将烟嘴含入口中，小心翼翼地吸上一口，听到了壶里咕咕噜噜的水声，却没有感觉到烟的味道，再大力吸一口，嘴里终于有了若有若无的烟草味和淡淡的苹果甜，一股闷香扑鼻而来。抽几口感觉不错，他彻底放下心来，在水烟香里和埃及人继续海阔天空地闲聊。结果，不知不觉中他竟然醉了，头晕沉昏涨，胃也隐隐难受，几个埃及人看他用手势比画头晕的感觉，幸灾乐祸地开怀大笑，仿佛一切早在他们意料之中。等到钱旦彻底缴械投降，阿马尔生怕浪费了没抽完的烟，马上接过烟管，拔掉烟嘴，贪婪地抽一口，烟雾顿时在他面前升腾、弥漫开来。

烟足饭饱后他们挥手告别。钱旦回培训中心取电脑。他的宿舍只能拨号上网，地区部办公室上不了外网，只有培训中心可以连入互联网。钱旦会利用周末到培训中心来和秦辛打打网络电话。

进门时正好是一天之中最后一次祷告时间，值班警卫把支手枪摆在桌上，人却跪在桌旁一条小毯上，面朝墙壁，深伏于地。分辨一个人是不是虔诚的穆斯林可以看他额头，像这位警卫一样脑门正中肿了个黑包的就是每天功课做足，磕头给磕出来的。只是不知道如果有敌人在此时趁虚而入，是该追究他的渎职还是可以因为他的虔诚而原谅他。

办公室空无一人，钱旦上网为今天的新鲜体验做了个延伸阅读，读到一段描写阿拉伯人抽水烟的生动文字：“腾云驾雾间，水迷烟醉中，经典的时光恍若倒流，回到了遥远的过去。”关了电脑，他信步走上屋顶天台，算算时间，北京时间已是午夜两点半，那一头秦辛早已入睡，这一端开罗星辉满天，楼下路边一树蓝花开得那么放肆，一直伸展到四楼顶上钱旦的鼻子前。花香幽淡，烟醉未散，他忘却了他的埃及新朋友们，像老牛反刍一样咀嚼“遥远的过去”。他记起千禧年秋天自己从成都调去昆明，大箱小包的，却南辕北辙地飞去南京转机，只因为秦辛在那里出差，只因为秦辛说栖霞红叶美。那个下午推开酒店房门，不见人踪影，拉开窗帘，她从高高的窗台跳下，孩子气地说：“知道吗？我其实是一个小国的公主。”爱情的确应该如童话，每个女孩都应该是一个被宠爱的公主。那一个瞬间，钱旦相信了自己该是童话里坚持的王子。2002 年秋天他们去了云南香格里拉，某日在纳帕海边的山坡上坐着，世界那样宁静，只有风声、路过牦牛的铃铛声，两个人沉默着看流动霞光、寂寞雪峰、祥和村落、守护者般的青稞架，还有高山上的一面湖水，一切俗世烦扰离得那么遥远。

“腾云驾雾间，水迷烟醉中，经典的时光恍若倒流，回到了遥远的过去。”分离又有一个月，隔着关山万里，大洋重重，他见不着她的眼睛在哪里，但仍然望得见她的凝视在天空里；他见不着她的嘴唇在哪里，但仍然触得到她的亲吻在空气里。

第五章

2005年5月17日，钱旦和老谢飞往迪拜，先参加几天会议及培训，然后从迪拜出发，老谢去叙利亚的大马士革，钱旦飞苏丹首都喀土穆。

在迪拜呆了几天，几个大代表处YR产品服务部的负责人都来了，从深圳请来了两位机关主管，还邀请了两位本地骨干参与，他们从早到晚都藏在酒店里，白天培训、会议，晚上继续培训、会议，十点钟以后开始泡吧。

那家酒店有个热闹酒吧，住客可凭房卡入场，酒吧里有支不错的黑人乐队每夜唱不停，他们每天晚上上床前都下去听听音乐，喝两瓶啤酒，彼此交流交流。也许是酒精作用，也许是紧闭的大门遮住了外人视线，夜越深，酒吧里越喧闹，舞动的男男女女越放肆。那天一位美女在钱旦身边落座，钱旦想着正好练习口语，于是帮她买了瓶啤酒，问：“Where are you from?（你从哪里来?）”

“Georgia.（美国的佐治亚州和前苏联的格鲁吉亚都是这个词）”

“American?（美国人吗?）”

美女摇摇头，提示钱旦：“CCCP.”

钱旦知道了，不是佐治亚州来的，是格鲁吉亚人。他们又聊了几句，钱旦想去趟洗手间，又想回来接着聊，对她说了句：“Stay with me，OK?（留在我这里，好吗?）”

不料美女冒出句：“Three hundreds dollars.（三百美元。）”

钱旦顿时明白了她的职业，也明白了难怪昏暗处有那么多各种肤色的女人在独饮。

他有些尴尬，不知道该如何收场。但他显然是多虑了，闷着头喝酒不过五分钟，从舞池里走过来一位金发猛男，指着美女礼貌地问他：“Your girlfriend?（你的女朋友吗?）”

钱旦摇头说“No”。猛男站在了美女对面，他和她聊了几分钟，拥抱着离开了。自称“揭开面纱、穿上西装、走进世界”的迪拜是阿拉伯世界名副其实的自由港，这样的酒吧在这座城市不止一家。

5月23日，钱旦飞向世界的火炉，苏丹首都喀土穆。他出发前在谷歌上找“苏丹”，所见的苏丹是黑非洲面积最大的国家，是地球上最热的国家之一，是在四千年前就已经有人类活动的国家。所见的喀土穆在阿拉伯语里是“大象鼻子”的意思，因为青尼罗河和白尼罗河在这里合二为一，河流将城市分割、包围成大象鼻子的形状。他所见的还有南北苏丹之间的内战已经持续了二十多年，那场战争被称为当今世界历时最长、产生原因最复杂、冲突解决最棘手的内战，几百万人在战争中丧生，苏丹也因此成为了世界上最贫穷的国家之一。不过，四个月前南北双方签署了《全面和平协定》，内战刚刚结束，和平曙光在这个国家乍现，现在正是百废待兴的时候。

阿联酋航空公司下午三点钟的航班，在云端四小时以后明明翅膀下面已经是喀土穆了，但飞机不停地在机场上空盘旋，就是不去降落。钱旦瞥一眼前面椅背上的小屏幕，看到橙色一片，以为是摄像机出了毛病。半小时之后，机舱广播响了起来，却是通知大家因为沙尘暴无法降落，要备降到红海另一边的吉达去了。吉达是沙特阿拉伯西部的一个港口城市，外面的世界灯火通明，他们却被关在机舱里闷等。等得实在无聊，钱旦走到后舱去找空姐练口语，顺便打探打探消息，结果所有人都对着他摇头、耸肩，说不知道下一步计划。见到一张东亚姑娘的靓丽面容，钱旦上去攀谈，是一位来自首尔的韩国空姐，有趣的是她会说的唯一一句中文是“我不是中国人”，是不是这条航线上中国人太多，又总有中国小伙试着用中文去搭讪的缘故？机舱广播终于又响起，闲得无聊的空姐们忙碌起来，她们各就各位，钱旦却更加茫然了，因为听到这架飞机将要飞回到迪拜去。凌晨一点，终点又回到起点，他们去了趟喀土穆又回到迪拜了。钱旦满腹狐疑地跟着大家走下飞机，心想是不是会安排个酒店让大家休息一晚？结果一走进一楼的到达厅就被催着上了二楼的出发厅，换了架飞机换了个机组他们马上出发，再闯喀土穆。

第二趟飞行很顺利，将近早上六点钟，他们平安降落。飞机在跑道上滑行时钱旦透过舷窗看到了停机坪刷着 UN 标志的飞机和车辆，“UN” 出没的地方不会是什么太平地方。穿越过黎明的朦胧，他们走进了入境大厅，这才发现旅程仍未结束，办理落地签的海关办公室里铺陈老旧，摆设凌乱，工作人员动作迟缓，还动辄起身消失一会儿。起初钱旦还诚惶诚恐地站在柜台前候着，等着等着就麻木了，索性靠到门外长条椅上打瞌睡去了。一个多小时过去了，终于听到里面有人叫他的名字，落地签办好，可以入境苏丹了。

钱旦想起了在迪拜和他促膝谈心的那位兄弟，幸好他没有来苏丹。

代表处安排的司机把钱旦送去了宿舍。那是一栋国内城乡接合部常见的那种三层小楼，伟通公司租赁了二楼的一套房，两室一厅，住四个人。院子里、楼梯间、阳台上铺着一层红色尘土，是头一天沙尘暴留下的纪念。钱旦不算有洁癖，但早养成习惯，即使是再冷的冬天也会每天洗个澡，不幸的是风尘仆仆了这么大半天，走进浴室却发现水龙头里是没有水的。庆幸的是，卧室里那台挂在窗上的空调虽然看上去饱经风霜，但还是可以吹些凉风出来，他顾不上满身灰尘、汗水与油腻，衣服一脱，倒头就睡。睡了两三小时，被热醒来，床单已被汗水湿透，空调不知何时罢了工，停电了。钱旦没有兴趣也没有能力再睡觉了，也到了代表处的上班时间了。走出门，烈日当头，真像是站在火炉边上，手臂上的汗毛都要被烤得卷起来了。同行的同事戴了块可以测气温的手表，他指着手腕告诉钱旦此刻室外气温是四十三摄氏度。

伟通公司2004年及以前在苏丹获得的合同订货额是零，2005年才到5月，可以看得到的合同订货额已超过了一亿美元。ST客户将建设一张新的通信网络，第一期合同伟通公司和汉新公司各得一半份额，谁交付得好交付得快谁就将在后续扩容项目中占据有利位置。

钱旦到达喀土穆时YR产品线到位的服务工程师只有四名委托代表处招聘的本地新员工，四个人中有两个连电脑都没有。

5月25日，钱旦早上起来发现外面大雨磅礴，该是在苏丹难得一见的景象。一个上午他都在与深圳总部联络，跟踪ST项目工程师的到位情况，结果不错，一个星期之后从北京来的服务工程师，从南京来的研发专家，从石家庄来的合作方兄弟都会陆续到达。中午他没有来得及吃午饭，就去客户那里勘测机房、落实电源问题去了。虽然在国内从来没有干过这活儿，但作为第一名空降此地的YR产品服务人员，他得打点好一切，把能做的每一件事情先给做了。晚上，他匆匆回宿舍换了套西装，陪同市场部同事去希尔顿酒店与客户管理层两个关键人物共进晚餐。早期一些海外客户挺受不了伟通公司这一点，一个刚刚在机房撅着屁股干活儿的小伙，转身就打个领带来见其管理层，甚至CXO，在他们意识里这是完全不能对等的两个角色。

阿拉伯人晚餐时间晚，等到九点多，没吃午饭的钱旦饿得发晕之后才开始上菜。两位客户都带着夫人，钱旦强装斯文慢慢吃，还得不时放下刀叉望着他们做倾听状。吃到一半时公司苏丹代表处代表老钟施施然来了。那个晚上老钟话不多，脸上始终挂着一种极真诚的笑容。老钟是伟通公司最早奔赴海外的一批人，战功赫赫，后来升任某地区部总裁。若干年后钱旦无意间见到一份老钟与员工座谈的纪要，有人问："我刚到海外英语还很差怎么见客户？"老钟没有说要努力学习之类的套话，而是"傻笑你总会吧？那你就对着客户傻笑，让客户感觉到你的真诚"。

钱旦不知道问问题的同事是否满意了老钟的回答，但他明白老钟说的"傻笑"，他在伟通公司十多年里常常见到。在国内办事处工作时曾经为一位市场部同事引见一位与他打交道比较多的客户主管，他们走到客户办公室门口一探头，里面那位手一挥，"没空没空，马上要出去，你们下次再来。"钱旦转身欲走，身边那位同事却站着不动，"五分钟，五分钟不行三分钟！"他脸上也挂着这样的笑容。他们在门口站了十分钟后被允许进了那位客户办公室，进去以后客户花了五分钟发泄不满，然后，双方相谈甚欢，不知不觉过了一个上午。

还有一次，在一个重要投标之前，一位关键客户认真地对钱旦说："说实话我很希望最终是你们拿到合同，因为每次看到你笑得那么憨厚，我就想这憨厚背后是有内容的，能感受到你们的真诚，又能感受到你们那种把事情做好的信念。"

晚上睡觉前钱旦看了看"中东北非 YR 产品服务资源表"，那是他自己整理、维护的一张表，分代表处分产品技能列出了所有人员信息，几乎每天晚上他都会看一遍，想一想每个人的工作状态，想一想哪里需要根据掌握的市场动态提前做好资源准备、整体人员配置如何优化。他们有四十八个本地员工了，对本地员工的大胆使用是这段时间钱旦和各个代表处沟通最多的事情，也是碰撞最多的矛盾点。代表处的带头大哥们总是觉得中国人好用，希望多争取些中国人去支持，伊拉克的大刘发来邮件，说他们去年 10 月招聘的两个本地员工要到明年 1 月才能独立工作，并且声明："如果地区部不满意这个计划就把我给换了吧！"其实很难怪大家，伟通公司并没有一蹴而就变成一个国际化公司，只是一个在海外开拓的中国公司，大量的资料文档、与总部的协调都依赖中文，钱旦和他的同事们任重而道远。

第二天钱旦一整天都和四个苏丹本地员工在一起，上午给他们做了次宣讲，是钱旦首次一本正经地用英语宣讲；下午一个一个地交流；晚上他们带钱旦去了家本地人去的餐厅，吃披萨抽水烟。大个子甘法斯煞有介事地说埃及人会在烟料里加大麻，苏丹的水烟才健康，钱旦自是将信将疑。不久前在开罗的本地员工培训班上见过甘法斯，答辩时紧张得手足无措的那一个，回到喀土穆的他倒是找回了自信，一晚上轻松幽默、逻辑清楚，令钱旦心里多了点期盼。

一个星期以后，援兵到达，领头的北京小伙曹松生于1980年，算得上80后了。他身材壮实，谈吐中透着机灵，一眼看上去就是个精明能干的好兄弟。可没等钱旦舒口气，曹松就严肃地问他："领导，我啥时候能回去？"

钱旦一愣，来了不到两小时就问这个问题，得有多没心没肺啊！"欸，别叫领导，没领导，怎么了？有啥困难？"

曹松答道："没，我自己没困难，我爸妈担心，得给他们回个话。"

他犹豫了下，接着说："老魏托我向您问好，他和我沟通说来支持您半个月。"

钱旦心里骂了几句曹松的领导老魏，这不明明沟通好来常驻的吗，怎么变成支持半个月了？他直截了当地对曹松说："黄沙百战穿金甲，不破楼兰终不还。这一仗还没打呢，就先别提回去了。在苏丹干一天赚七十美元补助，海外常驻还有安家费，我明天给老魏打电话，你赶紧把人事关系调过来，别到时候少拿了补助不划算。"

曹松点点头。钱旦刚要把那口气舒出来，曹松又说话了，"还有件事，我从来没有做过CI产品的。"

钱旦紧张了，为了和汉新公司比拼工程进度，代表处要求他们在客户把电源准备好之后五天内打通电话，早几天因为公司发货晚了两天，老钟扯着喉咙在办公室喊："这要查一查！是不是供应链混进了汉新公司的奸细?!"他要知道YR产品线安排的"技术专家"从来没有做过卖给ST客户的CI产品，非把钱旦当叛徒给撕了不可。

钱旦赶紧与在也门出差的公司CI产品专家联络，评估风险。还好，CI产品和曹松擅长的FI产品差异不大，而且曹松确实有丰富的重大项目交付经验。钱旦放下心来，离客户准备好电源还有些日子，他们还有时间学习、准备。

和曹松一起来的还有两位国内合作公司的兄弟，白白净净的小伟不吃肉，钱旦总想着他如何能在食堂已经连续三十八顿只有土豆烧牛肉这一道菜的喀土穆活下去？小军在开箱验货时被钉子扎了脚，钱旦听说喀土穆有家叫“神州医院”的中国人办的医院，就陪着小军去了那里。那医院规模比他们想象的要大，看病的花费也远远超出他们的预期，小军花了十美元挂号，花了一百美元打了支“破伤风”。

他们的工程开始安装硬件了。

在ST大楼里，汉新公司设备机房在二楼，伟通公司设备机房在三楼。那天小军瘸着条腿，单脚一跳一跳地去二楼转了一圈，上楼后气呼呼地说：“刚才去二楼想看看他们开工了没有，居然被他们轰出来了，有个土人还用英语叫我滚，他们不是也天天上来看我们的进度吗？”

曹松一拍大腿，“对了！我们也不能让他们知道我们的进度，赶来赶去的太粗鲁了，回去找些报纸，明天把窗户全糊上，机房没人时把门给锁好。”

翌日，钱旦去机房，远远看见曹松站在窗前发呆，他见到钱旦往窗户上一指，“好爽，戛纳电影节苏菲·玛索裙子滑落露点走光。”原来，他们用不知道谁在香港机场买的八卦报纸把窗户给糊上了，曹松正在看刚糊在窗户上的八卦新闻。

钱旦在电脑包里翻翻，找出钢笔，把照片上苏菲·玛索的身体涂黑了，只留下张漂亮的脸。

曹松不解，“旦哥，你干啥？”

“别忘了我们在穆斯林的地盘上，初来乍到的，还是给她穿件黑袍吧。”

曹松怏怏的，“好吧好吧，就糊这几天，完工就扯掉了的。”

第二天，汉新公司也用报纸把窗户糊上了。

两家公司都很快完成了硬件安装，就等着客户提供电源了。

曹松每天在办公室呆到晚上十一二点，或是守在电话前向研发专家以及其他做过 CI 产品项目的同事请教，或是坐在角落研究前人写下的经验案例，或是拉着小军、小伟一起讨论。

过了几天，他来找钱旦，“你说我们是不是申请两个研发专家来现场支持啊？”

钱旦头也没抬，“这是谁建议的？”

曹松回答：“兵哥。”

兵哥是市场部的同事。钱旦一进伟通公司就被前辈教导，“如果你压力大到睡不着，那么你一定要让每个有干系的人都睡不着。要学会放火，放了火之后再带着大家去救火，不要把自己一个人烧死在现场。”公司市场拓展一直很快，交付和服务压力一直很大，一个“不会推动问题”的工程师往往比一个“技术水平差”的工程师更不受待见。但钱旦想适度改变，事情不是非黑即白，一线服务工程师的价值到底在哪里？即使是后台支撑能力强大，能像玩电子游戏一样灭掉萨达姆的美军，其先头部队也不是只会呼唤炮火，他们有能力呼唤炮火精确打击，也有能力自己动手处理当务之急。

他拍了拍曹松的肩膀，“一个传统产品的传统工程，还要申请研发专家来开局，那你来这里是干吗的？我在这里是干吗的？”相处几日，他相信曹松的实力，相信小军和小伟的潜力，也相信自己的判断。

第六章

钱旦在盛夏喀土穆生活了一个多月，觉着生命回归到了“简单”二字，并且，由着这“简单”生出来了一种莫名其妙的充实感。

每天早晨从那张又矮又窄的单人床上醒来，他睁开眼睛就看到一个旧吊扇在头顶咿呀咿呀地转动，听到嵌在窗户玻璃上那台不知道用了多少年的老式空调轰隆轰隆地震颤，但身上仍然是粘乎乎的，汗水浸湿了床单。天气太热了，吊扇根本吹不散暑气，空调只有两档，如果调到高档，五分钟之内墙上必然闪出一道蓝光，“噼啪”一声响后电源保险被烧掉，所以只能是把它保持在档挡上，形同鸡肋。恋床是件毫无意义的事，钱旦睡眼惺忪地起来，摇摇晃晃地走进浴室，小心拧开看上去随时有可能垮掉的小盥洗池上的水龙头，只要有一点黄浊的水流出来就会从心底里庆幸清爽一天的开始。如果停水也并不会感到一丝沮丧，因为他未雨绸缪，昨夜就在旁边一台早已不能工作的破旧洗衣机上备好了几大瓶水，只需要用掉其中一瓶就足以完成他在喀土穆每个早上的洗漱过程。

洗漱完毕，从墙角提起电脑包，到楼下路边等公司班车来载他们去办公室，这个时候不过是早上七八点钟，太阳已是一副火辣辣的表情，夏季喀土穆白天气温常常停留在四十摄氏度以上。

办公室离宿舍不远，有时候钱旦会乘坐被同事们称作“蹦蹦跳”的三轮摩托车往返，那些摩托总是被开车的小伙们打扮得酷劲十足，车身插满天线，一天到晚播放着摇滚音乐在马路上扬尘而过。他第一次坐的时候心里拿不准该付多少银子，到站下车，递给开车的黑小伙五百苏丹镑，黑小伙找回来两百镑，直觉告诉钱旦他在“宰老外”，钱旦坚持要求找回更多，鸡同鸭讲拉锯了一阵子，终于，黑小伙嘴里念念有词地打开了角落里的工具箱，钱旦暗自得意，心想你还是要掏钱包拿零钱了吧，他却掏出来一个油腻破布包塞到钱旦手里，意思是将这包东西抵帐。钱旦打开布包一看，不是私人珍藏的象牙什么的，而是一把扳手一个螺丝刀，螺丝刀还缺了半边口，善良淳朴的中国人民又怎能轻易去拿非洲兄弟吃饭的家当呢？看来他是真没零钱了，钱旦就付了三百镑作罢。后来才知道，这一次黑小伙收了他三倍车费，钱旦又心甘情愿被貌似忠厚的人骗了一回。

有一处办公室对面是个大清真寺，经常可以看到聚集于此的穆斯林们白袍飘飘，听到广播里响亮的祷告声。某天，大家挤在下班的班车里，祷告声正好在暮色里响起，一个同事望着宣礼塔上的灯火感慨：“想想出来一趟挺好的，我这半年见到的清真寺比在国内一辈子见到的都多。”大家会心地笑了，是啊，钱旦也没有想到自己会有几年生活在清真寺的包围中。另一处办公室藏在一片小别墅群里，对面人家正在修建新楼，黑小伙们不戴安全帽，裸着上身显露出他们结实的肌肉，也没有什么升降机，大家人手相传地搬运着水泥沙浆桶。骄阳似火，他们却一点也没有被晒蔫，嘴里歌唱个不停，是极有节奏的黑人歌曲，伴随着口哨声、欢笑声、砰砰的抛接水泥桶声，就像一曲旋律简单又洋溢着快乐情绪的MV在反复播放着。办公室里挤得满满的，难求一根网线，但是安静。一只野猫经常溜达进来，在大家脚边磨磨蹭蹭，大家都懒得管它。老钟偶尔从他的小办公间里走出来打破宁静，譬如："你们谁在下载大文件?不管是版本还是电影，晚上再搞，网络太慢了!"他有很多故事，譬如他常在见完客户后回办公室召集会议，一开始西装笔挺，开着开着觉得热了，便脱下外套，开着开着仍然觉得热，就脱掉衬衣、长裤，有时候会议开到最后，统管着上亿美元生意的领导身上就只剩下条裤衩了。

代表处有食堂，有中国厨师做中国菜，但开餐时间总是难定，因为总是发生停水停电种种意外。坐在食堂赶着苍蝇等开餐的时间是此间伟通人打探彼此来龙去脉的好时光。

太阳落山，白天挤在墙角或者藏在路边车下睡觉的野狗们开始在路灯昏暗的土路上出没，经常还会见着它们在黑夜里成群奔跑嘶吼的景象，但钱旦偶尔还是会选择步行回宿舍。几乎每个晚上都加班，那天又到了十一点多，一个刚被调动到喀土穆的兄弟一听钱旦说不叫车而是走回去，兴致勃勃地说要一起走，他一定在想象异国月色里漫步的浪漫了。他俩深一脚浅一脚走在没有路灯只有尘土的路上，野狗嘶叫声若近若远，那位兄弟忽然在暗夜里长叹一声："哎呀，我的人生真失败，怎么被公司调动到这个鬼地方来了?"

钱旦没有说什么去安慰他，心想他从新奇到失望的过程也太短了点，虽然脚下路不平，但是抬头望月亮多美啊！况且与白天酷热相比，夜色又是多么温柔啊！不知道多住几天他是否会习惯。他应该是刚刚毕业，当年钱旦大学毕业后回了家，在湖南西部某市的一家金融机构工作了一年多，他在十多个县区的各个乡镇跑来跑去，为当地农村信用社换装新储蓄系统。回想起来，他一点也不觉得那是蹉跎岁月，一年多时间既培养了他的耐心、细致，又让他养成了简单、直接、快速解决问题的习惯，更重要是他看到了、理解了书本上见不到的社会。“Any coin has two sides（每枚硬币都有正反面）”，钱旦想其实每段经历对于人生都弥足珍贵，往往在当时并不能算计出得失错漏，也无须时时追究。

每天回到宿舍前钱旦总会在楼下小杂货店里买一瓶冰镇百事可乐，这是店里唯一能吸引他眼球的东西，也是他在喀土穆每天最后的享受。喝几口冰凉可乐，上楼，推开宿舍房门，隔壁卧室的兄弟会以他永远不变的造型伏在床上，床头一面镜子直播着他电脑屏幕上永远不变的“三国群英传”。卧室外有个大露台，睡前钱旦会独自站在那里沉醉于璀璨的星河中，不知道究竟是这里的夜空更加美丽，还是因为这些年自己已经很少仰望家乡的星空了。

钱旦去了一次当地人的理发店，去之前特意上网查了一下，确认在理发店感染上艾滋病的风险极小，大家的担心应该是多余的。进去前想着会是段难挨的时间，没想到进去后不到十分钟就被理发师轻松搞掂。他们用的工具是和国内一样的电推剪，只不过根据客人需要在刀头套上一个不同规格的塑料罩，用了这个塑料罩后理发师不管怎么推，推出来的头发都是一样长短，又不会伤着头皮。像钱旦这样的头发就很好对付了，那个精壮老头儿一把按住他的头一顿乱推，五分钟之内结束了修剪，再拿出一个喷水瓶对着他头喷两下水，扯一点看上去来历可疑的棉花前后左右擦擦，钱旦就可以结帐走人了，算是极高效、很环保地理了一个发。从那天以后，钱旦不管在哪个国家理发时都会对理发师说：“套上那个三厘米的套子，推短就可以了。”

钱旦还欣赏到了一场经典的沙尘暴。

那天他一直待在客户机房里，没有留意外面风云变幻。中途去厕所时透过走廊窗户瞟到外面一片红色，头昏脑涨的他还在想这是为了防止太阳光照射进来贴的膜吧！苏丹人居然也怕晒，知道在窗户上贴防晒膜了，还贴了红色的膜！

下午六点多准备回公司，他下到一楼门厅一看，不知道什么时候开始整个世界已经笼罩在红色沙尘中了。那沙尘暴倒不是随着狂风张牙舞爪地来，而是悄无声息地遮天蔽日，包裹世间万物。他和曹松站在门厅里想等到沙尘过去再走，却看见两个客户主管站在外面空坪中间谈笑风生。钱旦和曹松对望一眼，默契地决定加入到他们中间去。他俩堆出淡定的笑容走向那两个客户，和他们一起沐浴在沙尘里，感受着呼吸间来自撒哈拉的味道，暗自嘀咕今天晚上可别再停水了。

他们回到办公室时大家正在传看一组照片，有同事抓拍到了这场沙尘暴的全部过程，就见一堵沙墙从远方缓缓移来，沙墙不够高，在它之上还能清楚地看见蓝蓝的天空白云飘，强烈的色彩对比带来了另类的美丽感觉。沙墙越来越近，直到镜头里剩下一片橘红。

他们偶尔去看看尼罗河。有时候是去河边树林中，车一停好奇的黑人孩子们就会围过来；有时候是去青尼罗河与白尼罗河交汇处。尼罗河是由卡盖拉河、青尼罗河、白尼罗河三条河汇流而成的，其中大的两条青尼罗河发源于埃塞俄比亚高原，白尼罗河发源于布隆迪高地，它们在喀土穆汇流成一条大河，再向北奔流进入埃及境内。因为河水中携带的沉淀物不同，它们的颜色也不同，“一条青色，一条白色，汇合时泾渭分明，水色互不相混，平行奔流，犹如两条玉带”。去尼罗河交汇处的路上会经过河畔的苏丹总统府，那也是19世纪英国人的总督府。参与火烧圆明园、剿灭太平天国的洋枪队长戈登在苏丹马赫迪运动中被起义军刺毙于此，据说在总统府的一楼大厅至今仍钉着一块木牌，上面用阿拉伯语写着：“查尔斯·乔治·戈登死于1885年1月26日。”

客户终于准备好了电源，两家公司谁也不是慢腾腾的乌龟，谁也不是骄傲的小白兔，大家火力全开，加班加点。曹松带着小军、小伟来了个“停人不停机”，他们分成两班二十四小时赶工。这个时候钱旦已经帮不上忙，只能做帮着送送饭之类的支持。

钱旦的自信没有出错，设备上电之后不到两天，他们完成了First Call（第一个电话），既领先于汉新公司，又超出了代表处期望。曹松发了邮件报喜，钱旦把邮件大范围转了两次，一次是转给领导们、干系部门的同事们，刻意放大这个难得的好消息，另一次转给了在中东北非干YR产品服务的所有人，他在邮件最后写道：“自行解决力是我们的自尊心！”

苏丹的项目上了轨道，钱旦要去他的下一站——伊朗了。

临行前夜，YR产品线的几个中方同事在家中餐馆欢聚一堂。有位新来的嘉宾——刚从阿联酋调动过来的陈永生。他在迪拜机场免税店买了两瓶伏特加，悄悄带进了苏丹，正好贡献出来。钱旦满了一杯酒，和陈永生碰了个杯，“你在阿联酋待得好好的，怎么突然来苏丹了？”

“苏丹突然就要从零变成亿元代表处了，又是竞争很强的市场，更有挑战性。我喜欢竞争，这里有点快意恩仇、笑傲江湖的感觉啊。”

陈永生头一仰，空了酒杯，“当然了，补助更高，赚钱更快。”

大家开始讨论中东北非各个国家的补助差异，整个晚上都显得沉默的曹松突然憋出一句：“旦哥，别把我丢在这里不管了，我还是处男。”

大家哄堂大笑。

钱旦知道他的心事，在工作之外困扰海外伟通人的常见问题无非两个，一个是该做父母的年纪没有机会安心造人，一个是该成家的年纪没有时间恋爱厮守，他笑了笑，“没事上上网，先用 QQ 找着吧，忙完这几个月回国休假，直接解决处男问题。给你讲个励志故事，我前段时间在埃及听到的，说我们一位兄弟在网上认识一个女孩，QQ 聊了三个月，超有魄力地直接把买房子的钱给女孩转账过去了，女孩把房子买了，装修了，然后他飞回去见女孩第一面，见新房第一面，加上举行婚礼。一个月后把女孩带到这边，半年后怀孕了，现在做爸爸了。”

曹松不满道：“这个故事我听过，但是还听过另外一个，说我们一哥们两年没回国，那天回国用钥匙怎么也打不开门，一按门铃，出来一个陌生男人问他是谁。”

钱旦也听过曹松讲的这个故事，在中东北非辽阔大地上奋斗的伟通人中间，浪漫和辛酸的故事都不少。

一个黑人司机送钱旦去喀土穆机场，钱旦望着远方红色的天，担心地问：“沙尘暴？今天能飞吗？”

黑人司机瞟了他一眼，“没问题。不能降落，因为找不到跑道，能起飞，飞机对着天空就行了。”

他见钱旦将信将疑的样子，安慰道：“不用担心，我给你放中国歌，我最喜欢的中国歌。”

他翻出一盘磁带塞进录音机，空灵的歌声在车里响起：

不要问我从哪里来
我的故乡在远方
为什么流浪
流浪远方，流浪
为了天空飞翔的小鸟
为了山间轻流的小溪
为了宽阔的草原
流浪远方，流浪
还有，还有
为了梦中的橄榄树，橄榄树
……

竟然是钱旦16岁花季时常听的一首歌。那一刻他蓦然惊觉自己终于还是走上了当年梦想的路，只是，真正的简单生活，那些为赋新词强说愁的青葱岁月早已经长成了梦中的橄榄树，快乐单纯的青春小鸟，已经如这样的歌声渐飞渐远，渐失踪影。

第七章

2005年6月25日，钱旦离开喀土穆，经迪拜转机去伊朗首都德黑兰。

到达德黑兰后在机场遇见已在此地呆了一年多的小徐，小徐客气地说："伊朗不比其他地方，条件艰苦啊！"钱旦想他从喀土穆来到德黑兰眼睛里满是繁华，何以谈条件艰苦啊！

小徐说老韩在满世界找钱旦，钱旦赶紧回了电话过去。老韩说地区部总裁刚去叙利亚拜访了SY客户高层，承诺YR产品线的WI项目在三个月内割接商用，叮嘱他盯紧点。钱旦有些奇怪，老谢不是刚去过叙利亚吗？老韩怎么不找他？他又想生活条件艰苦也好、便利也罢都是身外之物，工作上接踵而至的新挑战才是真正需要他们打足精神，持续奋斗的"艰苦"。有时候觉得伟通公司的兄弟姐妹们就像"土八路"，在战场上，冲锋号一响就无畏地向前冲，子弹打光了挥着菜刀也上，攻下一个山头后来不及喘息冲锋号又响了，前面的山头更加陌生，“鬼子”更加兵强马壮，但他们还是义无反顾地冲，别无选择地赢。

他们在伊朗必须赢下的是 IM 客户的 WI 项目交付。这个项目交付工期比苏丹那个充裕，交付项目组介入时间早，他们准备换种玩法，端到端地打阵地战。为了避免“Mr. Yes、Mr. Delay 和 Mr. Sorry”的故事再度发生，2005 年上半年他们给总部写了不少专题报告，痛陈各个项目交付过程中暴露的问题，推动公司端到端地审视和优化交付流程。伊朗 IM 客户的这个项目算是中东北非 YR 产品线项目交付阵地战的开始，他们就地取材，把具备项目经理潜质的小徐从技术部门调了出来做专职项目经理，又向总部呼唤炮火，申请了一位研发专家过来进行需求调研，两位同事分别从项目管理和技术实现上早早介入了项目，梳理出了风险及问题跟踪表。钱旦到了后拉着销售、研发和服务的同事又开了两次项目分析会，大家心里有了谱。

小徐是个 80 后，曾经有客户提出质疑，认为伟通公司的项目经理怎么年轻得连胡子都没有？没有胡子的项目经理能管理好如此重要的项目吗？其实何止项目经理，伟通公司各个岗位上承担重任的年轻人都很多，年轻令他们不时犯错，常常不能一次把事情做好，年轻也令他们不害怕犯错，无惧天高地厚向前冲，年轻更令他们没有太多陈旧的包袱，敢于否定过去，发现未来的方向。

钱旦收到老谢的邮件，他那里有好消息，产品线机关和 IBM 公司谈了个提升端到端项目管理能力的咨询项目，有意把在中东北非突尼斯代表处的一个 WI 项目作为试点，给他们配置一名来自 IBM 的项目经理。钱旦看了那位项目经理的简历，人家在 IBM 工作已达二十七年，对比起来小徐还没有 27 岁，就是伟通公司也还未满 20 岁。钱旦准备赶紧挤两个人出来到突尼斯去偷师学艺，

IBM 项目经理的从天而降不能只是解决单个项目的问题，经验也不能只是被带回总部。

他还收到一封来自老韩的邮件，老韩讲了两个故事：

地区部一位中国男士出差归来见到大家格外亲切，高兴地在一位平素关系不错的埃及男同事屁股上拍了一巴掌以示友好，不料一场风波平地起，那位埃及同事立马投诉他性骚扰，并且闹到了“他留我走，他走我留”的地步。

埃及代表处有个项目工期很紧，项目经理压力大，在项目周报的结尾写了一句“我们没有神可以依靠，只能用我们自己的努力去赢得项目的成功”。收到周报的中方员工觉得是激励，埃及员工却极为不满，因为“怎么能说没有神可以依靠？这不是对安拉的蔑视吗?”

老韩提醒大家注意文化差异，即使同性也不能乱拍人家屁股。的确，理解语言容易，融入文化难，前段时间地区部服务部高调激励了中方员工家属代表，认为她们跟随丈夫驻外很不容易，埃及员工们颇不以为然，他们认为这是错误导向，该激励的是留在国内的那些，随军已是福利，留守才是艰苦。

伊朗算大家公认本地员工成长比较好的国家，不过 YR 产品线的市场刚打开，业务量刚上来，他们才招聘到一人，是个女工程师。钱旦在办公室正襟危坐，心想波斯确实产美女，例如这位叫佳瓦妮的姑娘，第一次见面时她比画了好一阵子，找到一个英文词来告诉钱旦“佳瓦妮”的意思是“Blossom”，是指“花开的状态”，名字意境里就透着“闷骚”。她像不少在街头见到的德黑兰女子一样用米色短风衣代替了传统黑色长袍，衣襟处还有朵漂亮绣花，腿上是一条牛仔裤，脚踝处有精致脚链。

伟通公司的宿舍和办公室都在费伦贾克区，就在厄尔布尔士山脉的一面山坡上。钱旦每天早上出门遇见的都是明媚的阳光、清爽的山风，还有路边绿树下点缀着的朵朵红花。晚上下班后他总是沿着路边高墙密树下不过一人宽的小径由山下往山上慢慢走，悄悄穿越那些充满异域风情的大院，经过那些打扮入时的少年、手拉着手的情侣。在费伦贾克的暮光里人们可以看得到手牵着手的情侣们，德黑兰并不像传说中的笼罩在沉闷黑袍下。

6月末费伦贾克气候怡人，晚上睡觉连风扇都不需要。可是，在火炉喀土穆尚能上床就酣然入睡的钱旦在这里却有好几个晚上都没有睡好。因为临着马路，一盏路灯透过薄薄窗帘把房间照得通亮，而且，几乎通宵都有往山上冲的汽车引擎在轰鸣，不时还会从路上传来强劲的音乐声。有一夜又被音乐吵醒，钱旦忍不住翻身下床走到窗前窥探，想看看究竟是什么人如此张扬，当他睁大了眼睛去一看究竟时，瞬间睡意全无，他看到几位妙龄女子挤在一辆放着摇滚乐的车里在往山上冲，这就是2005年夏天的德黑兰，身临其境和道听途说之间的巨大反差让钱旦忍不住想用“闷骚”一词去形容这座城市和城市里的人。

钱旦本来计划在伊朗多呆些日子，去下面的省里出差，工作之余再约上同宿舍的两个兄弟找一个周末去登宿舍背后的大山，找一找地图上看到的费伦贾克河，量一量它们与冰雪之间的距离。却突然接到老韩的电话，要他尽快返回开罗，电话里语焉不详，钱旦也不知道是什么事情。

7月6日黄昏，伊朗航空公司的IR517航班载着钱旦离开。他的埃及签证过期了，得绕道叙利亚，因为去叙利亚可以在最短时间内办到埃及签证。那一次德黑兰之旅最后的意料之外是飞机上随晚餐送上的还有一枝红色玫瑰，他隐约记起了这座城市曾经被唤作过玫瑰之城。只是，如今的人们有谁听到“德黑兰”想到的会是玫瑰花呢？

“人间若有天堂，大马士革必在其中；天堂若在天空，大马士革与它齐名。”

在很久以前，先知穆罕默德来到大马士革郊外，从卡秀山上眺望全城，感动于这城市的绚丽多彩。但他静静欣赏了一阵子后并没有进城，而是转身就走，随从问其缘由，穆罕默德说：“人生只能进天堂一次，大马士革是人间天堂，如果我现在进了这个天堂，身后怎能再进天上的天堂呢?”不知道天上天堂是否真能胜过俗世人间。钱旦到了令先知不敢亲近的城市，因为心神全在必须要赶着完成的一个工作报告上，他没有多看大马士革的夜色，从机场到了宿舍就打开电脑开始工作，彻夜未眠。

那天晚上大马士革风很大，钱旦把往阳台去的玻璃门关严实，再摇下厚厚的木窗帘，尖厉的风声仍是在耳边咆哮，仿佛随时要来“卷他屋上三重茅”。临近子夜，忽然有激扬的音乐声穿越大风而来，他忍不住放下电脑，拉开门，走到阳台上，看见远处有一群着盛装的人从一座大宅院里出来，在院门口的空坪上翩翩起舞，风中音符就是由他们手里乐器而来。钱旦不知道那究竟是一场民俗表演还是一段真实生活？但那些人显然是快乐的。

叙利亚和埃及到底是曾经合二为一过的睦邻，上午九点钟钱旦将护照交给办理签证的代理，下午三点钟就顺利拿到了埃及签证。但又有了新意外，能订到的最早一班去开罗的机票是一个星期以后，他在大马士革多住了一个星期，老韩又打了两次电话催他过去。

钱旦抽空去拜访了伊斯兰世界最著名的古清真寺之一，建于公元705年的倭马亚清真寺。

他从中国来到伊斯兰世界已经有三个月了，这还是第一次踏进清真寺的院门。在喀土穆时，办公室对面就是一座热闹的大清真寺，但一直没有想到过要进去参观，既是不知道人家是否欢迎，也害怕自己的好奇扰了他们的虔诚。这一次，恰巧一位同事的女友已经在这座城市生活了两年多，学习了当地的语言和宗教，可以做他们的好向导，又知道倭马亚是可以包容像他们这样的异教徒的，才敢拣了休息日的午后去拜访。

倭马亚清真寺在大马士革老城中央，是个四合的建筑。它的中央广场上大理石地面光洁如镜，钱旦拎着鞋赤脚站在地上，任阳光温柔地打在身上，再望望如洗的蓝天和塔楼外墙上雅致的绘画，觉得纵使自己不是信徒也不自觉要在此静思先知了。他们放轻脚步，在回廊里绕着广场走，穿过斑驳光影，走过了十几个世纪，终于从角落的门走进了大厅。大厅里吊灯华美，红毯柔软，一派富丽堂皇景象。有些人端坐路旁听老者讲经，有些人三两成群静坐墙根，也有不少像他们这样一脸好奇的游逛者。

祷告时间快到了，一个老头儿挥舞着根细木棍四处吆喝，但并没有把异教徒们扫地出门，只是像赶小鸡一样把他们赶到墙根老老实实坐了下来。旁边坐着两位罩着风衣戴着头帽的女孩，从面容上看像是欧洲人，搭讪后才知道她们也是地道的叙利亚人，从外省来大马士革旅游的，原来叙利亚人就是欧罗巴人种中的一类。

灯光渐渐暗淡，终于到祷告时间了。虔诚的穆斯林们在厅中一次又一次俯身、跪拜。望着他们黑压压的背影，钱旦终于忍不住站起来，轻轻走到人群后面，关了闪光灯留些照片。

祷告结束后他们走出倭马亚清真寺继续在老城里头逛。“大马士革”一词本是“手工作坊”的意思，老城里有很多卖手工艺品的小店，以皮带、皮包、皮鞋、皮马甲等各式皮具为多，然后就是著名的“大马士革刀”。钱旦拣了一把喜欢的刀细细把玩，爱不释手，准备掏钱包时随手翻过刀盒，盒底的“Made in China”却赫然而现。不是说从十字军时期就声名远播的大马士革刀独特的冶炼技术和锻造方式是波斯人的秘密技术吗？它何时也转移到“世界工厂”中国去代工了？难怪总是有人对着他们恭维说“中国人制造 Everything”。

钱旦记起了在开罗时的一个故事，那天和老谢参观完埃及博物馆后在旁边一家卖阿拉伯香水的小店里逛，他被那些充满异域风情的精巧香水瓶所吸引，正准备照些照片时却被店主及时制止。店主强调“中国人”禁止照相，问其原因，说是因为中国人太聪明了，如果让他照了相，也许下个月大批中国仿制的阿拉伯香水瓶就飘洋过海来了。

离开老城前他们去了哈密地亚市场里的“Bakdash”冰淇淋店，它是间“Since1895”的百年老店，店里冰淇淋并没有太多花哨品种，但店门内外挤了可能有上百人。他们拨开人群，好不容易坐下来，也顾不得桌面上前一拨客人留下的狼藉，就在众目睽睽下开始大快朵颐。

在这家店除了吃，人们还能现场观摩他们的冰淇淋是怎样“炼成”的，店门口有几个正在制作冰淇淋的小伙，他们单手握住一根大木棒，一下一下用力砸着白色奶膏，冰淇淋的奶香随着他们粗壮胳膊的上下而四溢。

“真主宠爱谁，就把谁安顿在大马士革”，伟通人总是行色匆匆，不求安顿。据说大马士革的甜点闻名于整个中东，钱旦走之前特意去买了一盒带给老谢和路文涛。而后，离开的车载他穿过杨柳路、仙人掌林，晚风拂过，回头望去，落日余辉将身后城市染成一片金黄，恍若天国。

第八章

2005年7月15日，钱旦回到开罗。

迪格拉有家免税店，外国人每次从境外来到埃及都可以凭七十二小时以内入境的章去买三瓶进口酒。钱旦回到宿舍放下行李就被派去买法国红酒，晚上大家在宿舍欢送路文涛。

总有人说伟通公司是“军事化管理”，钱旦并没有留意到外界传说的细节，他认为伟通公司最称得上“军事化管理”的，一是很强的责任结果导向，二是对于干部、骨干来说，一声令下就得开营拔寨，去往公司最需要你的地方。年初也门代表处YR产品线出了次人为重大事故，事故回溯完之后当事工程师被劝退，代表处服务主管被撤职、调离，地区部相关主管老韩、老谢都负连带责任被通报批评并被罚掉一笔“巨款”。路文涛下一站就是也门代表处，他算是临危受命，赴汤蹈火了。

他们叫了五六个亲近的同事在宿舍吃火锅，锅是一个旧电饭煲，底料是国内带来的四川麻辣火锅底料，再加上一桌子与猪肉无关的菜，那是此地最典型的伟通公司宿舍火锅宴的景象了。电饭煲不够威猛，火锅开锅的速度远比不上人们筷子翻飞的频率，好在可以边喝边等。西方人说“红酒配红肉，白酒配白肉”，又说能从红酒中喝出醋栗味、丁香味、黑莓味什么的，钱旦觉得还是中国人一句“酒逢知己千杯少”来得实在，喝酒又不是技术活，纵使舌尖已被四川火锅辣得发麻，但几个投缘的人一起从清醒至微醺，那就是好酒好时光。

其他人散去后，只剩包括钱旦在内的四人坐在桌前不想动弹。

钱旦向两位兄弟坦白：“说起来路文涛去也门和我是有关系的。”

那两位不解，“什么逻辑？和你有啥关系？”

钱旦把一口红酒在舌头上转了两转，咽了，“在也门整出人为事故的兄弟几年前在昆明办是我带的兄弟，当年在昆明就搞出过类似的人为事故，被我大事化小，事后把他输出海外了，一颗定时炸弹就这样送给了老谢。这哥们在也门出事后给我打过电话，说他之所以在话务忙时做高危操作，导致全网通信中断，是因为记得当年在云南见我做过同样的操作，他问为啥我做的时候屁事没有，他做就惹出了大祸，还坚持认为是自己运气太差。你们说要是也门不出这次事故，就轮不到路文涛这个时候去救火吧？”

老谢瞪大了眼睛，“我要向公司建议，主管连带责任要追溯前三年所有主管，不能罚到我为止，你得帮我出一半罚款。”

钱旦骂了句：“滚，小心今晚灭你的口。”

他又正色说：“我在云南是半夜十二点行业默许时间做，他在也门是晚上七点话务忙时做，这是本质区别。不过，在伟通公司做服务做了几年，什么行业默许时间之外做高危操作呀，什么把笔记本电脑的电源往人家机柜里插导致断电呀，什么随手删除一条关键数据呀，这样的人为事故一再发生，你们说问题在哪儿？我们是青纱帐里出来的，不重视 SOP（标准操作规程），不重视服务规范，工程师个人临阵发挥的自由度太大了。为师的艺高人胆大，做徒弟的依葫芦画瓢就被害死喽。”

路文涛点头，“你说得没错，去也门我得抓抓 SOP 啥的。”

老谢叹口气，“难！对中国人尤其难！这要扯上传统文化了，我们工业化来得晚，职业训练不充分，长期农耕文化带来的习惯才是 SOP 之类的东西推行的难点。中国人拧螺丝只要求‘拧紧’，老外是‘拧三圈’，甚至‘拧三圈再回半圈’；中国人炒菜是‘盐少许’‘熟透’，老外是‘盐两克’‘煮十分钟’；所有中药说明书都是‘不良反应尚不明确’‘禁忌尚不明确’，你们再看看西药说明书怎么写的？”

他们都不是逆向种族主义者，反感动辄去打“中国”大标签，但都觉得老谢说得对。

钱旦附和道：“我们历史上很少有崇尚科学、理性、平实的时代，我们从来是重立场轻逻辑、重精神轻专业、重道德轻法律。”

他继续说：“我们常说伟通公司服务体系的‘三板斧’是特别能吃苦、特别能忍耐、特别能战斗，一说就是废寝忘食、过年不回家、三过家门而不入，现在仅靠这些已经不够了。片面学老外也不行，没有成功者完全照搬失败者的道理，中国人的机动灵活肯定是优势，但我们也要学习尊重契约利用契约，学习管理知识使用知识，学习通过集成计划、SOP 之类的工具来减小服务业务的不确定性、提高效率和效益。”

三个人把酒切磋，越聊越起劲，直到路文涛倒完酒瓶里最后一杯酒，“好了，今天喝了这一场，我就此封山，戒酒一年！”

钱旦和老谢听到“封山”二字，反应挺快，“你准备造人了？”

“是啊！年底把老婆接过去，在也门造人。”

钱旦突然想起了什么，起身去拿电脑，边走边说：“来来来，也门生活枯燥，拷点资料给你，指导你早生贵子。”

他望着路文涛和老谢充满疑惑的脸，慢条斯理地说：“来开罗报到之前，在阿布扎比的一个月黑风高夜，住在我隔壁宿舍某位来出差的机关领导和我抽了一个晚上的烟，我就不说是哪个领导了，总之他对我说：‘唉，兄弟们生活环境不容易，客户环境也不容易，我明天就要回国了，电脑里有个文件拷给你，无聊的时候可以学习下，打发时间。’喏，就是这个，一部很不错的日本爱情动作片！多实在的领导啊！”

路文涛和老谢几乎同时站了起来，“有这种事？！拷一下拷一下。”

两个人都起身拿电脑去了。

躺在床上的钱旦有些心神不宁，秦辛去长沙参加同学聚会了，钱旦知道她同学中有她的初恋，那人仍在长沙，据说还刚刚离了婚，秦辛从来不隐藏她和他偶尔还有的联系。

晚上喝得正高兴时钱旦忍不住给秦辛发了条短信：“四川火锅配法国红酒，口感不错！你过得如何？”

北京时间已是半夜，原以为要第二天早上才收得到回复，谁知不到五分钟秦辛就回复了条：“你喝晕了？”

钱旦知道她们晚上有活动，只是没想到还没有散场，“没晕，你还没睡啊?”

“在唱歌呢，和几个过去的朋友。”

钱旦猜想那位也在，他想了想，竟不知道再说什么好，发了条：“别喝酒啊。”

秦辛回了一条：“喝了，不多，你放心!”

钱旦不放心了，秦辛没什么酒量，平时在饭桌上不端杯，顶多是逢年过节倒一杯红酒。这个晚上是什么情况？老同学聚在一起开心？初恋见了面伤感？会不会被人灌酒啊?

钱旦并不是一个没有自信的小男人，是几千公里距离、几小时时差，还有时间令他生出了紧张。他记得从前一部香港警匪片里的台词：“妞，不是用来泡的，是用来照顾的。”如今，他照顾不到他的妞。

7 月 17 日，星期天一上班老韩就把钱旦叫到了他的办公室。

老韩急着找钱旦沟通的是让他接替老谢，负责地区部 YR 产品服务部的工作。因为“老谢在海外干了几年，准备今年回国了。YR 产品线交付压力很大，大家也不满意，你们俩别 1 +1 了，你拳打脚踢一竿子到底，把它搞定”。

钱旦很意外，并不是没有想到会让他接替老谢，而是没有想到会这么快。

相处两个月，钱旦很喜欢老谢，觉得他是个实在、忠厚的好兄弟。钱旦也佩服老谢，老谢进公司后先在研发部干了几年，2001 年转到技术服务部来到了中东北非拓荒，钱旦觉得他的技术功底、语言能力和历练都要高自己一筹。

钱旦曾经开玩笑说老谢形迹太可疑，因为他偶尔会说起自己在阿联酋、阿尔及利亚、乍得、冈比亚等国家做项目的经历，钱旦总是笑说：“我理来理去，这些国家都没有看到 2004 年以前的存量设备啊？你真的去做过项目？空口无凭，你反正是做了几年孤家寡人，是不是虚报出差，去旅游兼骗补助啊？”

其实钱旦很清楚原因，老谢初来中东北非时伟通公司在海外完全没有品牌，他们要么是在开试验局，开完试验局后客户依旧不信任伟通公司，一切就没有了下文；要么是好不容易低价塞进去一点设备，没多久就被客户弃若敝屣了。老谢他们是屡战屡败，屡败屡战，真正的内心强大。

老谢的“下课”无疑是为这半年 YR 产品线在中东北非遇到的交付困难埋单了。钱旦觉得他挺冤，连公司总部都没有料到这两年海外市场的高歌猛进，整个公司服务体系对海外的支撑都没有跟上，那些为了抢占市场而签下的“烂合同”又给负责交付的服务部挖了个大坑，不管谁来牵头填平这个坑都需要时间。

不过，钱旦也认为这种强责任结果导向的干部评价机制，以及“不念旧功、活在当下”的冷冰冰虽然残酷，却正是这些年伟通公司得以持续成长的重要原因之一。在这家公司，人们从来不相信所谓的“悲情英雄”。

晚饭后钱旦照例在办公室加班，没想到当天就收到了老韩的群发邮件，他迫不及待亲自宣布从即日起由钱旦负责地区部 YR 产品服务部的工作。

钱旦想老韩应该是下午和老谢沟通过了，他害怕自己见到老谢会尴尬，磨蹭到十一点才回宿舍。推开门老谢正好从沙发上站起来，他一见钱旦就说：“好消息，刚才约旦代表处打电话给我，不肯按计划放谢里夫回来，说要再留三个月。”

“好啊！”钱旦心情明亮了，虽然平日他们最烦的就是代表处在既定计划的最后一刻突然说不能按时释放资源，打乱他们的整体计划，但是这次代表处要扣下的是他们的埃及兄弟，说明终于有人认可他们的本地员工了。

老谢又一屁股坐下，“还有啊，林汉终于可以从伊拉克出来了，我们可以把他放在地区部做专职项目经理；公司还承诺在今年的新员工里选两个最强的给我们。我认为现在这个历史阶段，总部机关就像大脑，代表处像腿脚，地区部就是腰，过去我们没有腰怎么跑也跑不快，现在总算有点腹肌了。”

他俩又是一人一个沙发，兴致勃勃地聊起了他们的项目和人，偶尔停下来指着电视上“Fashion TV”的美女评论几句，自始至终没有提到他们该如何交接，钱旦觉得也不需要提起。

第九章

钱旦急着办理埃及工作签，没有工作签是非法劳工，跨国出差也很麻烦，原来计划去趟也门就是因为签证问题临时取消了。

协助大家办理签证的文员阿莉亚算个传统埃及女孩，她戴规矩头巾，穿掩盖身材的衣裳，办事慢慢吞吞。中方同事对她的工作效率颇有微词，有脾气火爆的同事常去责备她的拖沓，有次甚至让她流下了委屈的眼泪。钱旦想或许埃及人从来就没有接受过“一万年太久，只争朝夕”的教育，他已经数次领教他们一开始说“没问题”到头来变成“大问题”，告诉你“等五分钟”结果是等半小时以上；他已经学会在埃及人说“五分钟”时追问一句：“是阿拉伯时间的五分钟还是北京时间的五分钟？”他决定换种方式 Push 阿莉亚。于是，钱旦每次有事需要阿莉亚协助时都不忘赞美她两句，她又没有用黑纱蒙住脸，赞美容貌总是不错的吧？当然，他只敢在求助或者致谢邮件的末尾悄悄赞美。显然，阿拉伯女孩也喜欢人家夸自己漂亮，虽然阿莉亚从来不回应那些赞美，但她在钱旦面前变得一点也不拖沓。她帮助钱旦在一个月内迅速拿到了埃及工作签，美中不足的是安排他去了三趟医院验了两次血。令钱旦印象深刻的是医院抽血的房间外有一个饮水机，饮水机旁有一个公用水杯，排队等着验血的当地人口渴了就共用那个杯子接水喝，这不是医院吗？他可不敢去使用那个水杯。

钱旦的笔记本电脑坏了，连接显示屏的转轴断了一个。如果在国内打个电话给公司的 IT 服务供应商“阳光雨露”，估计一天内就上门修好了。在埃及得送修、等待一个星期。钱旦没了电脑，就每天坐在老韩的秘书玛蒂哈旁边，用部门一台公用台式机处理处理邮件什么的。

玛蒂哈也是个戴头巾的穆斯林女孩，但她经常是彩色头巾、牛仔裤、修身衣。懂中文的她偶尔还能应付两句无伤大雅的玩笑话，调侃中国人也有追求她的机会，偶尔嚷嚷她已经被中国人同化了，不以胖为美了，要减肥。钱旦和她聊到过开罗女人，玛蒂哈说从前她不戴头巾的，后来觉得自己不对，不应该抛弃传统，才重新戴回了头巾。她还说如今埃及叛逆少年太多，“你看看那些电视节目，女人们穿着暴露，很不好，带坏了青少年”。

地区部本地员工里就有几个不戴头巾的女孩，钱旦倒不觉得她们是叛逆的，就像英语、法语都讲得不错的培训中心经理梅，她漂亮、爽朗、能干，是伟通公司最早一批海外本地干部中的一个。

一天早上钱旦在办公室楼下瞥见辆车，觉得挺像阿马尔那辆红色土耳其车。他纳闷，这家伙从马尔代夫回来了？不可能呀！

一上楼玛蒂哈就把他叫到了一边，“阿马尔在马尔代夫还好吗?”

钱旦更纳闷了，“还好呀，出什么事了?”

玛蒂哈告诉钱旦，阿马尔妈妈上公司来打探儿子消息来了，这家伙有一个月没给家里任何消息了。

钱旦早几天刚收到马尔代夫项目经理发过来的邮件，还表扬了阿马尔，说尽管伟通公司在马尔代夫还没有建立行政平台，当地物价又高，吃喝不容易，还要面对登革热的威胁，但阿马尔和一帮中国人厮混在一起，每天靠“康师傅”和“统一”填饱肚子，在并不舒适的生活环境和繁重的工作任务面前表现出了超出大家预期的工作作风、技术能力和个人绩效。但他居然忘了给家里报个平安。钱旦赶紧发邮件给阿马尔，提醒他不要让家人担心。可怜天下父母心，“儿行千里母担忧”不仅仅是中国人的谚语。

地区部本地员工招聘进展很快，YR 产品服务部已经有八位埃及员工入职了。

钱旦读收到的每一封邮件，因为他想尽快理解邮件背后的每件事、每个人。他常给各个代表处 YR 产品服务部的兄弟们电话，希望大家能同步在一个频道上。他也坚持着一个原则：除非出了事故，晚上十点后决不打电话骚扰别人。

钱旦越来越熟悉这个区域的一切了。

他发现一些周边部门主管习惯绕过他直接去找老韩讨论应该他们当责的业务，这也是之前老谢被动的原因之一。他觉得坏消息一定该是自己主动告诉自己的主管，而不是相反。他清楚伟通人的狼性，知道越级推动问题在这家公司的必要性，但他认为如果要发个邮件向对方的领导投诉，那么一定要抄送其本人，否则就是做人不磊落。钱旦也厌恶内部推动问题时动辄“诛心”，动辄给对方扣上“不以客户为中心”“工作作风有问题”的大帽子，但他决定以其人之道还治其人之身，把一些习惯性绕过他们的人拉回来。他瞄准了几个目标，故意把寻求对方支持、配合的邮件主送给地区部总裁、副总裁，大大咧咧地直接向领导求助，同时把邮件抄送给对方和一堆有关无关的人。他还揪着机会发了个主送各方领导的邮件，把“不以客户为中心”“既没有与关键客户有效沟通的能力也没那个欲望”的吓人大帽子往一位看上去挺强势的客户经理头上扣。每次钱旦发完这样的邮件自己就觉得别扭，总以“我是光脚的，他们是穿鞋的”来安慰自己。可这招数确实有效，很快他便更加忙了，一天到晚电话响个不停，各方神圣遇到 YR 产品线交付和服务的问题都把炮火集中到他这里来了。

老韩计划召集地区部技术服务部的年中工作会议，来自区域各个国家的四十多位中外籍骨干将齐聚阿联酋。钱旦争取了个议题，讲“客户问题与需求管理”。他收集了几个产品线的案例，准备引导大家就推动问题的规范性和及时性做讨论。他更想讲的则是在需求管理部分夹带的“私货”，YR 产品线的项目最大特点就是如果在合同阶段没有与客户就交付范围、需求满足节奏等达成共识，那么在交付过程中就很容易让需求和问题纠结在一起，带来无尽麻烦。各个代表处的服务主管几乎没有 YR 产品线出身的，对此理解不深，过去也总是因此抱怨 YR 产品线的项目“问题多”。钱旦担心自己英语水平能否控制好这个议题，他很上心地准备着，日子显得更加匆忙了。

小军在苏丹失踪了。

2005年8月1日早上，伟通的工程师们像往常一样去了ST客户机房，刚开始工作没多久，客户的一位项目经理冲了进来，“停止工作！赶快回去！停止工作！赶快回去！”

原来，7月30日晚上时任苏丹第一副总统兼南方政府主席约翰·加朗乘直升机从乌干达返回苏丹时途中坠机身亡。约翰·加朗是南部“苏丹人民解放运动”的创建者，他领导南部反政府武装与苏丹政府进行了二十多年内战，直到去年1月南北双方才签署《全面和平协定》。7月9日，他出任苏丹第一副总统兼南方政府主席，不到一个月即突遭不测。消息传出，人们普遍对苏丹和平进程感到担忧，许多人尤其是南方人更是震惊、悲愤。喀土穆街头爆发了严重骚乱，焚烧汽车、抢掠商铺的行为此起彼伏，八十多人丧生。

伟通公司的办公室和宿舍远离骚乱区，大家紧急撤回了驻地，一清点人数，独少了一个小军。全城通信网络已经中断，大家焦急万分，想来想去都记得小军早上是跟大家一起去了机房，又都没有印象他在撤回来的队伍中，大家琢磨他是滞留在ST客户大楼里了，好歹放心一些。

下午，甘法斯突然出现在办公室，他对曹松说市区局势稍稍稳定了一些，但是晚上六点以后会全城宵禁。

曹松咕嘟咕嘟大口喝完一瓶水，对旁边同事说：“老张，把车钥匙给我一下。”

老张疑惑地望他一眼，“你要去哪儿?”

“不去哪儿，刚才没去吃午饭，我饿了一天了，去食堂找点吃的。”

食堂离办公室不远，曹松驾着那辆“捷达”很快就到了。厨师还没有开始准备晚饭，他蹿进厨房瞅着四下无人拿了把菜刀，又在餐桌上找到几张油腻腻的报纸把菜刀一裹，夹在腋下跑回了车上。

曹松发动了车，定定神，长舒一口气，一脚踩在油门上，直奔ST客户大楼。

他绕开了骚乱最严重的市中心，但所经过的街道上也是一片狼藉，到处是砖头、石块，路边是砸坏门窗的商铺、燃烧的汽车。军警已经暂时控制住局面，闲人不多，曹松把车窗全部放下，不时伸出头朝着望向他的军警喊："Chinese！I want to go home！（中国人！我要回家！)"那些军警看到一张中国人的脸倒是没空搭理，偶尔还有人伸出手比画个"V"字。

曹松到了ST大楼，一路小跑直扑他们的设备机房。三楼很安静，他记得机房门锁坏了还没修好，但推了推门却推不开。他叫了几声"小军"，又用力捶了几下门，竖起耳朵也没有听到里面有动静。他走到窗户前贴着玻璃往里面看，但是只能看到机房的部分区域，看不到人影。曹松转身要走，刚走出几步突然觉得不对，捶门的感觉不对，他又转回来，用肩膀猛力一撞，门开了。

门里面是用两张电脑桌顶住的，却静悄悄的没有一个人。曹松纳闷，他不解地穿过操作区进了设备区，里面也没见人。角落里有块防静电地板似乎没有盖严实，曹松经过时顺势一脚，想把它踩紧了，地板下面传来"哎哟"一声，曹松吓了一跳，往后跳了一步抽出了他的菜刀。

他轻轻叫了声："小军?!"

那块地板一下子翻在了一边，小军揉着脑袋钻了出来。

曹松紧绷的脸顿时舒展开来，他指着小军，哈哈笑了好一会儿才能开口，"我叫你也不答应，你钻地板下面干什么啊？亏你瘦，这都钻得进去。"

小军苦笑道："我没听见你叫我，我一天都顶着门躲在里面，本来难得这么清静，挺自在的，我一个人把我们的系统全面检查了一次，刚停下来听会儿音乐，突然听到有人捶门，吓得我到处找地方藏。"

原来小军那天早上拉肚子，在厕所多蹲了一会儿，回到机房发现居然空无一人了。跑下楼客户告诉他大家都走了，他就返回了机房，直到曹松捶门之前小军都没觉着害怕。

曹松开车，一遇见军警小军就探着个脑袋在车窗外喊："Chinese！I want to go home！（中国人！我要回家！）"眼看着离开了骚乱区，就要回到驻地了，一辆"蹦蹦跳"开得飞快，居然超过了他们的"捷达"。"蹦蹦跳"挤到他们前面不远处，一个急刹停住了。曹松跟着一个急刹，幸好两个人都系着安全带，没有从车里飞出去。

曹松刚才已经从后视镜里瞥见了"蹦蹦跳"，里面只有两个瘦小的半大孩子。他骂了句国骂，下了车，又大叫一声："What are you doing? （你们干什么？）"

话音未落，两个男孩分别从"蹦蹦跳"的左右跳了出来，曹松看清楚了他们一人手里握着把半米长的砍刀，一人两只手各抓着块石头。他反应挺快，赶紧爬上车，一把抓过菜刀，愣了一秒钟又放下，大叫了声："操！快跑！"

他一脚油门，一打方向盘，车冲向路边，擦着根电线杆挤了过去。

"哐当"一声，一块石头砸在了车门上。

他们一路狂奔，冲回了驻地。两个人停好车，仍然坐在车里喘了半天气才回过神来。

老谢在埃及有了新情况。

周末晚上钱旦去被他们称作"黑心超市"的小超市买饼干，隔着个货架看到老谢呆呆地站在那里，正准备开口叫他时却见一位弯着腰挑水果的女人回过身来，手里捏着个新鲜无花果问："这是什么东西啊？"钱旦在食堂见过这个短发、样子干练的女人，应该是刚到开罗不久的同事。

老谢身子一动不动，声音里带了几分温柔，“无花果，原产地就是埃及，你回去放冰箱里冰一下特别好吃。”

钱旦条件反射般转身就走，一出超市门就忍不住笑得合不拢嘴，心想：“好个道貌岸然的家伙，你不是有老婆孩子的吗？下手还这么快？”

钱旦回到宿舍不过半小时老谢也回来了，他问：“什么情况？Who is that girl I saw?”

老谢一愣，马上就反应过来，露出他憨厚的笑容，“同学，一起进公司的同学。”

钱旦很快搞清楚了情况，那女人名叫严丽丽，真是老谢在南京读大学时的同学，但又不止是同学。她是老谢他们宿舍的女神，也是老谢当初暗恋的人，但她成了睡在老谢上铺的兄弟的女朋友。毕业后三个人一起加入了伟通公司，只是那位兄弟留在了南京，严丽丽和老谢去了深圳。后来，严丽丽嫁给了老谢那位室友。再后来，她和他离婚了。

老谢说：“那哥们真不是人，两口子分居耐不住寂寞出去玩是一回事，但他居然把外面的女人带回自己的新房，床头的‘喜’字都还在。”

他叹息：“严丽丽自小很有主见，把自己的一切都早早规划好了，却没有料到那年七夕想给老公一个惊喜悄悄飞回南京，结果是给了自己一个晴天霹雳。”

8 月 11 日，钱旦和老谢再次结伴飞迪拜。他们先去参加地区部技术服务部的年中工作会议，然后钱旦去香港办理沙特签证后赴沙特出差，老谢回国休假。

按计划老谢年底就要调回深圳，但他还是准备在年中赶回国休个假，因为2005年有两样东西价格出现了新情况，他老婆要他回去处理处理家事。

一样是人民币汇率形成机制进行了重大改革，江湖上传说人民币会持续升值。老谢之前申请把海外补助都直接放在了香港的汇丰银行账户里，算是在香港存了一笔美元，想着个人财产就要缩水，他决定去把钱兑成人民币存回国内去。

另一样是2005年房价涨得飞快，朝野上下都说还会继续涨。一会儿发改委某专家表示："保守地说，今后十年中国的大城市房价要涨三倍；大胆地说，今后的十年房价要涨五倍以上。"一会儿号称"大炮"的北京某地产公司董事长大言不惭，"禁止炒房，就是违宪!"深圳房价在过去几年一直很温和，也突然变得火爆。老谢在深圳只有一套50平方米的小房，两口子决定将来就在深圳安居乐业了，这事不能再拖，得赶紧再买套大点的房子。

他们在迪拜的年中会议开得很成功，钱旦的议题也达到了预期效果，他还首次见到了不少同在这个区域工作却只在邮件、电话里交流过的同事，还热热闹闹醉了一场。

第十章

2005年8月16日，凌晨从迪拜起飞，下午在“东方之珠”降落，钱旦第一次真正来到香港。坐在进城的“机场快线”上他一直望着天空中的雨后云霭发呆，自己有多久没有见过这样的天空了？过去四个月只是在苏丹遇见过两场来得快去得快的雨，现在祖国是要弥补自己对雨天的想念吧。

第二天，钱旦去位于中环广场的沙特领馆办理签证，门口做警卫的香港大叔坚持同他讲英文，倒是老外签证官讲一口流利的普通话。在北京申请沙特签证据说时间完全不可控，还有被拒签的可能，在香港的这位沙特签证官却懒得多问他一句，头也不抬只说了一句话：“五百港币，明天过来取。”

钱旦没有回深圳，秦辛到香港来陪他了。只遗憾签证办理得太顺利，飞沙特的机位一点不紧张，他在香港只停留了三个晚上就要再出发。

临走前一晚，雨一直下，路人寥寥，霓虹在水幕里闪烁，街道变得婉约。他俩撑一把伞，沿着街边走，皇后大道中转皇后大道东，皇后大道东又回到皇后大道中，再转入条陡斜的街，去了兰桂坊。他俩在街口一家越南餐厅的二楼窗边相对坐着，窃窃私语。偶尔一起看看窗外雨打霓虹和高声叫着冲进雨中的型男索女，偶尔转过头来偷偷评价邻桌一位气质优雅的混血美女。

钱旦还是忍不住，“去长沙和谁唱老情歌唱了一夜呀?”

秦辛望着他的吃醋状，笑了，“你走了的这几个月我一个人想明白了自己为啥只想和你在一起。”

她故意等了等，直到钱旦催促才接着说：“首先，我觉得和你在一起特别安心，一种觉得自己从此不再需要多愁善感的安心。然后，我一直觉得两个人相爱不是要天天坐在一起对望，而是能够朝着一个方向看。我从来没有拿你和别人比过，如果一定要比，你不觉得我们对很多事情的看法都很默契吗？在结婚的事情上没那么默契，但你可以由着我没心没肺，别人只希望我天天看着他，做他舞伴而已。”

在兰桂坊留连到雨停才回住处。他们借住在朋友家一间小房里，房间里一张床占了三分之二的空间，躺下来后两个人头和脚都顶着玻璃窗。小别胜新婚，他俩自是好好亲热了一番，钱旦借着窗外进来的微光，望着身下秦辛沉醉的表情，仿佛在欣赏世上最美好的风景。

子夜的雨轻敲玻璃窗将钱旦从梦中唤醒，时差多少发挥了作用，他一时无法再次入眠。他小心地把胳膊从秦辛肩下抽出，轻轻坐了起来。掀起窗帘一角，对面楼仍有些灯亮着，那个阳台上的绰绰人影又是何人？为何也仍未入睡？钱旦随手拿起 MP3，戴上耳机，恰是约翰·丹佛的 *Leaving on a jet plane*，一首关于告别的歌：

All my bags are packed, I'm ready to go
I'm standing here outside your door
I hate to wake you up to say goodbye
But the dawn is breaking, it's early morning
The taxi's waiting, he's blowing his horn
Already I'm so lonesome I could die
So kiss me and smile for me
Tell me that you'll wait for me
Hold me like you'll never let me go
Cause I'm leaving on a jet plane
I don't know When I'll be back again
Oh babe, I hate to go
……

回到深圳的第二天，老谢睡到十点多才醒来。他的儿子两岁多，留在天津跟着外婆外公，妻子小玲上班去了，家里静悄悄的。他肚子饿了，拉开冰箱门想看看有什么东西吃。冰箱里并不拥挤，他捡了两个鸡蛋，准备用白水煮了，又顺手抽开一个储物盒，眼前的情景让他愣住了，储物盒里居然有几个避孕套。老谢数了数有七个，不是他和她常用的牌子，是个日本品牌。

小玲回家比平日晚，一进门就嚷嚷："饿死了，饿死了，听说某人亲自下厨准备了晚饭，有什么好吃的呀?"

老谢在门口迎接她，帮她拿了包，"试验了两个新菜，芒果炒茄子和鱼头豆腐汤。”

他走到冰箱前，“我在冰箱里发现些奇怪的东西，你来看看。”

他等小玲靠近，打开冰箱，拉开储物盒，拎出了那串避孕套。

小玲在他肩膀上捶了一拳，娇嗔道：“累死了，吃完饭洗个澡再说啦，还有啊，我才不要在厨房里呢。”

老谢不知道该怎么开口，仿佛自己做错了事情一样心虚，“这不是我放进去的，是我早上在冰箱里找吃的翻出来的，不是你买的啊？”

小玲看看他，不像是玩着闹的模样，又看看避孕套，发现不是他们习惯的牌子。她疑惑地问：“在我们家冰箱里？”

她拿过那串东西，翻来覆去地打量，又塞回老谢手里，“不知道怎么回事。”说完走到客厅，一屁股坐在沙发上。

老谢把避孕套放回冰箱，在小玲身旁坐下，拉过她的手，“我不是怀疑你什么啊，是不是谁到我们家来玩放进去的？总得有个原因吧。”

小玲想了想，拿起了电话，“哥，你五一住在我家时是不是把什么东西放在冰箱里忘记拿走了？唔，你再想想？噢，没什么事，就这样哈，再见！”

她挂了电话，“我一个人在家用冰箱不多，那一格就没用过。五一节哥和嫂子来深圳玩，在家里住了一个星期，我带宝宝回天津了。不过他说没放什么东西。再就是刘玲、小梓她们来玩过，不过不可能是她们放的呀！”

悬案在两个人心头萦绕着，老谢直觉自己该相信小玲，并且，他觉得小玲是个细心的人，真和她有关那就不会留待他来发现。可这件诡异的事情总该有个原因。

足足过了一周。

那天，小玲一下班就急急回了家。她也不用钥匙开门，站在门外不停地按门铃。

老谢一开门，她一头扎进他怀里，用额头不住地朝他胸膛上撞。

“哎哟，小牛，轻点轻点。”

“我哥招了，冰箱里那东西，还是他那个土人折腾出来的好事。”

“他不是说不是他放的吗？”

小玲抬起头，“他是忘了！后来他和我嫂子提起，说我神经兮兮地给他打电话，嫂子想起来了，下午给我打电话了。你要不打个电话给我哥？”

“我才不打电话跟他问这事。”

老谢不解地问：“他们把套子放在冰箱里干吗？啥原理？”

“所以要你打个电话给我哥嘛！我也挺好奇的。”

“难道，冰镇一下会有不同风味？要不我们今晚试试？”

两个人嬉笑着，抱成了一团。

汽车离开公路，转入一条弯曲狭窄的减速路，拐来拐去百多米，缓缓停在了一道铁门前。蛇状铁丝网另一边两个守卫慢慢走出岗亭来到车前，看了前窗上贴着的通行证，一个人掀开前盖、后厢查验，另一个则拿着反光镜绕车走一圈检查底盘下面，确定了没有爆炸物后他们一摇一晃地踱了回去，铁门缓缓滑开。

司机重新发动了车，驶进大门后迎面见到的是围成一圈的沙袋、一挺黑黝黝的重机枪、全副武装的士兵和一堵又高又厚的墙。车拐了个弯，在铁丝网与高墙间继续前行，路上与一辆架着机枪正在巡逻的悍马不期而遇，到了墙的拐角处，又是一处沙袋围成的火力点，一样冷冰冰的机枪，一样沉默的士兵。

这不是电影片段，不是战斗游戏，而是钱旦他们在沙特阿拉伯首都利雅得每天回宿舍的必经之路。关于小区门口这个哨卡的段子不少，有严肃的，例如前段时间有位国内来出差的兄弟好奇地以哨卡为背景照了张像，立即被守卫扭送至警察局关了一夜才放出来；有活泼的，例如有位士兵被伟通公司的员工教了几句中文，查完车常常是中国人说一句“同志们辛苦了”，他响亮地回答一句“为人民服务”，问的答的都乐此不疲。

领土占据了大半个阿拉伯半岛的沙特阿拉伯是世界上最富裕的国家之一，也是世界上最严格执行伊斯兰教义的国家。沙特政教合一，没有宪法，以《古兰经》和《圣训》作为执法依据；它的绿色国旗上写着“万物非主，唯有安拉；穆罕默德，主之使者”；它的国歌是《我们敬爱的国王万岁》。这里人们物质生活充裕，娱乐却受到严格限制，公众场所禁止拍照，街上没有电影院没有酒吧没有 KTV，即使是去餐厅吃顿饭，菜刚上桌祷告时间到了，店主立马拉门熄灯，让黑暗中就餐的几个“老外”顿生几分偷吃的罪恶感。沙特还严格禁止酒精饮料，超市也有啤酒卖，但那是不含酒精的所谓的啤酒。

中国人民是勤劳、勇敢、聪明的，关起门来吃火锅时又常想醉一醉，于是，一位曾经和钱旦一起在昆明工作过两年的兄弟养成了自酿葡萄酒的习惯，据说经过几年的精益求精已经有了相当造诣。只可惜他去土耳其出差了，钱旦没能尝到传闻已久的私人佳酿。

有一天下班路上钱旦感慨：“其实沙特也就是没有电影院没有酒吧，我怎么看着路两边总是觉得特别枯燥?”车上另两个同事异口同声：“还没有女人!”的确，这个国家对女性限制太多，她们不能外出工作，不能驾车，甚至不能以真面貌示人。那些天钱旦只在工作场所活动，完全见不着一个女人的影子，也因此，连写字楼里的女洗手间都已经被省略掉。晚上偶尔去商场买东西，才在琳琅满目间见着了一些女人，一个个被黑袍罩得密密实实，有人甚至连眼睛都藏在黑纱后面。矛盾的是在伟通公司办公室楼下有几家时装店，里面挂着的女装都是轻薄而且透明的吊带衫，即使套在塑料模特身上都显得格外性感。那些黑袍下面会是如此靓丽的风景吗？街市里的千篇一律一回到家就变得如此风姿绰约了吗？钱旦想此地的男人们未免也太“自私”了吧！

YR 产品线在沙特 SC 客户那里有个棘手项目，工程进度已经落后原计划一年多，一千万美元的合同收入迟迟不能确认回来。钱旦特意和负责项目的陈小波住在了一套宿舍里。陈小波压力很大，几乎每个人都在说他没有把项目管理好，甚至有人建议把他送回国。钱旦认为这个项目并不好管理，项目的棘手之处和他进伟通公司后作为项目经理管理的第一个项目极其相似，两个项目都是一期工程承诺了太多增值业务给客户，而客户根本不可能在短期内消化那么多增值业务，甲乙双方在交付过程中很难同欲。两个项目都主动引导了一堆边边角角的部件、自以为是的需求给客户，造成客户更加困惑自己究竟想要什么，项目组整天被细枝末节所困扰。

钱旦感慨伟通公司的知识管理糟糕，同样的错误总在不同的时空重现。他想起当初自己的项目拖沓过久时也是面临巨大压力，煎熬了一年多，直到有一天公司老板去拜访客户领导，对方随口说了一句感谢伟通公司在该项目上给了他们巨大支持，陪同的代表处领导听在心里，顿时对钱旦的评价来了个一百八十度大转弯，越来越发现得到他之前做的扎实工作，越来越认可他的价值。从那之后，钱旦常常在心里告诫自己：“不要轻易否定自己，也不要轻易否定别人。”

钱旦也认为陈小波在项目管理上思路不清，抓不到项目交付的主要矛盾，确实不适合承担项目经理的角色。但是他认为问题更出在组织把陈小波放在了不合适的位置上，一株草怎么浇水也不会变成一朵花，一朵花怎么修剪也不会变成一株草，公司市场拓展迅猛，服务部总是人手不足，钱旦不止一次看到组织把一个不错的技术专家安排成了一个不合格的项目经理或管理者的例子。他计划换个人来继续沙特这个项目，而让陈小波换个环境，让他重新回到技术专家的道路上去。

钱旦一直好奇沙特人回家以后会是什么样子，结果不久后他便在利雅得出乎意料地拜访了一户沙特人家。

周末下午他们挤在宿舍房间里开项目分析会，吵来吵去好不容易大家达成了一致：散会，去沙特老皇宫散步。一行十人游荡在老皇宫的断壁残垣间，钱旦正想着和古代中国皇帝们比，沙特国王住得只能勉强够得上经济适用房了，就见前面废墟间缓步过来三个白巾白袍的汉子。几句寒暄，一番合影之后那三个汉子盛情邀请他们去家里喝咖啡。有兄弟犹豫，不敢应承，一是说担心恐怖分子，二是嘀咕当地同性恋太多。钱旦以为去则去矣，没什么可怕，虽然这个国家不时有恐怖袭击的新闻传出，但那些人信的是玉石俱焚的惨烈，智取他们这几个中国人似乎没有什么必要。虽然有兄弟在下班路上遇到过同性调戏，有兄弟打个出租车都被司机乱摸手，但一次对十个大男人下手未免也太“古龙”了。于是，他们在夕阳下出发了。

那是一个真正的大家庭，主人早已经打电话回家吩咐接待事宜，站在院门口夹道相迎的有老老小小十多人，不过仅是可以出来见人的男性家庭成员和一个小女孩。他们热热闹闹地进了客厅，感觉里面的布置和中国家庭并没什么太大差别，沙发围着茶几，只是没有电视机。大家坐在沙发上闲聊，孩子们进进出出忙个不停，把咖啡、红茶、椰枣、各种小甜点一一捧出，可真是满足了钱旦那张四海味道都爱的嘴。尤其是小杯斟上的咖啡，喝一口，淡淡苦味之外又分明透着些椰枣香，很是特别。一问，果然是在咖啡壶嘴里塞了新鲜椰枣丝，就像钱旦和朋友们曾经喜欢在啤酒瓶口塞上柠檬片一样。这家人中能够用英语交流的只有两个小伙儿，但仍然是一屋子的相谈甚欢。也许，诚心的沟通真不是一定要语言相通。一位老伯让他儿子做翻译，很认真地对中国人说自己准备娶第二个妻子，问能不能娶得到中国姑娘。钱旦毫不犹豫的给了他理论上的肯定和精神上的支持，心里暗想这可是爱莫能助了，尽管知道在沙特一个男人可以娶四个妻子，尽管相信这大宅院不是没有可能吸引到女人，但他过去在同事、朋友间尝试撮合过几对，却未曾有过成功案例，现哪里敢去担当跨国月老啊！

时光如贼，悄悄在逃，钱旦以为到了告辞的时候，热情的主人却把他们引到隔壁房间去了。这个房间仍是会客所用，没有沙发茶几，地毯上堆满了各种水果。大家席地围坐，一边向香蕉、芒果、番石榴们进攻，一边开始了新话题。钱旦在心里暗自感慨要让他们在街上拉上十个陌生人回家做客，即使有这样的热情和胆量，也很难在这么短时间里准备好一切。来时路上大家自以为是地讨论着沙特人的“动机”，以为最大可能是会拉着他们讲一讲《古兰经》，劝他们信一信安拉，但整个晚上，除了那位老伯想娶中国姑娘的愿望外并没有听到更多要求或者宣讲，有的真只是中沙人民的欢聚一堂。

第十一章

2005 年 9 月 13 日，钱旦回到开罗。

星期五中午他们又在宿舍吃火锅，这一次由头是欢迎林汉入住。林汉同样是 YR 产品服务部的兄弟，之前一直在伊拉克，老谢和代表处沟通了大半年才把他调到地区部来做产品线的专职项目经理。正好路文涛去了也门，他便住进了从前路文涛的房间。

林汉和苏丹的曹松一样，都是 80 后，都高大壮实，都自称“处男”。不同的是曹松希望“忙完这阵子”就回国相亲，林汉认为要活在当下，准备在埃及的女同事们中间物色对象。那一场火锅宴很热闹，林汉邀请了几个叽叽喳喳的小姑娘。他绘声绘色地讲了他在巴格达机场望着头顶飞着的美军“阿帕奇”直升机时生怕自己动作大了一点而导致炮火从天而降的不知所措；讲了他在摩苏尔大街上与汽车炸弹擦肩而过后的庆幸；讲了睡不着的夏夜躺在巴士拉屋顶上欣赏远处火箭弹划过夜空，像期待烟火绽放的诡异心理。钱旦一边饶有兴趣地听着一边估算着他这是把全迈阿第的中国未婚女青年一网打尽了吧？

老谢和林汉喝了不少酒，下午躲在房间里睡觉，钱旦一个人去了金字塔。他在香港时买了架单反相机，佳能的 EOS 350D，突然想一个人去照照夕阳下的金字塔。

在景区门口遇到牵着骆驼揽客的当地人，说好价钱是五个埃镑，钱旦骑上去没走多远骆驼客就说："五个埃镑是给骆驼的，你还得再付五个埃镑给牵骆驼的人。"他不爽，一个人坐在高高的驼背上又不敢发作，怕下不来。骆驼客见他不置可否，摆出睿智模样和他谈人生：你出来旅行是要寻找快乐，而不是为了烦恼，人生不要总是皱着眉头。钱旦哭笑不得，心里竟然被那人说服，是啊，人的幸福全在于心的幸福，何须为了小事不快？

不止一个同事说金字塔是一个不去会后悔，去了也会后悔的景点，因为"就是一堆石头，没什么意思"。也不止一个同事在金字塔遇到过类似的插曲，有朋友一进景区大门就被人拦住，说当天参观时间已经过了，但他可以领路，走条秘密小路去高处的金字塔旁，那位朋友还真懵懂地跟着他走了十来分钟才发现自己上了当。金字塔附近也总不缺纠缠着游客兜售阿拉伯头巾等纪念品的小贩，游客不搭腔还好，只要稍微流露出兴趣他们就会锲而不舍地纠缠下去。老天爷没有洁癖，世上总有瑕疵甚至污糟，可是，吉萨这三座金字塔已经矗立于此四千六百多年了，它们所经历的风沙无数，它们的形象又岂是营营役役的众生所能代表的？钱旦把镜头对准了被夕阳染得更红的金字塔，此刻，他眼睛里看到的远不止几座"石头堆"。

10 月 11 日，钱旦又离开了开罗，去埃及东北的邻国约旦参加地区部市场大会。

伟通中东北非的大小主管齐聚约旦。会议的第一天早上在酒店自助餐厅遇到苏丹的老钟，老钟说代表处压力很大，因为支撑这个新晋“亿元代表处”的几乎全是新员工。但他对钱旦表示：“不过你们不错，YR 产品线的队伍还是比较强的。”代表处服务主管在一旁补充：“你们的人最杂，但曹松带得不错，大家齐出齐进，队伍凝聚力很强。”钱旦想了想，还是忍住没有告诉老钟曹松到达苏丹之前从来就没有接触过卖给 ST 客户的 CI 产品的往事。

钱旦也知道自己的人有些“杂”，8 月份给曹松补充过一个中方新员工，其余的中方工程师来自从国内三家合作方租赁的员工，又是不同的技术背景，难得曹松一个人既要作为技术专家存在，又得把大家拧成一股绳。晚上钱旦给曹松发了个邮件，说代表处领导挺认可他们的工作的，最后加上一句，“忙过这阵，你把事情安排好，和代表处沟通好，能休假时争取休个假吧。”

钱旦还遇见了伊朗代表处的代表，对方一听他负责地区部 YR 产品服务部就说：“行啊，你们那几个烂仔凶得很哪！”钱旦知道他指的是早几天他们在伊朗的两个骨干因为工作上的分歧大吵一架，差点当众上演“全武行”。事情一直闹到老韩那里，老韩还交待了钱旦要严肃处理。动粗当然不对，但钱旦只是协助代表处去调解两个人的矛盾，没打算做啥严肃处理。

会议的酒店在死海边上。钱旦对死海当然是久仰大名的，只是不记得它的位置是在约旦、以色列和巴勒斯坦之间，不知道在约旦可以和它相遇。死海非海，它只是藏在东非大裂谷延伸过来的约旦裂谷里的一面湖。因为湖水里含盐量高达百分之三十左右，所以不但鱼虾没有办法在水里生存，岸边连花花草草都少；所以不识水性的人也可以轻松漂浮在水面上；所以人们就把它叫作死海。

会议日程安排得很特别，每天上午开会，晚上开会，下午休息。这样，大家就有机会去亲近死海了。第一天下午钱旦居然在酒店房间宅了一个下午，处理邮件。第二天下午和几个同事走去死海的路上他还有几分心不在焉，琢磨着几个关键项目的进展和计划，不知不觉走到路尽头，发现酒店原来是在一面山坡上，山坡下面死海赫然在目。钱旦看见青色的湖面、白色的沙滩椅、枯黄色的遮阳伞、在岸边“玩泥巴”的男女、在水上“躺着”的老少，他的心绪顿时被拉回到了眼前。他脱了衣服直扑死海，水很滑腻，就像是混合了油在其中，但人们的确被稳稳托在水面上，不会沉下去。钱旦得意忘形，忘记了不沉的原因是水的含盐量高，翻身就往水里钻，眼睛遇到水，顿时是火辣辣的感觉，睁不开了。伸手去擦，越擦越疼，因为手也在浓盐水里泡过了，他只能眼观鼻，鼻观心，笨拙地反转身体，继续以四脚朝天的姿势躺在水面上，在随波逐流的同时保持住身体平衡，等着风吹干脸上和手上的盐水。

死海的妙处不仅是可以让人躺在水面上，得到些战胜自然的虚幻快感，它那富含矿物质的水可以医治皮肤病、风湿症等多种疾病，死海黑泥又是优质面膜的材料，所以有那么多人在岸边玩泥巴。与钱旦同行的是几个男人，平日哪里会去研究泥巴是怎么留住美丽容颜的，但既然来到了这黑泥故乡，他们就不会错过暴殄天物的机会了。大家都是曾经在泥地里撒过野的孩子，玩起泥巴来轻车熟路，转眼间两桶黑泥见了底，他们一个个从头到脚都糊得又黑又亮。

黄昏，几个人找了沙滩椅躺下。夕阳染红水面，它落下的方向正是约旦河西岸。死海虽然不沉，但没有人可以漂流到对岸。据说曾经有一位同事忘形之时直向对岸而去，刚过中线就听见枪声大作，强悍的以色列国防军现身了。钱旦希望有一天这条山谷这面湖可以更加平静，人们可以在水里更加随心所欲，就像那些古老壁画里描绘的一样。

第三天下午他们去了尼泊山和马德巴。尼泊山海拔不过八百多米，山里也没有什么奇松异石，但它是基督教颇负盛名的圣地之一。传说大约在公元前13世纪，出埃及后的摩西就在这座山上完成了他生命中最后的守望。故事里摩西历尽艰辛才走近了耶路撒冷，却被禁止进入圣城，一直等到他生命的最后时刻才登上尼泊山山顶，在上帝指引下看到应许地，然后安心死去。从山顶一块指示牌看，这里距离耶路撒冷的橄榄山只有四十多公里，据说晴朗日子里人们在此可以看得到圣城教堂的尖顶。悬崖边竖立着一个巨大的钢制盘蛇神杖，这倒不是什么古迹，只是后世信徒们怀念摩西的寄托。天气不好，能见度不高，但钱旦仍然站在神杖下向着耶路撒冷的方向极目远眺，努力想看到圣城的样子。山风轻轻掠过肩头，它仍是三千年前与摩西相伴的那一缕吗？他站在这里守望的目光会是怎样的深邃和深情呢？钱旦正自遐想，一阵柔和歌声从身后一座毫不起眼的小教堂里传来，循着歌声走进去，一群老人围成个半圆在两位白袍牧师前，齐声吟唱圣歌，和煦的日光透过绘着基督像的彩色马赛克窗洒在他们身上，一屋虔诚成画。

离开尼泊山后他们去了山那边的小城马德巴，小城自古就是约旦东正教徒的聚居地，城内行人的打扮明显与其他地方不一样。它也是一座名符其实的“马赛克之城”，满城尽是历史悠久的马赛克装饰，其中最著名的当数镶嵌在圣乔治东正教教堂地面上的一幅中东地图了，这幅地图有超过一千五百年的历史，是现存最古老的中东地图，地图上有耶路撒冷、亚历山大，还有和平、快乐的约旦河与死海。

会议结束在星期五，第二天他们凑了一辆小巴的人去了佩特拉。佩特拉也是一个陌生名字，但其实很久以前钱旦就见过它的样子，年轻的哈里森·福特就是在这里扮演的“夺宝奇兵”。电影是差不多二十年前看的，情节早已模糊在记忆里，钱旦却在这个秋天不经意间与电影中的藏宝地相遇了。翻开地图，佩特拉在古时人们东来西往的要道上，公元前6世纪，神秘的纳巴泰人在这里凿岩为城，开始了连接东西方的买卖，一度将此地打造成为一个耀眼的繁华地。古佩特拉的昌盛繁荣招致了罗马帝国的嫉妒，引来了连绵战争。终于，大约在公元1世纪，佩特拉被罗马大军攻克，纳巴泰人在一夜间消失，尘世里再也听不到他们的传说。尔后，在东西方你争我夺的战乱中，佩特拉做过阿拉伯帝国一省，也做过十字军骑士要塞，一直到红海海运兴起后它才渐渐湮灭在被遗忘的时光中，取代它的正是地中海边的亚历山大。19世纪英国诗人威廉·贝根曾经为这座红色石头城的光辉岁月赋诗：“令我震惊的惟有东方大地，玫瑰红墙见证了整个历史。”

钱旦他们从SIQ峡谷走进那座红色石头城，峡谷蜿蜒一千二百多米，最宽处十多米，最窄处不过两三米，阳光被两旁刀削斧劈般的峭壁遮住，处处都是一线天。他们徐徐前行，在路边找寻漫长岁月留下的点滴，譬如那些斑驳残缺的石刻，又譬如那条引水入城的水渠。走到峡谷尽头，眼前豁然开朗，一座仿佛是整个镶嵌在对面峭壁上的“高楼”跃入眼帘，定睛一看，那就是直接在峭壁上劈琢出来的建筑。钱旦自觉才识疏浅，只是从六根罗马式门柱和残存浮雕上想它应该是古罗马人的杰作，却不知道它究竟是神庙，是宫殿，还是别的什么建筑。只见它大处雄伟奇壮，细节精致美巧，岩石的红褐颜色在斜阳下迷离人眼，让人以为是一不小心误入了神话里的玄幻世界。

继续深入佩特拉腹地，走在红色古城街市里，经过一个个凿在山壁上的房屋遗迹，经过一个古罗马圆形剧场，又来到了一座“大厦”前。这是座高大雄伟的三层石窟，有一位提前做过功课的英国游客正在给众人介绍说这里是佩特拉历代国王的陵墓。钱旦一层层探访，走到石窟第三层，正回过头来俯瞰蜿蜒向山后的砂石路时，手机响了。

秦辛在电话那头哭得像个孩子，她正在深圳高交会展位上接待客户，一不小心新买的手机就被偷了。钱旦居高临下望着沧桑红城，心里泛起牵挂。秦辛不是个脆弱的女孩，但女孩总有脆弱的时候，钱旦遗憾自己只能远远心疼和祝福自己的女友。

钱旦在约旦逗留了一个星期，除了开会，他还跟着老韩去拜访了客户、与本地员工座谈、参加代表处的项目及业务分析会。离开那天他在安曼机场买了本《Lonely Planet 之约旦》，在纸上再读死海、尼泊山、马德巴、佩特拉，复习这个从前很陌生的约旦。他又想起那天在代表处食堂午餐时大家看着电视上直播的“神舟六号”赞叹航天员的不易，他的同事们又何尝不是这个世界的探索者？在死海会议的会场他看到了大家的意气风发，倒转几年谁能够想得到一家中国公司的设备和人会在背后默默支撑着这个世界这么多人的沟通？他记得公司老板在2001年元旦发表的《雄赳赳，气昂昂，跨过太平洋》，他以为老板说得很对，他们正在“创造历史、与文明同步”。

第十二章

2005 年 10 月 21 日，周末傍晚钱旦从约旦回到埃及，推开宿舍房门惊讶地发现客厅气质不一样了：拉着窗帘关着灯，两个沙发并排放在一起，沙发上坐着林汉、宋扬和几个女孩，茶几上放着一瓶红酒、几罐“SAKARA”啤酒，一面墙壁空了出来，地上放着投影仪、电脑，还有一对小音箱，墙壁上正放着不知道是第几部的“怪物史莱克”。林汉见到钱旦连忙说：“周末和美女们聚个餐，加上家庭影院，看过‘怪物史莱克’吗?”

钱旦对动画片兴趣不大，他见阳台门虚掩着，老谢身影在阳台上，就拿了罐啤酒去了阳台。走到阳台门口才看见严丽丽，老谢是在和她聊天。这几个月一有空老谢就带着严丽丽东吃吃，西逛逛，陪着她去迈阿第俱乐部游泳、打网球。

老谢对钱旦说：“我决定了，不回国了，去西北非呆着去。”

老谢说当初老韩和他沟通岗位调整时给了两个建议，一个是回深圳，YR产品线机关；另一个便是离开YR产品线，去西北非负责一个代表处的交付与服务。之前他一直是打算回国，但心里一直没有完全否定另一个选项。

“想来想去，钱没赚够啊！买了房子还贷压力又大了。另外，回去干什么呢？天天打卡上下班、闷在不见阳光不通风的办公室里？我还是留在中东北非再干三年吧！上次回去休假时和老婆也商量好了。”

西北非几个国家条件艰苦，有疟疾侵扰，社会治安也要差些，钱旦拿着啤酒和老谢轻碰了一下，什么也没有说，只在心里祝福。

2005年即将逝去，YR产品线的关键项目除了突尼斯的TT WI项目因为清关时间大大超出预期，其他几个项目都达到了阶段目标；地区部的中方骨干又补充了三个，都是产品线从国内调来的精兵强将；本地员工中阿马尔从马尔代夫出差回来后又去了苏丹支持，同样获得了大家好评，其他几个也陆续可以独立工作了。

钱旦在组织部门的年度业务规划，也在催着大家写各种专题报告、经验案例、心得体会。2005年下半年他们初步扭转了局面，但是他认为可以复制的成功才是真正的成功，已经犯过的错误则需要告诫后来者不要再犯。大家在他的鼓动下输出了近二十篇文章，从各自视角回顾2005年。钱旦把那些文章汇合起来，细细读了一遍又一遍，再发给每一个人。

宰牲节是阿拉伯世界的重要节日，埃及放了个小长假。

2006年1月10日，假期第一天，钱旦和老谢、严丽丽结伴而行，去西奈山上观日出、圣凯瑟琳修道院里寻燃烧的荆棘。他们起了个大早，赶去市中心的长途汽车站，却赶了个晚集，East Delta 的大巴上午十点半钟才离开车站，在城里东兜西转直到十二点多才驶出开罗。即使是上了路直车少的西奈半岛，大巴依旧走走停停。下午，车驶进一个加油站，钱旦从瞌睡中醒来，向窗外一瞥，竟见司机大佬嘴里叼根香烟，手上拿把油枪，一边吞云吐雾一边亲自加着油，这一幕彻底颠覆了他心中的加油站守则，惊得他瞪圆了双眼张大了嘴，如果按照霍夫斯泰德的文化维度理论去套，埃及人一定是属于不确定性规避的吧。

太阳落山后才感觉车疾驰起来，暮色里绰绰山影在公路两旁掠过。他们到了圣凯瑟琳保护区门口时时针已经指向晚上七点，半夜还要起来登西奈山，本该赶紧找个地方睡上一觉，他们第一站却是去了警察局。老谢把护照交去使馆续签证，身上只带了一纸护照复印件。西奈半岛上盘查甚严，一路倒也畅行无阻，已经到达目的地了，最后一个哨卡的警察却较了真，将他请下车，盘来查去，还扬言要遣送回府。三个人摆出最诚挚的笑容，解释来说明去，结果还是被带进了警察局，被留置在一个空房间里。时间在等待中逝去，他们生怕人家遗忘了还有三个等待宽大处理的中国人，不时走出门去对来来往往的警察说声"Hello"。终于，有人过来给老谢做签字画押之类的手续了。警察们态度倒是十分和蔼，又是半个多小时过去，他们总算完成了"坦白从宽"的过程，重回到夜登西奈山的主题里。

乡村公路寂寞在冬夜，身边没有向导，钱旦手里捧着本"Lonely Planet"，昏黄路灯下边走边翻开它，发现圣凯瑟琳修道院里有客舍。三个人很快有了一致意见，找到修道院，把他们的大本营建在客舍里，先恢复体力值。走着走着，钱旦觉得有什么东西在往肩膀上落，定睛一看，竟然是小小雪花。他有好几年没有机会遇见雪花飘落了，没料到这个假期会在埃及遇见雪。见到飘雪才觉得寒风凛冽，又走了两三公里，饥寒交迫的时候看见前方山谷里灯火阑珊，它们是如此温柔的召唤。雪不知道在什么时候停了，抬头望见万千星斗在夜空闪烁，星河清澈明亮，北斗七星灿烂夺目，这里就是书上所说的“安息谷”吧？

灯火阑珊处果然就是圣凯瑟琳修道院的客舍。

他们开好房间，放下背囊，直扑餐厅，那里有免费晚餐供应。钱旦平日对埃及人的汤不以为然，认为“老火靓汤”是只有中国菜才做得到的境界。但在这个寒冷冬夜，三个人坐在已经空荡荡的餐厅里，看到侍者端出热汤已经喜出望外，喝一口，从喉咙一直温暖到胃，疲乏也随之解去。再去凝望四壁色彩浓重的宗教绘画，钱旦真想要说一句感谢主赐予我们食物了。晚餐结束时已是晚上十点多，他们赶紧回房小睡。小小客房虽然条件简陋，五十五美元一晚的价格按照国内标准来看也并不便宜，但有热水，更有两架在埃及第一次见到的电暖炉，已然超出了钱旦期望。

午夜两点，闹钟把他们唤醒，是时候出发了。本来有几分担心黑暗里找不到登山路，走到院子里却吓了一跳，人头攒动，那是相当热闹。登山路有两条，一条是从修道院背后山崖直上，需要征服近四千个壁立的台阶；另一条路漫长些，却是相对平缓的盘山路。他们选择的是随着大队人马沿盘山路而上。天漆黑，每个人都摁亮了手电或者头灯，点点灯光从山脚蜿蜒而上，似一条火龙在游走。一开始他们还能在谈笑风生中健步如飞，渐渐就觉脚步沉重，开始喘着粗气盯着脚下被手电光圈住的一小块地机械迈步了。路不宽，又曲折，还要给那些上上下下兜揽生意的高大骆驼们让路，更加让人觉得累而且忙。好在一路上相隔不远就会有一座当地人的小石屋，屋内灯火照了出来，明亮了路途，给冬夜添了几分温馨。石屋里面会卖些茶水、饮料和糖果点心什么的，屋里屋外还放些长条凳供人歇脚。他们就以这些小石屋为阶段目标，走得累了挤在长条凳上坐下来，捧一杯热红茶，吃两块巧克力，看一看路过的人。

两小时左右走到了骆驼道尽头，离山顶已经不远了。这里有一大片空旷，当地人建了些木板屋，供人们在最后登顶前“加油充电”。时间还早，估计日出会在一个多小时以后，黎明前寒风更加凛冽，木屋中的灯火在温柔地召唤，他们就掀开一间房的门帘走了进去。这一夜同行的有一个以中老年妇女为主的韩国旅行团，整团人也挤在这间木屋里面，空气里弥漫着韩国方便面的浓浓牛肉香。他们三人累了，懒得彼此交谈，呆坐着默读从天花板到四面墙壁上密密麻麻的来自世界各地的涂鸦。方便面香渐渐消散，吃饱了的韩国人开始歌唱，她们的歌一首接着一首，越唱越整齐嘹亮，越唱越神情投入，唱到后来，有人已是双目紧闭，双手按胸，满脸是泪。歌声里唱的究竟是宗教？是民族？或者只是为自己加油？满屋的虔诚让钱旦更加不敢大声说话，只是在心里默默打量着这群“邻居”。

登顶时候到了。一走出门寒风便迎面扑来，冻得钱旦两排牙齿直打架。木板屋主人有毛毯出租，门前的地上堆了不少，钱旦花了两镑租一床披在身上，暖和倒是暖和些，但它实在太厚重了，让人又添辛苦。最后几百米登顶路更加陡峭，虽有石阶，但年久失修，这一夜游人又多，都拥挤在狭窄的路上。他们随着人流慢慢蠕动，好不容易才登上了山顶。天地仍然笼罩在沉沉的黑夜中，山顶上有座古老小教堂，他们借着手电光看到围着教堂外的地上已经躺了不少裹着毛毯的先行者，竟让他们一时间难找到落脚地。天色渐渐明亮起来，几抹霞光出现在远山之巅，太阳却是躲藏在浓云后面不见踪影。“笃定是美丽的，但变化无常更是美丽”，人生之美或许就在于它的不确定性，钱旦他们想遇到的将是一轮红日跃然而出，等来的却是满天雪花飘扬而下，又下雪了。在雪中俯瞰红褐色群山，钱旦的思绪飞到圣经年代：摩西带着犹太人逃离埃及法老压迫，颠沛流离四十年来到西奈山下。一天，年迈的摩西独自上山，或许也是要在这里感触日升日落吧，忽然间一声巨响，耶和华在火光中降临，将“十戒”授予了他。所以，西奈山又名摩西山，它的名头也始终与“十戒”传诵在一起。

三个人并排站着，钱旦扭头看见老谢也在眺望大山，严丽丽却凝望着老谢的侧脸，她眼神中分明闪烁着柔柔的暖光。

下山时走得快，他们几乎是一路就着山势往下冲。冲到山下，天空中已是蓝天如洗，白云似絮，圣凯瑟琳修道院的主院已经打开了院门。这座修道院从公元6世纪以来一直是东正教的修道中心之一，保存着大量珍贵文物，包括现存最古老的圣经译本。修道院主院对公众开放的区域不大，他们几个都不懂宗教，只能是走马观花。院落里面最著名的还是圣经里的神迹“燃烧的荆棘”。这丛荆棘被石墙围住，却郁郁葱葱地从墙头伸展出来，与旁边的斑驳小石楼相映成画。钱旦怎么也看不出它会与神有关，只觉得是高墙内不甘寂寞的一片绿。

从修道院走回客舍，他们看见路边一个小屋前有不少人在排队，还以为是间厕所，也跟在后面排了个队。走进小屋只觉凉气逼人，仔细一看，一间简陋的大房间里面堆放着数不清的尸骨，一大堆头骨正整整齐齐地瞪着他们。原来，圣凯瑟琳修道院自建立以来一直沿袭着一个奇特风俗，修道士死后先被葬入墓穴，等到肉身腐烂，再从墓穴中取出他们的尸骨，集中摆放在这里。时光流转上千年，一代又一代清修的修道士们无所谓今生来世，只是在此驻守。

“变化无常是美丽的，但笃定更是美丽”。摩西山上，圣凯瑟琳修道院里，他们看得见和看不见的一切，都在静默地述说着关于岁月与生命，关于信仰与永恒的故事，世代轮回，直到永远。

午后他们打了个出租车，去了宰海卜，因为那里有晚上发车回开罗的大巴。宰海卜是红海边上的潜水圣地，虽然它名头比不上同在西奈半岛上的沙姆沙伊赫，但是小镇上消费更低廉，吸引了不少背包客。三个人整个下午都在一家叫作“Jasmine”的餐厅里，餐厅其实是搭在海边的一个棚子，棚子只有朝海的一面有落地玻璃窗，其他三面都没有墙壁，棚顶是用草绳编织的网。冬天是淡季，餐厅里只有他们三个，中间烧了一堆篝火，他们就围着熊熊篝火在松软的沙发上枕着海浪声睡睡醒醒。

钱旦几次睁开眼睛时都看见老谢睡得香甜，严丽丽则一直凝望着红海尽头。

从西奈半岛回到开罗那天晚上，他们去新发现的一家叫作“中国红”的中餐馆吃火锅，三个人都喝了不少“SAKARA”，带着几分醉意回到200街。老谢送严丽丽回她宿舍，钱旦先回了自己宿舍，林汉去黑白沙漠露营去了，钱旦一个人对着“Fashion TV”消磨时间。

将近十二点老谢才回宿舍，一进门就坐在餐桌旁拿着个手机翻来覆去。钱旦想着在西奈山上严丽丽的温柔眼神，满怀八卦之心去和老谢搭讪，老谢却支吾着逃避话题，直到把钱旦打发进了卧室。

那个晚上老谢一直把严丽丽送到了宿舍门口，严丽丽手在包里掏了半天，犹豫着说：“我找不到钥匙了。”

老谢说："那怎么办？你再找找。"

严丽丽莫名其妙地慌乱，"你先走吧，我等下再找。"

她的两个室友也在去黑白沙漠露营的队伍中，老谢当然不放心把喝了不少酒的她丢下。可是严丽丽靠在门上，一只手拎着包，一只手放在外套兜里，就是坚持着"找不到钥匙，打不开门"，"你先走，我再找找"。直到楼梯间又传来脚步声，住在她们对面宿舍的两个伟通公司的同事回来，老谢正想说："好了，你先去她们宿舍借住一晚吧。"严丽丽却掏出放在兜里的那只手，手里正捏着钥匙，她打开房门，对老谢道了声"晚安"，然后轻轻消失在了门背后。

回宿舍的路上老谢百思不得其解的时候收到严丽丽的短信："刚才我一直手里捏着钥匙，心里很怕，怕我打开房门后你会跟着我进来，也怕我会忍不住拉住你，把你留下来。"

老谢边走边没心没肺地回了句："原来如此，我还以为你真丢了钥匙。"他走到自己宿舍门口掏出钥匙开门时才醍醐灌顶，真正明白了严丽丽那条短信的含意。

过了几天，老谢走了，赶在2006年春节前去马里报到去了。新调来的小杰住进了他的房间。钱旦想：人来，人往，如同花开，花落，在四季轮回里发生。

第十三章

钱旦在《伟通人报》上读到了公司老板的新年献词。

这次老板没有说他爱说的“沉舟侧畔千帆过，病树前头万木春”，也没有说“雄关漫道真如铁，而今迈步从头越”，而是推荐了《南方周末》上一篇《给父母洗脚》，加了一段简短的新年献词：

“春节期间我们全体员工能否给自己的父母洗次脚？一个不爱自己父母的人很难爱亲人，一个不爱亲人的人，很难爱别人。我太太经常打盆温水给我泡脚，然后用磨砂一样的刷子，将我脚上的厚皮锉去，以防脚开裂，而我还一边看电视，一边让她服务，从未想过应该感谢她，为她洗一次脚。这篇文章，给我很大启发，我已经不能给自己的父母洗脚了。但我可以回报我的太太，想想一个家庭妇女，将一生献给了相夫教子，是多么的难得，是多么的伟大。

“伟通的员工，也要有自我牺牲精神，事事斤斤计较，很难想象在公司生死存亡的危难关头，会像金融危机中韩国人民倾家荡产救国家一样地去救公司。爱自己，爱别人，爱公司，从小事做起。

“一个人要先爱别人，别人也会爱您的。”

2006 年 1 月 28 日，除夕到了，钱旦有生以来第一次不在家里过年。

公司放假半天，埃及与北京时差六小时，正午时分大家就聚在食堂吃年饭。留下来过年的人不算多，钱旦只是出门打了个不长的电话就错过了领导发红包的时间。他们一大家人都在钱旦父母家团年，电话通了，那头有嘈杂的鞭炮声，他大声向爸爸、妈妈、叔叔、姑姑们说着春节该说的话，等到 90 岁的爷爷接过电话，听到爷爷那依旧洪亮的嗓门，听到一句“你工作忙，别挂着家里，我身体很好”，钱旦鼻子一酸，心里没有忧伤，眼泪不期而至。

下午，他们宿舍坐满了人，林汉又悄悄把办公室的投影仪借了出来，大家把投影打在墙上看春节联欢晚会，一起等待狗年到来。北京时间过了晚上十一点半，赵本山、宋丹丹、崔永元的小品演到了最后，屏幕上变成了一群穿着红肚兜、绿短裤、金皮靴的美女跳二人转，钱旦脸上挂着被电视里那三个人逗出来的笑走进了卧室，掩上门，又开始打电话。海外游子们都在赶着打电话回家拜年吧，电话很难打。好不容易才拨通，秦辛在那头“喂”了一声，钱旦的眼泪来得毫无征兆，竟然在刹那间哽咽至无法开口说句简单的拜年话。“喂”了半天，挤出句平淡的“新年好”，不得不挂了电话。奇怪的是电话一挂断，眼泪就停下来，客厅里同事们齐声倒数、欢呼的声音变得特别大。

一直以为这一年自己风风火火，过得很充实，除旧迎新之际的眼泪让钱旦发觉原来还是有寂寞，还是会思念。

3 月份地区部技术服务部在开罗组织了几期管理技能培训班，钱旦借机为 YR 产品服务部在各个代表处的团队负责人以及地区部的骨干张罗了一期专班，大家需要从“个人英雄”转身为“带头大哥”，需要学习和分享。

他从深圳总部请来了老董给大家指导，他还特意安排老董在培训结束后去苏丹指导工作，心想：“给你安排个各方面都艰苦的地方去看看兄弟们是如何战天斗地宠客户的，免得你处庙堂之高时不知道处江湖之远的奋斗艰苦。”

老韩请 YR 产品服务部的骨干们大吃了一顿，又拉着老董和钱旦去了尼罗河上游船，没定到“法老号”的票，他们去了“马克西姆号”。他们上船时舞台中央的埃及歌者正在用中文唱“我爱你，爱着你，就像老鼠爱大米”，后来的游戏环节表演者用英文数完“One，Two，Three，Four”又用中文数“一、二、三、四”。船上并没有几桌中国人，不知道什么原因这一年中国元素在海外更受欢迎了，过去开罗街头陌生人对着他们喊“Hello”或者“磨西磨西”，最近“你好”多了起来。

伟通公司的组织结构中矩阵很多，在组织的矩阵中钱旦有两个领导，老韩是他在区域的领导，老董是他在公司产品线的领导，两位领导一个实线管理一个虚线管理，都算钱旦的“婆婆”。

老韩对老董说：“钱旦不错，这半年 YR 产品进步很大。”

钱旦插话：“我觉得老谢功不可没。”

两位领导同时看了他一眼，这个表态有些不合常规。

钱旦认真地继续说：“就像一个大坑，老谢一直在吭哧吭哧地填着，填得差不多了，他牺牲了，我跳了进去，运气好，露出头来了，大家都看到我了；如果运气差，我也就填里面了，大家能看到的就是下一位了。”

他是真心这么以为，凡事有因果有继承有发展，迫不及待否定前任的一切并不能显得自己多么伟大。

4 月 13 日，钱旦突然被老韩叫到了他的办公室，说乍得突发动乱，局势危急，之前还能和当地同事电话联络，现在已经联络不上了，问钱旦有无其他联络方式。钱旦头天晚上刚和 YR 产品线在乍得的工程师小龙用 MSN 聊过，小龙只是说首都恩贾梅纳又宵禁了，最近几个月恩贾梅纳的宵禁是家常便饭，每次折腾两天就好，他们以为这次和过去几次一样，并没有太在意。老韩说这次不一样，不是普通骚乱，是反政府武装攻城，打仗了。

钱旦搬来电脑、投影仪，登上 MSN，并投影在老韩办公室墙上。小龙在 MSN 上，钱旦劈头就问："情况怎么样?"

"我们早上是被炮声吵醒的，现在机枪声很密集，反政府武装应该就要打过来了。"

老韩说："再确认下我们有多少人在现场。"

他着急地接着说："你打字太慢了，我来。"

钱旦心想我这还算慢啊？难道你是玩五笔输入法的？但他还是把电脑让给了老韩。

小龙回复："这边市场、服务加上合作方一共有十八个人，现在老谢和市场部的一位同事在组织大家。"

钱旦有些意外，"老谢也在?！那没问题了。"

老韩摇摇头，"老谢几年没去过，这次刚去没几天，不一定熟悉环境了。"

老韩斟字酌句地说："你转告一下，公司已经通过外交部联络了法国驻乍得使馆、阿尔及利亚驻乍得使馆，阿尔及利亚驻乍得使馆已经同意在局势紧急时给你们提供必要的庇护，喀麦隆的同事和中国驻喀麦隆使馆的人也已出发去边境接应你们。”

钱旦纳闷，“中国驻乍得使馆呢？”

老韩瞪了他一眼，“你也太不关注西非了，乍得和中国没有外交关系了。”

墙壁上投影出小龙的话：“我下了，老谢他们定了撤退，往喀麦隆边境撤。”

MSN 上小龙的名字顿时就变灰了。

钱旦一整天心神不宁，总想着老谢憨厚的笑容，他不是说他几年前就在乍得被人用枪顶过头吗？怎么又在乍得遇上兵荒马乱了？

把时钟往回拨一天。

4 月 12 日下午五点多，老谢他们正在驱车回宿舍的路上，常去的中餐馆老板娘打来电话，告诉他们局势有变，马上要打仗了。他们赶紧四处打探消息，得知这次确实不同以往，三路反政府武装在城外集结，准备第二天一大早攻城。大家都是第一次遇到这种情况，可是他们的行动有条不紊：

把人员聚集在宿舍；

采购足够的食品、水、汽油；

将二十多部手机集中使用，除五部外其他全部关机，以省电省钱；

想办法搞到了邻国喀麦隆的手机卡；

联络总部、地区部和邻近国家代表处，向中国驻周边几个国家的使馆求助；

清理公司资产，合同等重要文档打包，不能带走的笨重物品该锁好的锁好，该藏起来的藏起来；

讨论了三套应急预案：要么去机场通过航空线路撤离，要么闯入法国军队驻地寻求庇护，要么走陆路越过边境进入邻国喀麦隆。

4月13日早上六点半，反政府武装开始攻城，机场关闭，通过航空线路已是不可能的计划。客户CTO电话通知说他们已经做好了紧急撤离准备，建议伟通公司也做好人员撤离计划。

两路反政府武装攻入城内，爆发巷战，出现抢掠行为。枪炮声越来越近，越来越密集。

中午十二点，移动通信全部中断。

十二点半，在乍得的十八位伟通员工开始向喀麦隆撤退，他们一行四辆车冲出了驻地，一路上算是有惊无险，除了一颗流弹射中了一辆车的尾灯外，没有出现其他意外，三小时后到达喀麦隆边境。

大家都没有喀麦隆签证，跨越边境是下一道难题。所幸的是他们出发时搭载了一位在边境地区做生意的中国大姐，那位大姐熟悉乍得喀麦隆的边境情况，她摆平了边境警察，所有人在没有有效证件的情况下顺利进入了喀麦隆。但是，先知先觉的乍得人已经蜂拥在边境地区，挤满了每家旅馆，他们找不到宿营地，眼看着就要露宿在混乱的街头了。

最紧张的时刻已经过去，疲惫和茫然的情绪开始在彼此之间传染。

夜幕降临，一辆喀麦隆军队的军车径直朝着这支中国车队开来。老谢盯着越来越近的车灯，以为他们是来查签证、抓非法入境者的。他紧张地望着车上下来的两个荷枪军人。那两人叽里哇啦地讲了一通，大家如释重负，原来，在中国驻喀麦隆使馆的协调下，喀麦隆军方同意安排他们去一所军营避难，这辆军车是来拯救他们的。

晚上十点，伟通公司的十八位兄弟被护送至避难的军营。拥挤的军营中并没有房间留给他们，他们在院子中间的地上睡了一夜。虽然喀麦隆昼夜温差很大，他们以天为被，睡在冰冷的沙地上，半夜被冻得瑟瑟发抖，但总算是安全了。

半个月之后，钱旦接到小龙的电话，说反政府武装被击退了，老谢要他们回乍得，实施原计划在战乱前完成的电话系统升位操作。

钱旦有些不快，“局势稳定了吗？至于吗？不回去。”

不到十分钟，老谢电话来了，钱旦依旧坚持，“要是我自己无所谓，人家一毕业就被我们扔到乍得，这惊魂未定又回去，要出事的话怎么办？何况，这小屁客户，至于吗？”

电话信号不太好，但老谢的声音稳定、清晰，“兄弟，我和负责当地的客户经理先回去，我们打点好了小龙他们再进去，客户安排专机把他接进去。并且，我们已经协调好法国人了，再出现紧急情况，法国人承诺在他们撤侨的军机上给我们安排座位。”

钱旦答应了：“好吧，要是你说‘兄弟们，给我上’，我反正不会同意，你们爱找哪个领导找哪个领导直接下命令去，既然你说‘兄弟们，跟我上’，那我相信你，我没意见了。你自己多保重吧！”

老谢认真地补充，“小屁客户也是客户啊，公司是不是该选择这样的客户我不评论，但一旦选择了，我们就有维护通信不中断的社会责任。你别只盯着大户，不把我的客户当客户啊。”

钱旦说：“行了，你还教训起我来了？你们没准备再去买两只鸡追着玩？”

“什么年代了！我们早就不玩鸡了，兄弟们现在玩蜥蜴。不仅玩蜥蜴，饿急了还把蜥蜴下火锅吃。”

钱旦治学严谨，挂了电话上网一查，看来老谢所言不虚，乍得的确盛产蜥蜴。

钱旦又收到秦辛的邮件：“你爸60岁生日我准备过去看看二老，他们喜欢清静，你又不在，昨天打电话过去他们说不准备操办什么，我去看看他们，别太清静了。对了，给你汇报个事情，赵晓松离婚后把房子分没了，打算离开长沙到深圳来赚钱，前段时间我们公司正好缺个设计师，我推荐了一下，他五一后会到我们公司来上班。”

这个邮件令钱旦心里一半是海水一半是火焰。父母是他心底的牵挂，老爸其实一直希望他留在身边，却又一直支持他所有的决定，更让钱旦觉得心里有一份愧疚。秦辛并没有名分，愿意专程去看望他们让钱旦觉得心里像大海般广阔无垠。赵晓松就是秦辛那初恋，这离了婚居然跑到深圳来做秦辛的同事，钱旦想起来总会有些妒忌的火焰若隐若现。

第十四章

2006 年 4 月 21 日，埃及人纪念西奈半岛解放的法定假日连着星期五和星期六有五天长假，钱旦正好用来实现梦寐已久的沙姆沙伊赫之旅。沙姆沙伊赫在埃及东部西奈半岛的南端，距离开罗有五百公里。它在中东战争时期是个军事重地，现在变成了红海边上最著名的潜水圣地。2005 年的这个假期钱旦刚从中国来到埃及，假期最后一天晚上路文涛和几个从沙姆沙伊赫度假归来的同事在宿舍津津乐道了一晚上他们的见闻，还把很多照片用投影打在墙上来炫耀，钱旦从那时开始就对它满怀憧憬。

假期第一天，他们一行十一个大人加上两个孩子热热闹闹地出发了。车一过苏伊士运河下面的隧道，前面车上的同事就打过来电话，“Welcome back to Asia（欢迎回到亚洲）”，钱旦才想起这条运河恰是非洲与亚洲的分界线，他们一不小心跨过了两个大陆间的缝隙，回到了亚洲大地。车沿着红海东岸在西奈半岛上驰骋，一边望去是苍凉戈壁，另一边则是蔚蓝大海。常识中大漠与沧海总是相忘于江湖，在这里它们却成了相得宜彰的风景。他们的车速稳定在每小时一百四十公里左右，下午三点就到达了沙姆沙伊赫。并没有提前计划好这趟行程，没有提前落实住处，小城街道上明明见不到几个人影，可是当他们走进一家又一家酒店，却一次又一次被礼貌地告知“客满”。他们只得兵分几路，从街头扫向街尾，一家酒店一家酒店问过去，终于发现临海的假日酒店留下了两个套间，每个套间两室一厅，挤一挤正好容得下大家。

晚上睡得晚，第二天仍然醒得很早，钱旦匆忙用完早餐就赶去海滩，计划是先占个好地方，躺在沙滩椅上晒晒太阳，补上一个“回笼觉”。可是他一见到早晨的红海，一分钟也不想在岸上停留了，兴冲冲地扑向了大海的怀抱。临岸的水不过半人高，海底平缓，水清澈，站着看斑斓鱼儿绕着脚边游来游去，淡蓝色水母随浪而来，他已是兴奋不已。待朋友们买了浮潜面罩过来，大家戴了，伏在水面上追看鱼群，琢磨珊瑚，一个个忍不住大呼小叫，不断的新奇体验给他们带来了持续的喜出望外。

那片海的“深”与“浅”之间隔着一大片珊瑚。珊瑚美丽但尖利，忠于职守的救生员们总是及时用响亮的口哨制止每一个有意或者无意进入珊瑚区的人。一座长长的木头栈桥由岸边跨过珊瑚区伸向海中，是亲近那片“深蓝”的必由之路。钱旦虽然水性不佳，但看着人们从断桥尽头下水，不知疲倦地沿着与海岸平行的方向游来游去心中充满了好奇。他终于不满足于在浅处嬉戏，要去那深蓝处一探究竟了。走到断桥尽头，再习惯一下浮潜面罩后的呼吸，他小心翼翼地扶着桥上铁梯走了下去。一入水中，第一秒钟感觉是直入心底的惊恐，水面下这“浅绿”与“深蓝”的分界线竟然是一条笔直陡峭的海底悬崖。“浅”是悬崖上伸手可触的珊瑚区，“深”却是一下子就跌入数十米深的悬崖底，大家就是沿着悬崖在游来游去。第一次亲眼见到深海沧桑景象又怎么能不让人惊恐？尤其是还有一个不知哪一个年代沉入海底的大铁锚拖着长链跃入眼中。但惊恐只是在瞬间，很快，“恐”消散而去唯有“惊”留存，彻底惊叹、惊服于如此奇异美丽、他从未经历过的海里世界。他视线所及是数不清的鱼儿，它们五颜六色，它们形状各异，它们大小不一；或者成群结队，或者两两相随，或者独自隐于珊瑚缝隙里。钱旦觉得自己就像被上天化身为鱼，跌入了一个巨大的水族箱中，不对，水族箱只是城市里的俗物，这里却是真真切切的大自然。当他情不自禁地向鱼儿们伸出手去时，竟真触到了一条明黄艳丽毫无戒备的小胖头鱼。他一次又一次在面罩后面兴奋地叫出声来。

那一天直到夕阳西下，海水凉去，钱旦都在海里面来来回回，沉醉不知归。

钱旦又感慨人始终是最好的风景，比如当他在海里游，全神贯注地欣赏着鱼与珊瑚时，蓦然间一位裸着上身，脚上戴着一副大大脚蹼的美丽女子从身前水下划过，直让他以为世间真有美人鱼存在。又比如游到累了，站在木桥上看夕阳下大海的时候，一位二八年华的率真少女从海里钻出，随手抛去救生衣，只着一条窄窄的比基尼裤站在一旁任海风吹干长发。裸身的她并不会给人带来任何邪念，只是让人觉着，原来人与自然也可以是相融一体的风景。

严丽丽也在去沙姆沙伊赫度假的队伍里。晚饭时她和钱旦坐在了一起，吃完饭两个人在酒店院子里散步，又躺在泳池边椅子上聊天。

严丽丽说：“我已经在办离职手续了，5 月份就会走。”

“是吗？这么突然？”钱旦很意外。老谢去西非后他和她见面不多。

“不突然，我纠结很久了，我早就拿到加拿大移民签证了，再不去就不够时间坐移民监了。”

她接着说：“你知道吗？我当初办加拿大移民目的很明确，不是为了自己，我自己不喜欢加拿大，我就是为了将来给孩子更好的环境，准备移民过去就在那边生孩子。没想到签证拿到的时候我离婚了，你说我还过去干什么呢？还有什么意义呢？但是再不走签证就废了，之前就白折腾了。好吧，我仍然会到达目的地，尽管出发的理由不存在了。”

她躺在椅子上，望着天上最明亮的星星，一滴泪顺着脸颊慢慢滑落。

偷得浮生“三”日闲，钱旦和一帮朋友在沙姆沙伊赫享受了一个惬意假期。他躺在沙滩椅上晒太阳时想起一年前第一次见老韩时他说的“好好干，争取一年以后你俩可以轻松地躺在红海边上，因为一切皆在你们掌握中了”，一年之后他仍然以为自己只要在伟通公司“好好干”就会“永无宁日，永远没有停歇的一天”，但好歹是有机会可以在红海边上躺一躺了，遗憾的只是老谢已经在更遥远的地方。

钱旦回到开罗当天晚上就一个人去办公室加班。十点多钟电话响了，林汉焦急地问：“老大，你们在哪里？”

“在办公室。”

“你们回开罗了？!”

“下午就到了，放了东西就到办公室加班来了，怎么了？”

“宰海卜爆炸了！我以为你们去宰海卜了。”

他们出发去沙姆沙伊赫前因为担心找不到酒店空房的确有过去人气没那么高的宰海卜的选项，1 月份钱旦和老谢、严丽丽在那里度过的半天令他对小镇印象深刻。

钱旦上网去查新闻，果然看到报道说那天下午三枚炸弹在宰海卜的三个地点同时爆炸，造成至少二十人丧生、一百五十人受伤，一张照片就是“Jasmine”被爆炸气浪冲得歪斜的招牌。去年7月在沙姆沙伊赫也发生过针对旅行者的连环爆炸，夺去了六十多个无辜生命。到底要等到什么时候，广阔的中东大地上才能够有真正和平，人与自然、人与人之间才能够真正和谐相处呢？

回宿舍路上钱旦遇到常去他们宿舍的几个女孩迎面走来，几个人见到他戏谑着掩面而笑，纳闷间又见几个女孩在后面十米开外的地方跟着林汉。林汉见到他尴尬地笑笑，“刚在宿舍玩完‘杀人’游戏，我送送她们。”

钱旦在宿舍等到林汉回来，小杰也在，三个人就埃及这几年发生在阿布辛贝神庙、哈利利市场、沙姆沙伊赫、宰海卜等著名旅游点的几起恐怖袭击事件唏嘘了一番，看来埃及的平静真只在表面上，街头那些荷枪实弹的军警真不是小题大做。

钱旦想起了刚才那几个女孩，打趣道：“林汉，你还是处男吗？”

林汉挠挠头，“当然还是。”

“给你提个建议，别老是集体活动了，你目标到底是谁，多私聊啊！”

小杰在一旁幸灾乐祸地笑了，“他目标可明确了，你早回来一会儿就看到了，今天晚上刚在这里当众表白了。”

钱旦的八卦之心一下子被撩拨起来，“谁呀谁呀？怎么表白的？”

林汉也不掩饰，“小雨，我一开始目标就是她，从来没有过其他目标。刚才趁大家玩得高兴我对她表白了。”

“哎呀，我该早点回来的，怎么表白的？”

小杰乐得抢答：“在‘杀人’杀得正高潮的时候，林汉被‘杀手’杀死了，大家等着听他的临终遗言，他却望着小雨深情款款地说‘小雨，嫁给我吧’。”

“这么猛?！结果呢?”

林汉怏怏的，“结果她骂我‘神经病’，然后说她困了要回去睡了，然后大家就散场了。你说我还有戏吗?”

钱旦看着他的表情，忍住没笑，认真想了想，说：“女人心，海底针，这我就不知道了。不过，泡妞需要胆大心细脸皮厚，看来你胆大和脸皮厚已经有了，下一步多表现表现心细吧。”

“怎么表现?”

“好吧，把我的秘技告诉你算了，那就是赞美，细心地赞美。比如‘这双鞋没见你穿过，很别致’，或者‘这个发卡很特别’，总之，魔鬼在细节中，你看见了别的男人没留意到的细节，你就赞美，不用夸张地表白，用陈述事实的语气就可以了。”

钱旦以过来人的姿态卖弄了一番，他又好奇问：“对了，刚才几个女生中有个没见过的，个子高高、长头发的是谁啊?”

林汉叹道：“你眼睛毒啊，一眼就发现美女了，那个不是我们公司的，是华新社的，是小雨她们在迈阿第俱乐部学网球时认识的。华新社是国内一家新闻机构，驻地不远，就在‘Friday's 对面。”

5月1日，埃及又放假一天。

林汉去叙利亚出差了，小杰去沙特出差了，钱旦一个人在宿舍看《越狱》，他刚从别人那里拷贝了这部剧前面的十多集，越看越入迷，不知不觉已近黄昏。正琢磨该去哪里觅食时听到有人在敲门，钱旦从猫眼里一看，是早几天见到的华新社那女孩，她一个人在门外。

钱旦开了门，他疑惑地望着女孩，女孩疑惑地望着屋里，“你一个人在家?”

“是啊，他们都出差了。”

“啊?! 林汉要我今天过来吃晚饭啊?!”

“他什么时候说的?”

“前天打电话给我的。”

女孩名叫苏琳，成都人，2005 年大学毕业，早两个月刚被外派到了开罗。

林汉本来计划过两天才去叙利亚，因项目需要临时改了机票提前走的，他通知了伟通公司的几个同事取消他们的聚餐，居然糊里糊涂地漏了通知苏琳。

钱旦义愤填膺地骂了几句林汉，然后说：“我一个人也不知去哪里吃饭，要不我请你，一起吃饭吧。”

苏琳欣然接受了他的提议。钱旦在家里宅了一天，难得突然出现个美女共进晚餐，他决定跑远一点。他想起曾经在解放广场附近见过一家看上去很靠谱的西餐厅，就带着苏琳进了城。

那是家有七八十年历史的老餐厅，墙壁上挂满老照片、老明信片，仿佛在温柔的灯光下默默述说着开罗的往事。苏琳还不到 23 岁，钱旦没想到两个人会谈得很投机，从《越狱》、詹姆斯·布朗特谈到了成都、北京和开罗，再谈到伟通公司和华新社，谈到 20 世纪 90 年代和这个时代大学生活的异同。两个人眉飞色舞，滔滔不绝。

苏琳看看表，“哎呀，九点半了，要回去了。”

习惯晚睡的钱旦意犹未尽，“九点半很晚吗?”

“我每天十点半准时睡觉的。”

“睡那么早?”

“是啊，早上六点十五分要起床。”

“起那么早?”

“嗯，早点起来锻炼，我天天坚持做广播体操。”

钱旦心想这样的女孩貌似应该做做瑜伽，或者学学肚皮舞钢管舞才对，她居然是坚持做广播体操，挺特别的一个女孩。

他们结账、离开了餐厅。两个人穿过解放广场，在解放桥上站了站，看了看夜色中妩媚的尼罗河，然后折回来，准备打个车回迈阿第去。

河滨路上有些招揽游客的旧式马车，钱旦灵机一动，走向不远处一驾马车，对车夫说：“能去迈阿第吗?”

车夫摇摇头。

钱旦不放弃，换了个问题，“多少钱能去迈阿第?”

车夫应该不算贪婪，他们付了二十埃镑就坐上了马车，马车沿着尼罗河踢踢踏踏地向迈阿第而去。晚风吹散了苏琳的头发，她没有用手去拢，一路上笑着，充满好奇地打量着路边的楼、灯、人与河。

马车一直到了“Friday’s”门口，钱旦先下了车，他伸出手给苏琳，苏琳用力握住他的手，跳下了马车。苏琳的手柔软温暖，钱旦却想起了秦辛的手，秦辛的手总是凉凉的，她总说最喜欢钱旦热乎乎的一双大手，那是她每个冬天最好的暖炉。

第十五章

2006 年 5 月 8 日，隔了一年时间，钱旦又去了喀土穆。

这一次是乘坐埃塞俄比亚航空公司的航班从开罗直飞喀土穆。钱旦想着一年前的疲惫旅程，在空姐送饮料时要了一小瓶红酒，喝完了往椅背上一靠，睡觉。他要养精蓄锐，准备好了再遇见沙尘暴、备降返航地折腾一番。

起落架重重砸在地上，钱旦被惊醒，睁开眼睛发现飞机已经降落在跑道上，他第一反应是这机长水平有点差，飞机落地动静太大；第二反应是问邻座这是到喀土穆了吗，邻座的黑人大叔斩钉截铁地回答“Of course（当然）”，钱旦看看表，不过飞行了三小时而已。

他在过苏丹海关时却遇到了麻烦。钱旦当然知道苏丹北部是信仰伊斯兰教的，酒肉之徒不能招摇过市，可又明明记得去年在喀土穆时陈永生带进来两瓶伏特加，大家找了家中餐馆小醉了一场。所以，尽管行李箱中已经塞满了帮大家带的埃及阿斯佛的水晶制品，他还是在开罗机场匆匆找了家免税店，买了瓶“芝华士”硬挤在行李箱中，准备和兄弟们小酌一番。到了喀土穆，钱旦一边感慨重新装修过的入境大厅比一年前漂亮多了，还是要有和平才能有发展，一边心不在焉地把行李箱塞进了 X 光机。海关官员一本正经地勒令他开箱检查，他们轻松查获了行李箱中的那瓶“芝华士”。

钱旦本来不觉得紧张，想着不过是损失了三十二美元酒钱而已，轻松地跟着海关官员走去一旁办理罚没手续。恰在此时，代表处一位来帮助他办理落地签的本地员工走了过来，那位老兄和海关官员叽咕了几句，然后冲着钱旦摊开双手，摇摇头，“You，no problem. I，have problem.”

钱旦愣住了，“你没问题，我有问题”？自己没问题，来接机的兄弟有问题？难道苏丹对于犯事的国际友人是罚没了事，但来接人的本地人需要承担什么担保责任？钱旦赶紧问他，他还是摊开手，摇摇头，重复“You，no problem. I，have problem”。

看着他无奈的表情，钱旦顿时内疚了，觉得自己不该莽撞，给苏丹兄弟惹麻烦了。追问他到底会有什么样的“problem”，那人却嘟嘟囔囔讲不清楚。钱旦怀着一颗不安的心办完手续走出机场大厅，一见到中国同事就赶紧问他们究竟会有何后果，大家一听却乐开了怀，原来这正是那位苏丹兄弟经典段子的又一次演绎，他讲英语从来是“You”和“I”分不清楚，总是用“You”来表示“我”，用“I”来表示“你”，他的“You，no problem. I have problem”不过是看到钱旦的酒被没收，想表达一番同情而已，却让不明真相的钱旦白白内疚了一场。

有些时候城别一年也可以刮目相看，就像钱旦眼前的喀土穆。他们的车穿街过巷，从窗外所见明显感觉到这个国家基础建设的进步，路面齐整些了，路边多了些装修摩登的电器店、咖啡馆。伟通公司的代表处换了办公点，大家集中在一栋楼里，像个国际化公司的样子了。YR 产品服务部也变得人丁兴旺，有了一个独立办公室，居然还有了测试环境。钱旦从机场直接去的办公室，和大家一起忙到凌晨一点才回宿舍。宿舍条件也明显改善了，这次他住在“蓝房子”，“蓝房子”是公司租下来的一栋独立小楼，已经可以做到每个人一间房，停电时候有了油机对付，尽管油机功率不够，灯光总在暗淡闪烁着，但夜里坐在灯下上网已是一年前不可想象的享受。不过仍然缺水，等到凌晨两点钟水龙头还是个摆设，他依旧像一年前一样顾不得满身风尘，倒头就睡。

第二天钱旦和客户开了一整天的会，感觉疲惫不堪。那天本是代表处 YR 产品线行销人员去和客户一位部门经理确认一些业务需求的实现方案，谈着谈着觉得吃力就把曹松、钱旦叫了过去，曹松和钱旦过去后，谈着谈着还是觉得不能确认的点太多，于是就把陈永生叫了过去，中午，代表处的服务主管带着兄弟产品线的同事也加入了讨论。自始至终客户只有那一位部门经理参加，伟通公司却是六七个人先后被卷入，看起来像“三英战吕布”，像所谓的“狼狈战术”，但钱旦清晰感受到了伟通公司应对类似业务场景时的效率低下，正是这点令他感觉疲惫、不耐。

这个效率低下表面上看似乎是海外代表处骨干普遍年轻，专业经验不足导致，实际上是公司业务发展中遇到的新挑战。伟通公司在各个代表处以客户经理、产品行销人员和技术服务工程师三条专业线为主，产品行销部和技术服务部又以不同产品线划分团队，在过去聚焦销售单产品、偏硬件“盒子类”产品的时代大家各司其职，运作良好。可是，世界上唯一不变的就是变化，这个行当里过去的成功经验从来就不是未来的可靠向导，这几年伟通公司瞄准客户业务经营痛点提供解决方案的销售和服务越来越多，在海外市场大包大揽式的“交钥匙工程”“管理服务”也如雨后春笋，由于各部门的 KPI（关键绩效指标）不一样，利益诉求不一样，又都能顺着专业线在公司机关找到“后台”，支撑了过去成功的组织形态已经开始妨碍这艘大船乘风破浪，驶向未来了。在各个代表处普遍是客户经理不考虑交付、产品行销人员只忙报价、服务工程师怕惹麻烦，大家貌似各司其职，实则是无人对全局负责，自然效率低下。好在是大的目标与方向一致，公司内部人际交往相对单纯，前进的势头还是不可阻挡。

一年前 YR 产品线卖给 ST 客户的第一个机柜刚刚立起来，如今他们的设备已经进入了苏丹的两家运营商，同时有三个项目在交付，每个白天大家都在客户那里忙碌着。

一年前入职的四个本地员工都在 ST 客户机房，大个子甘法斯坐在角落，他见到钱旦有些意外，钱旦觉得他心事重重。两个人交流了半小时，甘法斯从喀土穆飞涨的物价聊起，讲到当地爱立信公司的薪酬水平是伟通公司的两倍以上，又提到 ST 客户在挖伟通公司员工，那边的薪水更高工作更轻松。钱旦其实并不担心客户挖走一两个本地员工，如果他们真的跳槽去了客户那里，也许会因为知己知彼而给老东家找些麻烦，但是过去以后他们的个人价值恰在出身于伟通公司，伟通公司的设备越多他们才会越受重视。钱旦担忧的是放眼望去四个本地员工淹没在满屋子的中国人中，中国人又肆无忌惮地讲着中文，双方的交流明显不多。钱旦设身处地地想这几个老外该觉得孤独吧，他们如何才能发挥更大作用呢？

钱旦特地去掀开了一块防静电地板，琢磨去年喀土穆骚乱时小军是如何藏身地板下面的。他好奇地向曹松求证，曹松一脸坏笑，“人的潜能是无限的，小军和我一样是独生子女，也和我一样是处男，他一想到将来还要照顾父母，更重要的是想到美妙人生还在后头，就钻进去了。”

钱旦问他：“你和代表处沟通没？啥时候能休个假？”

曹松笑笑，“不急，正赶上活儿多，我对各方面情况都最熟悉，继续顶着吧。”

“上次给你的建议呢？到网上找找姑娘去，回国好见面？”

“那倒没必要，我妈急得不行，帮我物色了几个，已经有短名单了，就等我回去休假，逐一相亲了。”

钱旦去见了老钟。

老钟益发风风火火，凌晨一点多才从南部出差回来，回来后居然直接去办公室召集了个项目分析会，会议开到三点才散，一大早他又出现在办公室。他的办公桌上摆了四部手机，伟通公司已经和苏丹的三家运营商有了生意往来，他在三家运营商各有一个号码，还有一部是他的私人号码。钱旦边听他提要求边想他如何能快速分辨电话铃声是来自哪一部手机的。

老钟给钱旦提了三点要求：第一是 YR 产品线必须保障对苏丹的人力投入；第二是年内不能出任何网上事故；第三是正在交付的项目一天也不能延误。总而言之，未来一年对代表处奠定市场格局异常重要，YR 产品线不能掉链子。

钱旦不喜欢随便拍胸脯，他沉默着盘算如何才能支持好代表处的工作。他悄悄为曹松叹了口气，看来这一年他确实又难休假了。

第二天 YR 产品线就出事故了。

中午，曹松和钱旦在 ST 大楼下准备打电话叫兄弟们一起去吃饭。曹松连拨了几个人电话都拨不通，一激灵噔噔噔跑上了楼。他一见小伟就问："有投诉吗？出事故了吗？"

小伟满不在乎地在终端上敲了敲，"没事，SC 进程正常，哎呀，怎么有限呼告警?! 哎呀，US 上也有告警!"

话音刚落，一位客户维护人员就匆匆过来，"有很多投诉，说电话打不通了!"

他们紧张地坐了下来。小伟说："我先查下日志，看什么原因。"

曹松看了眼告警信息，毫不犹豫，"先别管日志了，把 US 的几块板子主备倒换一下，看能不能先恢复业务再说别的，先搞 AA 板吧。"

他边说边自己动手操作，把 US 上的 AA 板做了个主备倒换。几个人焦急地等待着，几十秒时间特别漫长。

小伟喊："欸，应该是好了，拨测下看看?"

曹松经验丰富，重大事故发生时的确应该先通过简单、直接的手段恢复业务，再去定位原因。业务确实恢复了，但是原因未明，故障随时可能重现，几个人的午饭泡汤了，他们一直忙到晚上才算把事故彻底梳理清楚：ST 网络的这套 SC 设备是核心设备，但是其数据网络未与客户维护人员的网络做有效隔离，客户维护人员的网络也没有与客户办公网络做有效隔离，正是办公网络的异常网络流量，也就是所谓的网络风暴导致核心生产网络受到影响，从而导致事故发生。

事故中断时长二十分钟，五十万用户呼叫受影响，也就是说那天中午苏丹有五十万手机用户在二十分钟内打不通电话。

好在事故起源于客户办公网络的网络风暴，客户维护部门也不想把账算在自己头上，和曹松他们一起写了报告，把问题归结于其办公网络的管理上。两边的管理层对他们并没有太大不满，只是责成完成数据网络的整改。

代表处 YR 产品服务部召集部门全体人员开事故回溯会。

小伟讲了事故回溯报告，他说："这次幸好是客户原因造成的事故，影响不算太大，我们要提高警惕，不能再出事故。"

曹松站起来走到门口望望外面，把门关上，等不及回到座位上就开口了，"关起门来说，谁说这是客户原因造成的事故？哄得了别人还能哄得了自己？在 2002 年我们在国内就发生过因为网络没有隔离，客户维护人员在维护终端上用'金山影霸'看电影把网络搞瘫痪了的事故，当年产品线就发过预警要求全网整改。今年是啥时候了？这就是我们的人为事故！工程质量事故！这是在苏丹，要是在国内现在出这种事故是要'死人'的！对外我们大事化小了，对内我作为项目负责人没有把好质量关，申请我自己第二季度考评降一级，罚款一千美元，交出来做活动经费。"

钱旦补充道："这是前期赶工期埋的地雷，好歹是被你们自己踩了，没有留给后人。不仅是 ST 的网络要整改，而且我们要清理区域所有网络，有问题的都要推动客户整改。即使组网是客户的，我们也不能看到了隐患还无动于衷，讲大一点，这是维护可持续通信的社会责任。另外，这又是质量标准落实的问题、SOP 的问题、知识管理的问题，同样错误又在不同时空重现了！大家讨论下管理改进的计划，包括我们自己能做的和我们应该推动公司做的。"

离开喀土穆前一夜，钱旦和大家一起坐在办公室里处理邮件。曹松伸了个懒腰，走向后院，未几，他的歌声在后院响起，歌声里多少带点沧桑。钱旦隔着薄薄一扇窗听得真切，他想，这两年很多同事从国内来到海外，有些是如自己一样做好充分准备的，有些是如曹松一样从“出趟差”变成“扎根天涯”的，大家都是既来之，则安之，默默奋斗在世界每个角落。他又想，谁说“开放”不是中国人的性格呢？唐朝僧人千里跋涉向西域，郑和船队浩浩荡荡至非洲，清末 12 岁的幼童们就敢组团飘洋过海到美利坚求学，今天的人们不过是追随着前人的脚步而已，尽管这一步一步走得太缓慢、太艰难。

第十六章

2006 年 5 月 28 日，钱旦离开苏丹后马不停蹄地去了突尼斯。

突尼斯的首都是突尼斯城，突尼斯城前世是古时名城迦太基。传说很久以前腓尼基城邦中有一位叫作黛多的公主为了逃避宫廷争斗漂流过海来到了突尼斯，她向当地部落首领请求得到一块“牛皮之地”容身，部落首领对这“牛皮之地”的小小索求痛快地应承了。公主却不厚道，她把牛皮切成细丝，连成长线，在海边山丘上围出了个迦太基城。后来，迦太基渐渐发展成为势力范围覆盖整个北非沿岸，以及西班牙中部、西西里岛、科西嘉岛等地的强大帝国，称霸西地中海数百年，直到在三次布匿战争中被罗马军队摧毁。再后来，罗马人按照罗马风格重建的迦太基城又被征服北非的阿拉伯人焚毁，这个繁华地终于被深深湮灭在历史的厚尘中。如今，除了些供人凭吊的断壁残垣，突尼斯城已经找不到昔日帝国的痕迹。这座城市恬静地站在地中海边，总是阳光明媚，总是海天一色，并且不缺乏绿色。钱旦觉得与这一年他在中东北非走过的其他城市相比较，突尼斯城有一种清丽脱俗的气质。

钱旦和代表处同事一起去拜访客户。他们的 TT WI 项目除了是伟通公司和 TT 公司的商业合同，也是伟通公司和 IBM 公司之间一个提升端到端项目管理能力的咨询项目的试点项目，IBM 支持了个项目经理，地区部 YR 产品服务部也安排了自己最强的技术专家宋扬支持项目，前一阶段结果不错，按计划完成了联调和测试，客户和代表处都满意。但项目没有验收，也没有商用，停滞了，没有给客户带来商业回报的项目不能算个成功项目。项目停滞后 IBM 那位项目经理的工作也算告一段落，撤退了，留在现场负责项目的又是伟通公司没有胡子的年轻人，毕业才两年的小古。

项目停滞的真实原因其实是受到爱立信的阻挠，但令钱旦自愧不如的是每当讨论中出现分歧时，客户的项目经理总是能随手拿出厚厚的合同，迅速找出相关条款，以白纸黑字为依据，而伟通同事总是将信将疑，当初合同中是这么写的吗？在突尼斯他又看到了他们客户线、产品线、服务线的脱节，看到了中国人灵活性有余、契约精神不足的特质。

突尼斯代表处代表是个山东大汉，他长相高调，颇有高富帅的气质；他吃虾时鄙视不吃虾头的普罗大众，人称“虾头哥”。“虾头哥”在办公室和人争论，他批评那人对本地员工缺乏真正的关心，那人不服气，说：“我们大规模使用本地员工都一年了，不是不关心，是管理本地员工的经验仍然不足。”

钱旦在一旁听着，觉得“虾头哥”说得对，YR 产品服务部在突尼斯名义上是由一个叫萨芬的本地员工负责，实际上遇到大事大家还是习惯在中方员工中间传递信息，尤其是机关研发收到本地员工的英文求助邮件时常常就是回一句："你能找个中国同事和我沟通吗?"钱旦也想起了甘法斯和淹没在中国人群中的几个苏丹本地员工，这一年伟通公司海外各个代表处本地员工队伍渐渐有了规模，但中国人和本地人还是两张皮。

钱旦要离开突尼斯那天是个星期日。吃过午饭他一个人闷在办公室写出差报告。他钦佩那些动辄做个复杂PPT，造几个英文缩略词来谈概念的同事，但他还是习惯"Seek truth from facts（从事实中探寻真理)"，习惯从事实、细节中去寻找解决问题的方向。因此，他珍惜每次去代表处、项目组出差的机会，每次出完差都觉得自己又看到了不少问题，学到了很多东西。在苏丹、突尼斯这段时间他看到了过去一年伟通海外代表处的交付及服务能力有了切实提升，但仍然远远不够，中方和本地两张皮、销售和服务脱节的问题应该是普遍存在的。

他独自沉思，几个同事走过来说屋外阳光真好，去喝点咖啡吧。钱旦随口问一句："去哪里喝咖啡呢?"宋姑娘说："阳光这么好，我们去蓝色小镇吧。"宋姑娘是去年五一节和他一起去亚历山大的旅伴，后来调动到了突尼斯。她告诉钱旦蓝色小镇的大名是"Sadi Bou Said"，翻译成中文应该是叫作西迪布塞吧。这个小镇位于突尼斯城以北大约二十公里突尼斯湾畔的一座山上，是《国家地理》杂志推荐的世界上十大最浪漫小镇之一。据说13世纪前后，一些西班牙人为了逃避宗教迫害离开伊比利亚半岛，穿越地中海，在非洲大陆最北端上了岸，就在这个三面环海的悬崖边上开始建立自己的世外桃源，一不小心他们建立起来的避难地就成为了几百年后人世间的浪漫经典。

那天下午阳光很好，在哪里都可以看得到广阔的天空，凝住的云霭，再加上公路两旁郁郁葱葱的树林，林间的芳草地，草地上快乐的人们，去西迪布塞路途上已经是风光无尽。二十公里实在是太短的距离，不到半小时他们就已经走在了蓝色小镇上。小镇的房屋都是两三层的平顶屋，随着山势错落有致，墙是白色，窗是蓝色，门是蓝色，檐是蓝色，栏是蓝色，路灯是蓝色，天空是蓝色，偶尔从屋与屋的空隙里望过去，山下的海也是蓝色，并且，大家都是一样深浅的蔚蓝。小镇是热闹喧哗，切切实实入在俗世里的，路上游人如织，路边小店里摆满了各种旅游纪念品，尤其多的是此地有名的手工面具和沙漠玫瑰石。小镇又是从容平淡，清清幽幽不落于凡尘中的，沿着青石板路向深处前行，游人渐少，喧嚣渐远，一树树丁香花从路边院落里悄悄伸展出墙来，浅紫色花瓣点点落在地上，淡淡芬芳随着微风潜入人们的呼吸中，沁入人们的肺腑。小镇不大，他们不知不觉就走到了路的尽头，来到峭壁边上，那里恰恰是一个眺望浩淼地中海的瞭望台。海水平静如画，颜色由绿至蓝，漫漫伸展到天边，又与蓝天相连成一色，钱旦觉得眼前仿佛是一张老的风景明信片。宋姑娘介绍说到了晚上这里会挤满耳鬓厮磨的情侣，钱旦想如果他是生长在突尼斯城，如果秦辛是在他身旁，他们也一定会把蓝色小镇作为约会的老地方，就像在深圳他和她常常在星期天午后牵手站在大南山上一样。

突尼斯和非洲西北部许多国家一样，也是当年的法属殖民地。这里的人们讲法语，爱咖啡，市中心的布尔吉巴大街人称小香榭里舍，到处都是露天咖啡馆。在蓝色小镇上，最佳的咖啡时光是要到山边的“Cafe Sidi Chebaane”里去度过的了，这家露天咖啡馆在陡峭的山边，依着山势而建，自然而然地形成了狭长曲折的上下几层。咖啡馆里没有沙发之类的舒适座椅，只有不知道是用土坯还是砖块砌成的简单长条椅，再铺上草编坐垫来供人们坐下，当然，如果愿意，慵懒地躺在椅子上是更能够融入到风景里的。假日里的“Cafe Sidi Chebaane”早早客满为患，他们好不容易才找到坐的地方，打量四周，一张张的小圆桌桌面是蓝色，走廊边的栏杆是蓝色，大大的遮阳伞是蓝色，再加上头顶上蓝的天，山下面蓝的海，一切仍是紧扣着小镇的蔚蓝主题。这个下午的钱旦并没有像平日里习惯的那样要一杯黑咖啡，因为这几天他已经爱上了当地的松籽茶，它混合了阿拉伯红茶的浓郁和新鲜松籽的清香，饮起来自是有一番风味久久绕在唇舌之间。

在小镇上时常见的花除了丁香，还有茉莉。钱旦并没有看见白色茉莉在这里生长的样子，而是先在咖啡侍者们的耳朵上见着了它们。当地男人喜欢把茉莉扎成小小花束，夹在耳廓，这些戴花男人并没有因此显得阴柔，反而是在俊朗面容上多了几分飘逸。将要离开小镇的时候在街口遇见了一个叫卖茉莉的小男孩，他不禁也买了一束，却不敢把它夹在耳上，而是别在了胸前。茉莉芬芳总是会让他记起儿时，忆起家乡父母。小时候家里种了好几盆茉莉，夏夜他总是会在花下凉床上，躺在母亲身边，望着满天繁星，跟着她念唐诗。或者是“慈母手中线，游子身上衣。临行密密缝，意恐迟迟归”，又或者是“床前明月光，疑是地上霜。举头望明月，低头思故乡”，成长的夜里就是这样洋溢着茉莉清香。只是不知道这个夏季父母阳台上是否依旧有茉莉飘香，男孩长成男人后，每次打回家的电话总是例行公事般的匆匆问候，缺了儿时的琐碎汇报。

晚餐是“虾头哥”请客，他们去了海边一家意大利人开的餐厅。正好是夕阳西下的时候，远处蓝色小镇在突入海中三面环水的山上，华灯初上，小镇上黄色灯光点点，加上天空里晚霞的渲染，远远望去它已经变成了一座金色小镇。进了餐厅，他们特意选了靠近门窗的椅子，为的是可以窥得到西迪布塞。

这家餐厅环境幽雅，老板娘是个高高大大的西西里女人，她热情地关照着每一桌顾客，向每一个客人热情问好。靠海吃海，他们品尝了餐厅里的招牌菜海鲜沙拉，还开了一瓶当地产的白葡萄酒。葡萄酒和橄榄油一样是突尼斯名产，当第一口酒滑在舌上的时候，钱旦下意识地回头又望了望窗外的西迪布塞，深蓝色夜幕已经完全拉下，小镇由金色又变回蓝色。他想所谓的浪漫经典，正是因为每一个时刻每一个角度每一眼望过去它都是风情无限的样子吧。

忙忙碌碌的日子让钱旦养成了算计时间的习惯，但离开突尼斯的这个夜晚，一直磨蹭到离航班起飞剩下不到三小时他才起身告辞，还说要先回宿舍收拾行李，吓了大家一跳。其实他并不是忘记了时间，只是沉浸在温柔夜色里不舍得离去。

第十七章

钱旦回开罗后去了阿马尔家里做客。

阿马尔是个 27 岁的埃及胖小伙，按道理说应该叫他“艾哈迈德”才对，因为他全名是“艾哈迈德·穆罕默德·阿马尔·艾哈迈德·赫达”，按照阿拉伯人取名字的习惯来看，“艾哈迈德”才是他本人的名字，“穆罕默德”是他父亲的名字，“阿马尔”是他祖父的名字，“艾哈迈德”又是他曾祖父的名字，“赫达”是他们家族的姓氏。但办公室里“艾哈迈德”“穆罕默德”太多，就像中国人中的“李”“张”太多一样，从一开始一班中国同事就叫他“阿马尔”。细心的钱旦当面确认过几次，他一直表示没有关系，无须讲究，渐渐地，他就叫“阿马尔”了。

在地区部 YR 产品服务部八个帅丑不一、性格迥异、家庭背景也不同的开罗青年中钱旦最喜欢的是阿马尔，他既忠厚、实在，又敏感、聪明，还有很强的适应能力。2005 年他从马尔代夫回来以后又去了苏丹出差，不久钱旦就听说在他们苍蝇纷飞仅供应中国菜的喀土穆食堂里出现了一位忠实的阿拉伯食客，一打听名字，正是阿马尔。

地区部的埃及员工中愿意加班的很少，有一次到了下班时间满屋子中国人都在忙碌，埃及人则纷纷收拾电脑，按时离开办公位。一位忙得晕头转向的中方主管对着他的下属叹到：“我为什么每天都加班？你为什么每天都走得这么早？”

他那位美女下属给出个灿烂笑容，“因为你是中国人，没有真主帮助你；我是埃及人，真主会给予我一切”，说完毫不迟疑地扬长而去。

阿马尔也曾经问过“为什么中国人总是这么勤劳”之类的问题，但他很快就知道了关于中国的一切，从北京到新疆，从华强北电子产品到街边洗脚城，从计划生育政策到中国政治经济环境的变迁。他既常常和中国人一起加班，又迅速养成了睡午觉的习惯，甚至看起来连中文都难不住他了。一次阿马尔兴奋地告诉钱旦“我解决了一个中文问题”，原来，又有中方工程师没心没肺地使用中文来提交问题单，向他求助。阿马尔一声不吭，借助“谷歌翻译”看懂了问题，指导中方工程师解决了技术难题。令钱旦既和他一起开心，又有几分尴尬。年初做PBC（个人绩效承诺）沟通时阿马尔一本正经地对钱旦说：“我要加一条承诺，今年通过汉语考试。”

星期六晚上钱旦和宋扬如约去了阿马尔家里做客。阿马尔兄弟姐妹三人，一个姐姐已经出嫁，一个弟弟在开罗大学念书，他还没有买自己的房子，和弟弟一起住在妈妈家。

他们家在一栋老旧的公寓楼中，楼前马路不宽敞也不平整，楼内有一部一次只能上下两三个人的旧式电梯，电梯外加了道门，门上加了把锁。钱旦第一次看到电梯门上挂了把锁，问阿马尔，阿马尔说因为总有住户拖欠管理费，所以就把电梯上了锁，只有按时缴费的住户才能够使用。

一进门钱旦就看见客厅墙上挂着幅中国画，有亭台楼阁的那种，他以为是阿马尔加入伟通公司之后的布置，阿马尔却说是他妈妈一直的喜好，看来他能够迅速融入伟通公司未必是偶然。阿马尔妈妈也是胖胖的，和蔼可亲，她虽然不会英文，但一点都不让人觉得有陌生感。餐桌上早已准备好了丰盛的晚餐，埃及大餐当然会有胡姆斯酱、腌橄榄、大饼，主打的当然会是牛羊肉。钱旦虽然爱吃阿拉伯人的烤牛肉、烤羊肉，但那一桌子肉食分量太扎实了，除了大块的牛羊肉还有大块的牛肝等，它们迅速填满了他的胃，尤其是一大块牛肝下肚后钱旦觉得有些发腻了。中国人鸣金收兵的时候埃及人还在击鼓前进，阿马尔热情地劝钱旦和宋扬再吃一块肉，甚至嘲笑中国人胃太小。钱旦和宋扬甘拜下风。

吃完饭坐在客厅吃水果，去年在沙特人家也是这般流程，不同的是在埃及人家里能看电视，电视节目还算丰富，他们可以对着电视上的歌舞女郎评头论足。吃完水果阿马尔提议去吃冰淇淋，钱旦以为就在楼下吃，他却开车带他们去了解放广场。解放广场附近有一家人气极旺的冰淇淋小店，时间已经接近晚上十一点，店里店外依旧人头攒动，他们好不容易挤到柜台前，三埃镑一个的冰淇淋味道一点也不输给摆在装修讲究专卖店里的哈根达斯、PPG 们。甜食真可谓整个阿拉伯世界一大爱好。

“The Night is Young（夜未央）”，他们驱车上了木卡通山顶。木卡通算是开罗制高点，白天在上面整个城市尽收眼底，旅游书上以之为高地的金字塔、阿里清真寺都在其脚下，很有一种俯瞰众生的感觉。晚上，开罗万家灯火和天上的星星连成一片，他们坐在山崖边的藤椅上，一人一樽水烟，开始了腾云驾雾。

阿马尔突然对钱旦说："如果我换个部门，去市场部是不是会有更好的发展机会?"

钱旦警惕地望着他，"为什么？你为什么这么想?"

阿马尔支吾了一阵子，终于直说："穆罕默德已经有头衔了，我还什么都不是!"他脸上露出了委屈。

穆罕默德是地区部另外一个埃及员工，刚刚被定成了 YR 产品服务部在埃及 TAC（技术支持中心）的组长。埃及 TAC 是伟通公司技术服务体系规划中覆盖阿拉伯语地区的集中受理中心，负责通过电话、邮件等手段对阿拉伯语地区各个国家的客户直接提供支持，类似西方公司 800 电话的作用。钱旦其实对公司 TAC 建设是持保守态度的，一是因为他认为在市场高速拓展阶段，伟通公司服务的优势就是长期与客户保持面对面的交流，坚持从上到下全面的贴身服务，如果要像西方友商一样建立 TAC，让客户有事情不是直接找熟悉的工程师而是打 800 电话，那也该从一个国家设置一个 TAC 开始。像这样按使用的语言在全球建设三五个 TAC，很可能减少不了几个现场工程师，节省不了几个钱，反而是自废武功，放弃了自己在全员客户关系上的绝对优势。二是 YR 产品线的产品定制化程度高，在产品特点上也未必支持这种"大一统"的技术支持模式。但是钱旦又是开放的，他知道自己的观点未必正确，愿意跟着公司去尝试。因此，他把地区部八个本地员工分成了两组，一组留在 YR 产品服务部，另一组交给了埃及 TAC，交给埃及 TAC 的人指定了穆罕默德为组长。

阿马尔显然对穆罕默德成了个小头目不服气，但钱旦其实更看重留在 YR

产品服务部的团队，所以把他留在了身边。

钱旦反问阿马尔：“头衔很重要吗？”

他继续道：“如果你很想要头衔，明天就可以给你一个组长，又不需要公司任命。但是我们希望你先专注产品技术，多去参与项目，多去代表处支持，更多地积累经验，更多地理解客户，理解在伟通公司的项目中都会发生些什么。将来，你们是要作为专家团队在背后支持穆罕默德的。”

钱旦耐心地给阿马尔说着自己的理解和设想，他又记起了“虾头哥”说大家对本地员工缺乏“真正的关心”，的确，“真正的关心”需要“用心”，埃及人是含蓄、敏感的，他该知道贸然给穆罕默德这个组长头衔会让更强的阿马尔等人有想法，他应该考虑更周全，主动去和大家交流，多给大家讲讲未来业务的规划，每个人可能的职业通道。

一年过去，各个国家的本地员工都在思考自己在这家公司的发展通道问题了。

又一个星期五，傍晚时钱旦和苏琳去了“Casino”。这个“Casino”不是赌场，而是在尼罗河对岸，距离“第一居所四季酒店”不远的一家河畔餐厅。

餐厅一半在岸上，一半在水上，他俩选了个最靠近河水的位置。钱旦埋着头专注于餐盘里的牛排，苏琳双手捂着杯柠檬水。她等钱旦吃完后说：“你相信爱情吗？相信异地恋吗？”

钱旦正因为那块牛排份量不足而意犹未尽，他诧异地望着她，“怎么突然问这么文艺的问题？我是现实的理想主义者，相信爱情、相信婚姻。我从16岁时起就相信，现在31岁了仍然相信，我相信自己到了70岁还是会理想主义地相信爱情，现实主义地相信婚姻。至于异地还是同地，只是形式嘛。”

苏琳笑了，“我刚学人家做了个测试，我也相信。”

她给钱旦讲了她的爱情故事。她有个青梅竹马的男朋友，两个人是初中同学，高中不在一个学校，但是两人开始恋爱了。她父母早早就发现了苗头，但并没有太过干预，一是因为苏琳除了“早恋”之外，是个标准的乖乖女，生活很有规律，学习成绩也很好；二是因为并没有把那样的“Puppy Love”当回事，想着一毕业就会无疾而终的。没想到苏琳和那个叫刘嘉嘉的男孩一直恋爱到了现在。

苏琳说：“现在所有人都反对我们在一起，我昨天晚上学人家拿了张纸一半写放弃的理由，一半写坚持的理由，‘放弃’那一半写了很多，他高中毕业就没有正儿八经地读书了，我算是名校毕业；他现在收入没有我高；小时候我总觉得他玉树临风，后来发现他一米六九我一米七。‘坚持’这一半我想了很久，最后只写了个‘爱’字。”

钱旦问：“那他现在在哪里？干啥呢？”

“他一直在成都，之前和人家一起搞苍蝇馆子，这段时间对在淘宝网上搞网店热情高涨，但还没怎么赚到钱哩。”

苏琳脸上永远挂着笑，“我妈可不屑了，说他没正经工作，以前搞苍蝇馆子还靠谱些，谁会去网上买东西？我妈还说人们是要享受逛街的原生态乐趣的。我都反驳我妈，说你读书多但是没与时俱进，你又不是Teenage，咋知道未来的原生态乐趣不是逛网呢？”

钱旦赞同，“我记得去年淘宝说要在未来五年为社会创造一百万个工作机会，不能说开网店就不是正经工作；马云说得好‘假如你倒过来看这个世界，很多事情是不一样的’。”

他心里想既然苏琳在纸上列出了放弃和坚持的理由，那说明她其实还是受了周围人的影响，在试图给自己解释得失错漏了，但他口里还是说："不管怎么样，你能写出一个'爱'字，他能真心对你好就行了。"

正巧有一群开罗的年轻人在"Casino"开生日 Party，餐厅音响里大声放起了生日歌，一个小伙举着个蛋糕，蛋糕上插着正在燃放的小烟花，几个小伙和姑娘跟在他后面排着队绕着露天的餐厅欢快地跑着，不时发出欢呼声，餐厅气氛变得更加活泼。

把苏琳送回去后钱旦一个人慢慢走回了宿舍，他不想睡，靠在床头又看了几集《越狱》。熄灯前看看表，北京时间已经是星期六早上八点多了，他突然来了兴致，拨了秦辛的电话，电话一接通他就故意粗着嗓子说："秦辛啊，你怎么还不来上班呀？昨天下午发的通知没看到吗？这个星期六要加班哪。"

电话那头却是个没睡醒的男声，"你找哪位？"

钱旦迟疑了片刻，"我找秦辛。"

那头还是没睡醒的语气，"哦，秦辛？她回去了吧。"

钱旦发了会儿呆，然后重新打开电脑，发了个邮件，想了想又发了条短信，邮件和短信是一样的内容："你手机忘带了？早上打你电话，是个男人接的。"

上午十点多钟醒来，看到手机上秦辛的短信，她说："昨天晚上在深圳的几个老同学聚餐，手机没电了，把电话呼转到赵晓松手机上了，他正巧坐我旁边，后来忘记取消了。"

钱旦骂自己有一刻在胡思乱想了，怎么能怀疑自己和秦辛的感情呢？只是，骂过之后心里还是觉得有点酸，他为啥要正巧在她旁边呢？

7月9日晚上钱旦、苏琳、林汉、小雨几个人在231街的一家意大利餐厅看德国世界杯决赛。

埃及和德国时差不多，他们不需要熬夜看球。钱旦喜欢齐达内，是法国队球迷。法国队在小组赛中表现平平，进入淘汰赛后渐入佳境，干净利落地灭掉了西班牙队、巴西队和葡萄牙队，与意大利人会师决赛。苏琳不是球迷，但她喜欢意大利，喜欢意大利队的帅哥们，又是在意大利餐厅看球，所以她与钱旦针锋相对地为交战双方加油。钱旦忍不住骂她球盲，她则威胁钱旦在意大利餐厅为法国人叫好，当心被旁边的意大利大叔用披萨砸。

两支球队战得天昏地暗，加时赛齐达内一头撞倒马特拉齐，点球大战中里皮的球队获得了胜利，意大利人笑到了最后。

走出餐厅，钱旦备觉失落，但依然自觉护花，送苏琳回去。苏琳看他垂头丧气的样子觉得好笑，“我不想坐出租车，你送我走回去吧。”

钱旦看看表，“你不是十点半准时睡觉的吗？来不及了。”

苏琳伸伸舌头，挑衅地说：“偶尔例外一次，这不是意大利夺冠了，心情特别好嘛。”

“好吧，法国输了，我心情特别糟，就陪你走走，散散心。”

他们沿着迈阿第的林荫路走着，月光拉长了地上的影子。苏琳五官不算精致，但是很有雕塑感；她身材不似前凸后翘那么嚣张，但是腰臀间有着流畅的曲线；她有感情上的烦心事，但是举手投足间总洋溢着孩子才有的阳光气息。钱旦和苏琳认识不久，却已似默契多年的朋友。他从来没有拿秦辛和别的女孩比较过，但是那一晚，他一边走一边在心里想着苏琳和秦辛的不一样。

第十八章

钱旦的同事小薇个子不高，看上去柔弱，却是个敢独自在异国流浪的女孩。她曾经一个人坐巴士穿过西奈半岛，乘渡轮跨过亚喀巴湾，去约旦游玩了一番。她在战后不久去伊拉克出差前打电话告诉妈妈自己要去伊拉克，妈妈只是淡定地叮嘱了一句："你注意身体啊!"她笑说自己在那一刻有些失落，因为本来是准备好了等妈妈吃惊地安慰她的。

老谢也讲过他的伊拉克故事，最爱说的一段是当他离开伊拉克时一路上都在打瞌睡，黎明时醒来，一睁开眼睛就看见一个当地人扛着个火箭筒懒洋洋地从路边山坡上走下来，想是埋伏了一夜没有等到合适目标准备撤了。每次讲到这里他都要唏嘘一番，感慨他们的车没有成为火箭弹的目标，也许只在那个恐怖分子或者说游击队员的一念之间。老谢的故事发生在2004年，战争后第二年，他们还只能通过危机四伏的公路进出伊拉克。等到钱旦要去伊拉克的时候战争已经结束三年多了，尽管几乎每个星期都有爆炸、绑架、冲突的消息传来，尽管刚刚从电视里看到中国外交部正在告诫中国公民近期不要去伊拉克，但他已经有了一条安全路线，可以从迪拜直飞目的地，伊拉克北部的苏莱曼尼亚了。

他出发前没敢去测试父母的反应，只是说自己要去阿联酋出趟差，有段时间不方便打电话回家。

2006 年 8 月 21 日，钱旦从开罗飞往迪拜。这一趟出师不利，居然在入境阿联酋时就出了麻烦。他在出发前没有留意到阿联酋签证上自己的名字被写错了一个字母，入境时被拦了下来。迪拜海关倒没有黑屋子，只有阿拉伯式的拖沓，他被留置在入境大厅旁一间办公室里等了一个多小时，最终破费了一百多迪拉姆才补上手续过了关。

他计划在迪拜停留一夜，却找不到公司在迪拜新换的驻地，在机场叫了辆出租车，给那个印度司机看了秘书写给他的地址，印度司机点点头，一声不吭地在暗夜里转了一个多小时然后把车停在路边说找不到目的地。钱旦无语，心想你既然找不到，还那么从容地点什么头啊！他只得联系上宿舍管理员在电话里为他们指路，折腾到凌晨三点才到达宿舍。

第二天起床后又得到个坏消息，每天只有一个航班飞伊拉克，机票代理商说因为他没有伊拉克签证所以没办法帮他提前买到机票，唯一的办法是早晨去机场直接找航空公司碰运气。

8 月 23 日，钱旦起了个大早直扑迪拜机场，运气不错，伊拉克航空公司把机票卖给了他。办理登机手续时又出了意外，柜台里那位小伙儿已经把登机牌递到他手上了，却又翻开护照找起签证来。看着他翻来覆去的认真样子，钱旦赶紧堆出最真诚的笑容，举着一纸邀请函说自己一定可以在苏莱曼尼亚机场办理到落地签。那小伙儿犹疑着起身走向旁边一位穿着笔挺制服的老头儿。老头儿该是此次航班的机长吧，他看看邀请函，又看看脸上写满憨厚忠良的钱旦，义正辞严地大声宣读了一通，大意是伊拉克航空不会对他此行承担任何责任云云。钱旦连连点头，就差没有拍着胸脯蹦出一句“富贵在天，生死由命”来表达自己探访这个国家的真心诚意了。

他终于登上了伊拉克航空公司的一架波音737。飞机保养得不好，机舱里的装饰已经有了不少斑驳。机上零零落落地坐了不足三分之一的旅客，无须对号入座。钱旦拣了个靠窗座位想欣赏沿途的地上风光，连日奔波却让他很快沉沉睡去，等到被气流造成的剧烈颠簸唤醒时飞机已经在苏莱曼尼亚上空了。

机场入境厅很小，工作人员态度很友善，落地签办得很顺利，他很快就通过海关，踏上了伊拉克共和国的领土。一走出机场大门在眼前跃然而现的是广袤的原野、洁净的天空，呼吸间弥漫着一种高原特有的阳光香，人的心胸一下子变得开阔起来。这是一座藏在伊拉克北部群山之中的小城，它被库尔德爱国联盟所控制，与伊拉克的其他城市相比算是一个很安全的世外桃源，据说城里已经有半年多没有遇到过炸弹袭击了。

钱旦住的宿舍在代表处服务主管老赵隔壁。老赵40多岁，算是公司服务体系一个老领导。几年前钱旦带国内办事处客户回公司交流时见过老赵，那次他是以公司领导身份来陪客户吃了顿饭。钱旦在迪拜时去中国超市买了一箱中国面条、几瓶辣椒酱扛到了苏莱曼尼亚，本来准备拿给兄弟们分一分，那天一打开门正好见到老赵敞着房门在房间，就把一箱面条都给了他。老赵见到那只颠簸流离后破烂不堪的纸箱里的面条，脸上顿如一朵莲花绽开，他那么灿烂的笑容出乎钱旦意料，在这里，一箱看上去来历不明的面条对于老赵这样的“大款”竟然是弥足珍贵的。

不过，老赵的生活趣味还是与一帮年轻人不一样，他从国内带来了全套的紫砂茶具和不止一种好茶叶，周末晚上先是请大家吃打卤面，吃饱了之后就在他房间里围坐着品茶、听曲、讲中国传统文化。钱旦素来口味杂乱，吃喝贯中西，却是在30岁以后来到古巴比伦王国的边上才第一次静下心来听人讲中国茶里的学问。从前，因为父亲爱拉二胡而熟悉《春江花月夜》的旋律，因为一套台湾电视剧而晓得“梅花三弄”的名字，这一晚他才知道原来中国人有“古典十大名曲”，仅听它们的名字就可以感受到中国的韵味之美：高山流水、梅花三弄、夕阳箫鼓、汉宫秋月、阳春白雪、渔樵问答、胡笳十八拍、广陵散、平沙落雁、十面埋伏。

钱旦宿舍的窗帘薄，他每天早上六点多就被阳光打醒，每天醒来都能听到老赵在隔壁大声朗读英语。钱旦迷迷糊糊中疑问：“他一把年纪了，又是为何来到此地呢?”

伟通人在此地的生活清贫，缺水缺电缺蔬菜，但并不单调。钱旦和同事们郊游去了，往城外去首先遇着的是库尔德人对中国人的友善与热情，苏莱曼尼亚离安全形势严峻的巴格达、摩苏尔等地并不遥远，城外公路上有数不胜数的哨卡，士兵们荷枪实弹，检查着过往每一辆车每一个人。唯独他们凭着中国人的面容，只需要用库尔德语大喊一句“你好”就可以在笑脸中畅行无阻。

站在宿舍天台上眺望城外的山，看见是土黄色一大片，钱旦以为是光秃秃的戈壁荒山。离它们近了才发觉自己错了，城外哪里是什么戈壁荒山，明明就是“天苍苍，野茫茫，风吹草低见牛羊”的原野风光，只不过雨季已经过去，原野颜色是枯草涂成的秋天黄。而当他们的车驶离大路穿过村落往大山里去的时候，眼前画面又从广袤原野变幻成了安详田园，是弯弯小河、错落农舍，是大树下避暑的慵懒羊群和田地里蹒跚的鸭子们。

他们在大山脚下的小溪里抓螃蟹，溪水边四处散乱着果实累累的石榴树、无花果树。一位库尔德姑娘走过来叫他们，是不远处享受周末闲暇的一家人邀请他们过去做客。树荫下铺着那家人带来的地毯，女主人煮好红茶，大家一边品味阿拉伯红茶浓郁的味道，一边掏出相机和手机对着彼此拍个不停。钱旦将镜头对准了一个漂亮的小女孩，她俊俏的一张脸被风吹斜的头发遮住了一半，纯净的大眼睛带着几分好奇几分矜持望了过来。遇见她的如水明眸，几分爱怜在钱旦心底忽隐忽现，他为这个仍在战乱中的国家和她的孩子们心疼。

一起去郊游的同事中有大刘和老张，他俩年纪相仿，大学毕业后在湖南某家银行同一个科室工作。不久，老张辞职到了深圳，进了伟通公司，大刘跟着也来了。后来，大刘被调动去了广州办事处，老张跟着也去了。再后来，两个人前后脚来到了伊拉克。

钱旦和他们一起去杜坎湖游泳，湖边山顶上是萨达姆之后伊拉克首任总统，库尔德爱国联盟创建者塔拉巴尼的别墅。钱旦没有游多久，早早在湖岸边瞎逛，抬头望望上面影影绰绰的总统卫兵身影，又低头看看湖水里欢腾的兄弟们，心想在伟通公司像大刘和老张这样相伴闯天涯的也属少见，不过，这对老兄弟当初离开家乡时料不到有一天会一起跳进伊拉克总统眼皮下面的湖水里游个泳吧？

钱旦去了趟邻近的埃尔比省首府埃尔比。他没心没肺地盼望着在去埃尔比的路上能遇见些什么，满目疮痍？全副武装的美军车队？飞扬跋扈的武装分子？但路上所见仍然是风光无限好，没有关于战争的蛛丝马迹。

中午，大刘带着他进了路边一家热闹的馆子，馆子里桌椅摆放得拥挤，又几近满座，晃来晃去全是穿着大肥腿裤的库尔德人。钱旦刚刚天马行空地以为自己穿越至武侠世界里奇人异士出没的酒馆客栈去了，就瞥见有人正用好奇的目光上下打量他们，他回到了现实，意识到自己才是这里的奇人异士。大刘极力推介的午餐是库尔德人的“Meat and Rice”，“羊肉加米饭”。米饭是中国人的每日主食，钱旦从来就分不清楚所谓泰国米、东北米、新米、陈米的味道有什么不一样，库尔德人的“羊肉加米饭”吸引他的只是羊肉。服务生端上来的盘子里放着一大块熬煮出来的羊肉，不膻不腻，又香又嫩，咬一口下去唇齿间满是肉香，令钱旦对伊拉克的印象又好了几分，一个有着美景、美食、美好历史的国家不应该就此沉沦下去。

他们去埃尔比是为了推动一个延误了半年多的工程项目。施工现场在一座山上，条件很差，到达之前没有联系上在现场施工的同事们，钱旦和大刘的出现算是给了大家一个意外。YR 产品线在项目中的骨干是小方，小方是 80 后，大连人，2005 年在英国念完大学后加入了伟通公司，在总部待了不到半年就来到了伊拉克。

他们在简陋的机房里仿佛久别重逢的朋友般嘘寒问暖，每个人都在称赞小方，讲他为了这个项目的全身心投入，讲他良好的专业技术能力，讲他厚道的性格。小方沉默着，带着腼腆的笑容转过身去，仿佛在打量身后整齐的机架。他再回首时钱旦看见他脸上多了两道泪痕，天气炎热，卫生条件又不好，他脸上混合着油腻、汗水和灰尘，眼泪流过，两道泪痕就刻在了脸颊，从眼角一直到下颌。

晚上，大家去城里喜来登酒店的露天餐厅吃本地餐。酒店高墙呵护着里面的一派太平景象：绿草茵茵、灯光柔柔、音乐曼妙，连巡逻的警卫都是一位穿着整洁的白衣黑裤，长得凹凸有致，看上去像《古墓丽影》中美女的劳拉。他们十多个人分坐两排，笑语晏晏。钱旦望着坐在对面的小方，两道泪痕仍然刻在他脸庞上。钱旦觉得自己懂得他的眼泪，有些隐隐心酸，但他又想："一个男孩要走多少路才能成为男人？"希望这泪水是对小方成长的宝贵浇灌，希望他在伊拉克的所有经历既能让他翅膀日趋硬实，又会使他内心永存柔软。

钱旦回苏莱曼尼亚后发了个邮件给各个团队的"带头大哥"，讲了小方的眼泪，他说："因为项目延误，小方上个季度考评是C，从责任结果来看没有错。可是，这一年不少人从新员工到独立工作，再到独挑大梁，我们每个人在伟通公司一年走过的路也许别人要花几年来走，我们一个毕业两年左右的应届生就要对一个上百万美元的项目交付的结果负责，并且是在一辈子都没去过的陌生环境中工作。是的，我们从来只相信获得成功的真心英雄，不相信失败了的悲情英雄，但是，大家还是不妨多问问兄弟们的饱暖，在传递压力的同时多关心关心兄弟们工作上、生活上都需要什么样的帮助。"

钱旦在伊拉克出差半个多月，终于到了离开的那一天。他的回程之路也不轻松，早早去了机场赶上午十一点的航班，经历了所经历过的最严苛的安全检查，被狼狗闻过身体，被开箱翻过行李，连电脑都需要打开电源直到安检人员可以看得到"Windows"开机画面。一切手续办理妥当后却开始了漫长等待，航班起飞时间一次又一次被推迟，吃过午饭没有动静，吃过晚饭仍然没有动静，一直等到了晚上九点才开始登机。他上了摆渡车，车到了飞机舷梯下，却看见空乘人员在飞机上摆摆手，摆渡车竟然就要掉头往回开。钱旦憋了一整天，实在忍不住大声叫了起来。飞机上的空乘人员发现了这位愤怒的国际友人，做了个手势，让他一人上了飞机。摆渡车载着剩下的一车当地人开回了候机楼，估计他们要等到第二天才能飞了。

走进机舱，里面真的只剩下一个座位了，坐飞机竟然也会遇见差点挤不上的情况。

飞机已经在跑道上滑行了人们还在大声讲着电话，两个孩子在妈妈怀里比赛谁的哭声更加响亮，机舱里面喧闹似集市。钱旦对周围一切不以为意，坐定以后就沉浸在自己的心情里：60 后的老赵、70 后的大刘和老张、80 后的小方，他们的欢笑、泪水、讨论业务和朗读英语时的大嗓门，一幕一幕地在钱旦的脑海里回放。

第十九章

秦辛病了，感冒发烧，人昏昏沉沉的。

星期六，赵晓松召集了在深圳几个同学去杨梅坑吃海鲜、骑单车，秦辛没有去。第二天上午，赵晓松打电话给她："怎么样？病好些了没有？我晚上请你吃饭？"

"不用了，没胃口。"

"要么这样，我到你家里来帮你做顿晚饭，搞几个开胃口的家乡菜！"

"不用了。"

"好啦，讲啥客气啊？我离你们小区不远，你住几栋？我去买菜，下午早点过去！"

赵晓松厨艺不错，做出来的菜色香味俱全。秦辛觉得意外，"呀，都是我爱吃的菜！你现在手艺不错！以前不知道啊？"

“读书的时候才不爱下厨房呢。我一直记得你最喜欢吃的东西，每次出去吃饭你都点这几个菜。”

“嗯，钱旦那个懒东西就不爱进厨房，永远只会蛋炒饭，再就是花菜炒肉，将来我得逼他学做菜。”

吃着吃着，秦辛忽然来了句：“你怎么这么快离婚了？我觉得你俩挺般配的。”

赵晓松放下筷子，目光柔和地望着秦辛，“曾经沧海难为水，除却巫山不是云。我老在心里拿她和我的初恋比，越比越不满意啊。”

秦辛当然明白他所说的初恋是谁，她埋头吃饭，没有碰触他的目光，“你就别瞎扯了，快吃饭，吃完早点回去，我还要休息休息，必须抓紧把病养好。”

她确实急着把病养好，因为她已经和领导说好，连上国庆黄金周休假一个月，去开罗探钱旦。

钱旦、林汉和小杰换了宿舍。新宿舍在199街街头第一个单元的六楼，视野开阔。天气晴朗的日子里，站在阳台上可以眺望城市尽头的胡夫金字塔，从厨房窗户望出去可以看见萨卡拉金字塔，而拉开卧室窗帘又会和沙漠边上的红色金字塔相见。新房东送的礼物是WIFI和可以收得到不少中文台的卫星电视，钱旦想秦辛来了不会无聊了。

2006年10月2日，秦辛到了开罗。钱旦心里仍然忐忑，想着她离家万里，自己白天要上班，晚上还是会加班，并不能天天陪着她。他显然低估了秦辛的适应能力，她没两天就熟悉了迈阿第的大街小巷，买菜已经远征到钱旦来了一年多都没有发现的7街上当地人的菜市场去了。她今天从7街带回只土耳其烤鸡，明天去打两大瓶新鲜果汁，后天又找到家卖海鲜的店。她迅速融入了伟通的家属圈子，朋友越来越多，活动范围越来越大，没等到钱旦抽出时间来陪她，她就去了沙漠里寻访金字塔，把萨卡拉金字塔、红色金字塔、弯曲金字塔跑了个遍；去了哈利利市场淘宝，把脖子上的链坠从中国玉换成了埃及人的吉祥物圣甲虫；还和女人们结伴去了“阿斯佛”买水晶、“City Star”淘衣服。

10 月 6 日，到了星期五，那一天恰巧是中国人的传统节日，中秋节。

钱旦带秦辛去了“法老号”。看完肚皮舞、苏菲舞后他俩就上了甲板，船舱里节目未结束，甲板上人很少，明月把清冷的光辉洒在他们身上。他们两只手紧紧地握在一起，谁也没有开口打破宁静，两个人只是站在异乡的中秋月下，仿佛在倾听彼此心跳的声音。

“法老号”就要穿过尼罗河上一座大桥，桥上站了不少人，钱旦看到站得最近的几个十五六岁的男孩嬉笑着对他们指指点点，他怀着恶意揣测这些调皮孩子会不会乱扔东西下来。船快速接近大桥，果然，一个男孩手一扬，钱旦叫了声“小心”，但他在刹那间就看清楚了男孩抛下来的居然是一枝玫瑰花。红色玫瑰在银色月光下划出一道优美的弧线，正好落在钱旦脚边。他弯腰拾起花，递给秦辛，“我们站在船上看风景，看风景的人在桥上看我们。”

秦辛接过花，把头轻轻靠在钱旦肩上，仍然没有说话，仍然凝望着河上的冷月。

她正想开口说些什么时，一直在钱旦心头若隐若现的醋意却泛了起来，他沉不住气地先打破了沉默，“嗯，赵晓松现在常找你不？”

秦辛到嘴边的话又吞了回去，她转过身对着钱旦，“怎么了？怎么突然问这个问题？”

钱旦觉得自己有些心虚，可又不甘心，“你干吗把他推荐到你们公司去了？现在他见你比我见你容易多了。我一大早给你打电话都是他接的。”

秦辛望着他，幽幽地说：“赵晓松给我讲了个故事，说他还在长沙时有一天晚上不知不觉就走到了我家楼下，他走过来走过去，从七点多一直徘徊到了十点，手里一直握着手机，输入我的号码又一个数字一个数字地删除掉，一个数字一个数字删除掉了又重新输入，最后终于拨了我的电话，结果里面是‘对不起，您拨打的号码是空号’，还伴着‘回家’的背景音乐，他就怅然若失地回家了。”

钱旦有些沮丧，“他后悔了？你后悔不？”

“后悔你个头啊！我手机变成了空号不是因为背井离乡，跑到深圳找你去了吗？”

秦辛突然一脚踩在了钱旦左脚上，那一脚不重也不轻，钱旦“哎哟”一声。秦辛提高了嗓门，“学生时代小猫小狗的感情，我都要忘了，你怎么老是念念不忘的？不是说了那天早上是因为头天晚上手机没电了，转在他手机上忘记取消了吗？”

钱旦支吾，“你们天天在一起，我们隔得这么远……”

秦辛又是一脚，这次踩在了钱旦右脚上，钱旦又是“哎哟”一声。

“什么天天在一起？你以为就你们伟通公司是大公司？我们公司也有一两千人呢，我们根本就不是一个部门。而且，深圳是花花世界好不好？他又不是只有我一个朋友在深圳。”

钱旦觉得是自己多事，他揽过秦辛，紧紧地抱着她，“好啦好啦，我错了，这不独在异乡为异客，难免胡思乱想嘛。”

10 月 24 日，开斋节又到了，埃及放假五天。

钱旦、秦辛和一帮同事联系了一家旅行社，组团去南部度假。钱旦很开心，终于可以暂时把工作抛开，好好陪秦辛几天了。几千年的埃及可不仅仅是浓缩于开罗边上的几座金字塔中，如果想要更深入地了解这个古老国度的前世今生，那么就一定得安排一趟南部之旅。意外惊喜是老谢和严丽丽出现在了他们的队伍里，老谢说他在埃及几年从来没有去过南部，正巧因为一个跨国运营商的项目开斋节前在约旦出差，就借这个机会请了几天年假回埃及一趟。严丽丽也说遗憾在埃及时没去过南部，千里迢迢从加拿大飞了过来。

旅行社安排的行程是先坐火车去埃及最南边的阿斯旺和阿布辛贝，再搭乘所谓的五星游轮顺尼罗河而下至卢克索，然后从卢克索坐火车回开罗。出发的那天晚上，旅行社早早把他们一团人拉到了吉萨火车站站台上，女人们叽叽喳喳，兴奋得似去秋游的学生，男人们对着铁轨望穿秋水，一直等到凌晨一点才看见本是晚上十一点就该出现的火车徐徐开来。

本以为天亮就差不多能到阿斯旺了，在计划的行程表里第一天下午还安排了去费莱神庙和阿斯旺水库大坝，但他们在火车上待了十五小时，下午四点半才到达目的地。有同事认定是上了旅行社的当，自此和导游纠纷不断。钱旦和秦辛却因为有这么大段闲暇来慢慢欣赏尼罗河谷的风光而满足。火车载着他们沿尼罗河岸前行，车窗如画框，窗外经过就像是框在其中的一幅幅风景画，在轰隆隆的节奏里变幻。尼罗河是埃及人名符其实的母亲河，视线所及仅河两岸的狭长地带是肥沃土地，是秋天阳光照耀下的稻田、椰枣林、甘蔗林、玉米地、翻飞的琵鹭和成群的牛羊，稍稍远一点的地方就只剩下茫茫戈壁了。埃及要是离开了这条大河又怎么可能写就千年繁华呢？

阿斯旺在开罗以南九百多公里处，是传说中埃及人的起源地，也是古代埃及的南部重镇。他们住在“底比斯国王号”游轮上，它是专门为在埃及南部沿着尼罗河观光旅行的游客们服务的一艘豪华游轮，就似电影《尼罗河上的惨案》里的那种船。火车延误严重，他们已经无法按原计划去费莱神庙和阿斯旺大坝了，但也不甘心早早休息，一行人在码头边摆满香料和旅游纪念品的市场里走了个来回，又找了艘快艇在尼罗河上穿行，直到夜幕完全降临才回到“底比斯国王号”上。

第二天凌晨三点起床，他们要再向南行两百八十公里，去拜访阿布辛贝神庙。阿布辛贝在埃及与苏丹边境，是个暗藏危险的区域，过去几年发生过不止一次针对游客的袭击。当地政府要求从阿斯旺去阿布辛贝的旅行者必须结队而行，他们的车到了城边集结地，等到凌晨四点，近百辆大巴、中巴、小巴组成的浩荡车队在军警护卫下披星戴月地飞驰入埃及最南部的大漠当中。将近七点时车队到达了阿布辛贝。阿布辛贝神庙该是埃及最神秘的神庙了吧？它有三千多年历史，是最伟大的法老、最狂热的雕像爱好者拉姆西斯二世的杰作。

钱旦和秦辛久久背对浩渺的纳赛尔湖，面朝峭壁上那四座二十多米高的拉姆西斯二世雕像浮想联翩。据说这神庙之所以被建在此地，是为了向从更南方来的异族宣示威仪。他们不知道古时人们是一叶孤帆下埃及，还是在驼铃声中顶着风沙而来。三千多年前的人们在长途跋涉后一抬头蓦然见到悬崖上板着脸的四位拉姆西斯二世，应该是会对这位古埃及最鼎盛时代的法老王心生崇敬的吧？只不过，千年以后，拉姆西斯二世努力想留在人世间的威权就像路旁那棵小花树一样，更多时候只是人们摆弄照相机的背景而已。

神庙还有其闻名于世的奇妙之处，从四尊巨大雕像中间的小小庙门走进去，神庙里面纵深达到六十米，平日里光线幽暗，只是肃穆，每年 2 月 22 日、10 月 22 日这两天阳光会在某一个时刻从庙门射入，穿越黑暗，一直照耀到神庙最深处中间的那尊神像上，金光闪烁，威严尽现。遗憾的是他们此行晚了几天，不能够在此亲身叹服古埃及人在天文、地理、数学和建筑学上的高深造诣。而且，现在的神庙和阿斯旺以南大量古迹一样都已经不是原迹了，阿斯旺大坝修建起来以后解决了现代埃及的电力供应问题，也淹没了古代埃及遗留于此的一切。眼前的阿布辛贝神庙是在联合国教科文组织发起下，集合了来自数十个国家的专家们的努力后被切割、搬移后的再造。

离开阿布辛贝之后他们去了阿斯旺大坝和费莱岛。阿斯旺大坝是现代水利工程的杰作，也是埃及南部法老时期遗迹的命运改变者，古时的费莱岛就随着大坝的耸立沉入了纳赛尔湖。考古学家们把费莱神庙的每一块石头都搬迁到了附近的阿吉尔卡岛上按原样重建，还依照费莱岛的样子重新布置了这个岛上的一切。19 世纪初期活动范围还局限在地中海附近的欧洲人说："在一位旅行家的记忆中有四大景色会使他终生难忘，君士坦丁堡的海上风光，月光下的古罗马圆形剧场，维苏威火山顶上看到日出的景象，以及晚霞映照下的费莱岛。"

因为头一天火车的晚点，他们拜访费莱岛是在正午时分，虽然没有看到红霞漫天，但是水光荡漾之上，绿树红花簇拥之中的小岛依然向他们展现了在阿布辛贝所未见的浪漫风情。费莱岛不大，岛即神庙，神庙即岛，神庙里的壁刻线条更加精细，与阿布辛贝显然不是一个时代的作品。那天中午游客寥寥，钱旦和秦辛手牵着手在断壁残垣遮挡而形成的光影变幻中徘徊了一个多小时，然后，他们跟着大家搭乘小艇驶入纳赛尔湖，告别了波光粼粼里的费莱岛，也准备告别阿斯旺了。

"底比斯国王号"游轮在下午三点半钟准时启锚，顺尼罗河向北航行。

傍晚时船在孔翁伯停靠。孔翁伯在埃及语里是“黄金之城”的意思，钱旦他们上岸之后没有看见黄金却发现了“鳄鱼”。船停孔翁伯的原因是看神庙，被灯火衬托得金碧辉煌的神庙就在码头边上，游客摩肩接踵，他们随着人流往前走，一不小心就见着了庙里藏着的几只鳄鱼木乃伊。回到船舱再翻开旅行书补课，原来附近的尼罗河滩曾经是鳄鱼的出没之地，所以这座神庙中祭祀着的是鳄鱼神和老鹰神。

严丽丽带了个单反相机，还有个长长的镜头。钱旦总看到老谢笨拙地举着那相机在给严丽丽照相，严丽丽要给他照时，他总是摆摆手，“不照了，我不喜欢照相。”钱旦总觉得这次见到的严丽丽和以前有些不一样，但又说不出到底是哪里不一样了。

船再次启航，夜更深。

秦辛在舱房的卫生间洗澡，钱旦先洗过了，他站在舷窗边，拉开落地窗，河风掀起窗帘，月光倾泻入房间，岸上灯火忽明忽灭。

秦辛洗完澡，披了件浴袍，轻轻走到钱旦身边，从背后抱住了他。钱旦感受着她温热柔软的身体，正想转过身来与她亲热，秦辛开口了：“我嫁给你吧！”

钱旦一下子转过身来，瞪着秦辛，“你说什么？”

她温柔却是坚定地说：“我说我嫁给你吧！我说我想和你结婚！你愿意娶我吗？”

钱旦笑了，好一会儿才开口：“你怎么想通了呀？我还想什么时候再向你求婚呢！”

秦辛哼了一声，“上次在‘法老号’上我就想让尼罗河的明月做证，一句

‘你怎么不拿这朵花叫我嫁给你呢’都到嘴边了，关键时候你发神经了。我这不是年纪大了，最近还长胖了，怕再不结婚就错过穿婚纱的最好身材了吗?”

钱旦叫到：“好啊，原来是这个原因啊!”

他还想继续说，秦辛的身体凑了上来，用嘴唇封住了他的话，她的舌头充满侵略性，探入了他嘴里……

第二十章

早上六点不到秦辛就起床随大队人马再次上岸，去了埃德福。埃德福是古埃及天神何露斯的故乡，有保存最完美的古埃及神庙。钱旦却决定继续在床上睡觉，不是看神庙看到厌烦了，每一处建筑自有它不一样的个性，他是觉得昨夜美妙，想赖在梦里回味。

睡到十点钟被轮船启航的马达声唤醒，睁开眼睛看见秦辛已经回来。他俩一人拿了一本书，肩上挎着相机上了甲板。没想到甲板上热闹得很，大家正围成一圈玩着“杀人”游戏，钱旦和秦辛加入了游戏。老谢和严丽丽也在，严丽丽玩得很投入，笑得很大声，钱旦又在琢磨，她到底哪里和以前不一样了？

钱旦那平日里二十四小时开着机，总是响个不停的手机这两天只响过一次，是受了古埃及诸神庇护所得的宁静吧。他们玩了一上午游戏，午饭后回房间又睡了一觉，直到下午四点钟才醒来。两个人又上了甲板，和几个朋友蜷缩在椅子里，把脚搭在船舷栏杆上，慵懒的看河上偶遇的白色风帆，看绕着船头飞翔的水鸟，看日落大河，看风吹椰枣林。钱旦想自己有多久没有过这样无聊地等着天黑、等着吃饭的日子了？

风越来越大，吹得夜色越来越浓。晚上七点半，在尼罗河顺流而下两百公里后他们终于从阿斯旺来到了卢克索。卢克索是古埃及文明鼎盛时期的都城底比斯所在，是当年令古希腊人羡慕不已的“百门之都”，也曾经是世界上最大的城市。尼罗河从城中穿过，因为太阳东升西落，所以这座城市和开罗一样，河东是生命的繁华喧嚣，河西则是逝者安息的“死者之城”。有埃及人说“没有到过卢克索，就不算到过埃及”，到过埃及一年半以后，钱旦终于到过卢克索了。船停靠在卢克索神庙旁边的码头，上得岸来，沿着河边那排旅游纪念品商店在人群里走了很远，钱旦拉着秦辛脱离了大家，找了间河边安静的餐厅吃晚餐。烛光摇曳，阿拉伯的烤肉烤鱼、埃及的红酒、尼罗河的明月清风，陪着他们两张东方面容度过了又一个温柔夜晚。

回到船上，秦辛早早睡了，钱旦一个人去了船顶的甲板。这是一个静谧的夜晚，他总觉着风中弥漫着一种神秘莫测，自己与此地莫名生出些暧昧，仿佛几千年前曾经来过，又怅然离开过。他一边胡思乱想，一边绕着船舷从船头走到了船尾。他看见下面一层甲板上有两个人在窃窃私语，定睛一看，却是老谢和严丽丽。钱旦正琢磨自己是不是要赶紧走开，就见下面两个人拥抱在了一起，钱旦像自己做了亏心事一样正要逃，那两个人的拥抱却只是几秒钟，两个身影分开后严丽丽离开了甲板，老谢在夜色里点燃了一支烟。

钱旦干咳了两声，老谢转身看见了他。钱旦走了下去，“你们到底怎么回事啊？一切太蹊跷啊！”

老谢笑笑，“你蹊跷啥？”

“你俩这趟南部游就很蹊跷，这都抱在一起了，你这是要上‘天涯’的节奏啊！”

“天涯”指的是网络上的“天涯社区”，最近那里新开了一个“伟通专区”，里面经常爆出各种所谓的内幕和八卦。

老谢收起笑容，“啥蹊跷都没有，她在说遗憾在埃及时没去南部看看，我也没去过，就决定再同游一次。要有蹊跷就两个人单独行动了，才不会跟你们这个开斋节的团。唉！我从大一军训就开始暗恋她，这么多年一直是最好的朋友，今后恐怕难得再见面喽！刚才是告别的拥抱，这么多年我只得这一个拥抱啊！”

钱旦说：“看来你还是有想法啊?!”

“没有，从我遇到我老婆后就不敢对别人有想法了。不过，我真的不愿意看到她郁郁寡欢的样子，还是会心疼啊！你知道她婚变之前一直多高傲吗？你发现没有，她这次过来不一样了，心情好多了，应该可以在加拿大开始全新的生活了。”

钱旦恍然大悟，“我一直在琢磨严丽丽到底是哪里和以前不一样了，你这么一说我想起来了，我以前就没有看到过她笑，总是忧郁的样子，这次过来她活泼多了，阳光多了。”

老谢满意地说：“这才是原来的她。”

10 月 27 日，南部之旅的最后一天，他们分秒必争，去领略超过四千岁的卢克索的风采。上午先去了河西的国王谷，那条狭长河谷看上去一点都不起眼，像某个穷乡僻壤里的采石场，既孤寂又闷热。但是它的地底下埋葬了数十位古埃及法老王，也出土了大量珍贵文物，包括现在藏在埃及国家博物馆里的图坦卡蒙黄金面罩。

走出国王谷后去了哈特谢普苏特神庙，他们见识了女法老与众不同的优雅，还听到了终于崩溃的当地导游的抱怨。因为大家总是一下车就一哄而散，个个迫不及待地去与那些古老的石头合影留念，年轻的埃及导游愤懑地发问："既然你们对这里的故事不感兴趣，既然你们对我的讲解不感兴趣，还请我干什么？"

落在后面的钱旦赶紧向他解释不是不尊重他的工作，只是因为大家都被古老埃及的伟大建筑征服了，忘乎所以，忘记了还有精彩的故事。

正午时分他们路过曼农神像，那是两座将近二十米高的巨大石头雕像，它们被风化得面貌全非，却仍然正襟危坐在路边的空旷地里。捧着书的老谢说那里曾经是一座神庙入口，历尽岁月后只留下了这两尊"门神"而已。钱旦仰望它们，心里猜想那座神庙该有多么宏大呢？

一天之中的高潮是午后去拜访的卡纳克神庙。在那几天他们所遇见的古埃及神庙中，如果说阿布辛贝显得神秘，费莱满是浪漫，孔翁伯透着诡异，哈特谢普苏特有些优雅，那么卡纳克神庙该是最宏伟壮丽，也是故事最多的一座了。今天的人们能够参观的其实只是卡纳克神庙群中的一个，供奉太阳神的阿蒙神庙，并且残存下来的仅是古时卡纳克神庙的不到十分之一而已。在古埃及的历史长河里，前前后后有五十多位法老唯恐太阳神阿蒙怪罪自己不够虔诚，不庇护自己的王道尊严，前赴后继地在这里建神殿、树方尖碑、打造各种雕像。

午后三点阳光正好，他们三三两两地散开，走向了卡纳克神庙。在门外迎接的是两列狮身羊面像，狮身象征威权，羊是阿蒙神的最爱。每颗羊头之下，狮爪之间都站立着法老们的小雕像，寄托着他们希望“上头有人”的美好心愿吧。钱旦和秦辛走过两列狮身羊面像中间的甬道，穿过厚厚城墙中间的窄门，进了卡纳克神庙。他们首先看见的是宽敞中庭里一根二十多米高，四五人才能环抱的大圆石柱，据说那是公元前六百多年时建造的一座“凉亭”留存下来的立柱。立柱后面有一尊八米高的拉姆西斯二世雕像，法老的脚掌上站着的是一尊真人大小的他妻子的雕像。从阿布辛贝到卢克索，拉姆西斯二世的模样早已通过一尊尊雕像被钱旦记在心里。

再往前走，穿过又一道城墙，就进入到著名的多柱厅了。这个大厅钱旦在小时候看的电影《尼罗河上的惨案》中就见过，大厅里整齐地排列着一百三十四根二十多米高、直径三四米的大石柱，石柱上面刻满了这片土地上曾经的故事。阳光迷离了双眼，在古老石柱间穿行，钱旦和秦辛是小心而虔诚的，仿佛自己一不小心就会穿越时空，坠入到那些战场杀戮、宫廷争斗，那些田园温馨、河上浪漫，那些法老和神灵们的虚虚实实中去。

继续往神庙深处走，废墟间两座方尖碑傲然指向天空，它们是女法老哈特谢普苏特所建。她兴师动众地从阿斯旺采来上好的石材，立起了这两座当时最高的方尖碑，并在碑上刻下铭文，称自己是太阳神阿蒙的女儿，希望向世人宣示一切皆是天注定，不要因为她是女人就去怀疑她作为法老的权威。

钱旦和秦辛向神庙右边走去。他俩一眼望见一大群人挤在一起不知道在做些什么，走近了一看，人们围着一个圣甲虫石像在转圈走，说是可以带来好运。在谁的地盘上就该信谁的神话，尽管不知道它赐予世人的究竟是平安，是金钱还是姻缘，他俩还是饶有兴趣地加入其中，煞有介事地转起圈来。转完圈，站在圣甲虫像旁的热闹里望见了不远处有一个宁静的湖，那是传说中的圣湖。人们说夜晚坐在湖畔仰望星空，会让在卡纳克的时光变得格外柔软，和白天满世界的坚硬宏大又是完全不一样的感觉。可惜他们没有时间等待圣湖星空，而是在太阳落山的时候离开了卡纳克神庙，去了尼罗河边的卢克索神庙。

卢克索神庙是他们此行最后的风景，它的规模比卡纳克神庙小，布局显得更加紧凑，夜色里人头攒动。钱旦和秦辛走马观花逛了一圈就走出庙门，坐在门外广场的一棵大树下回味这一天见闻。射灯打出魅惑光线，渲染着神庙门口一个孤独的方尖碑，这里本来是一对方尖碑，另外一个在19世纪被当时的埃及总督作为礼物送给了法国人，现在矗立在巴黎协和广场上。

他俩并肩坐在大树下，秦辛说："我这段时间挺喜欢一首诗的。"

钱旦反应挺快，"是不是我那首《我又不是只给你一段爱》?"

秦辛把头靠在了他肩上，"你那首歪诗算煽情，我读了也有一点点感动，不过，不是我最喜欢的类型。对我来说，婚姻就是一生一世，以前真的没有信心。这段时间一个人在深圳，每次读这首诗的时候都在想你，每次想你的时候都想起这首诗，我就想，也许我们前世真的痴妄相许过吧。背给你听吧，余光中的《找到那棵树》。"

秦辛温软的声音在钱旦耳边响起：

苏家的子瞻和子由，你说
来世依然想结成兄弟
让我们来世仍旧做夫妻
那是有一天凌晨你醒来
惺忪之际喃喃的痴语
说你在昨晚恍惚的梦里

和我同靠在一棵树下
前世的事，一翻身都忘了
只记得树荫密得好深
而我对你说过一句话
“我会等你”，在树荫下
树影在窗，鸟声未起
半昧不明的曙色里，我说
或许那就是我们的前世了
一过奈何桥就已忘记
至于细节，早就该依稀
此刻的我们，或许正是
那时痴妄相许的来生
你叹了一口气说
要找到那棵树就好了
或许当时
遗落了什么在树根

第二十一章

秦辛回国了。

她到达香港后从赤腊角机场坐船回了深圳，一出蛇口港却看见赵晓松站在门口接客的人群中对着她灿烂地笑着，手上还有一束玫瑰。她惊讶道："你怎么来了？"

"深圳欢迎你！我来给你个惊喜。"

她记起了早两天在 MSN 上遇见过赵晓松，他有意无意地问她什么时候回深圳，哪个航空公司好，从香港机场到后海怎么走最方便。

赵晓松殷勤地帮秦辛把行李箱搬上了出租车，两个人离开了蛇口港。秦辛一路上沉默着打量车窗外，去开罗和钱旦厮守了一个月，一回来觉得深圳仿佛又成了异乡。

赵晓松见她不吭气，关切地问："怎么了？心情不好？"

秦辛说了句"没什么，有些累"，又继续沉默地望着车窗外。

到了家门口，她打开房门，接过行李箱，站在门口对赵晓松说："不请你进来坐了，我洗个澡休息一下。"

他似乎有些失望，抿了下嘴，"那好吧，我走了，拜。"

秦辛一边洗澡一边想心事，每次见到钱旦吃醋她其实挺开心，那说明他紧张她。她以为自己和赵晓松过去的恋爱只是刻在老树上的旧痕迹，是年少时许给自己的纯真童话而已。她并不贪心，现在有钱旦一个爱人已经够了。赵晓松在蛇口港的守候令她不安，也许现在的他并没有把从前当作往事。

过了两天，赵晓松坚持约秦辛吃晚饭，说要给她洗尘。他们去了蛇口海上世界的"巴西烤肉"。赵晓松一个人喝啤酒，喝至微醺，对秦辛说："你怎么一直不结婚呢？不是在等我吧？"

她犹豫着自己该怎么回答，他继续说："他们都说你是放不下我，在等我。"

秦辛有些恼，声音却不大，"谁说的？瞎说！"

她顿了顿，提高了音量，"赵晓松，猴年马月的事情就留在猴年马月吧！只有不可替代的感情，没有不可替代的人。也许我们当年那段感情是那个年纪才可能有的，确实是值得怀念，不可替代的。但是，不要再说谁放不下谁了。你的沧海和巫山并不是我，是你自己初恋的感觉而已。"

她补充道："这次在开罗我和钱旦定好要结婚了。"

赵晓松不甘心地说："我们当年好像也没发生啥大矛盾，就无疾而终了？"

秦辛说："如果我们是吵吵闹闹分手的，也许我会反思是不是自己太任性，是不是自己不够包容。无疾而终也许就是因为我们都在成长，都在向前走。不要再回头望了，你要再这样下去我今后就不理你了哈。"

那一天钱旦送走秦辛，从机场回到宿舍，关上卧室门，坐在床沿发呆。房间里仿佛是在瞬间被抽成了真空，一点人气也没有。钱旦心情沮丧、浑身无力，不知道自己该干些什么。终于，他站起来，抓起秦辛留在门口的一双运动鞋，把它们扔进了垃圾袋中，然后拎着垃圾袋出了门。他以为把秦辛留下的痕迹都清除干净自己就不至于睹物思人，走出门去迈阿第的街巷到处是秦辛的影子。他一直走到了7街，买了只土耳其烤鸡，打了两瓶芒果汁，又往回走。对于他，整个7街都是秦辛发现的新大陆。

钱旦回到199街，楼里的电梯罢工了，他沿着楼梯往上走，快到六楼时听到有人在敲他们的门，接着就听到小雨的声音，“林汉！林汉！”

钱旦上了六楼，和小雨打了招呼，打开房门，他也喊了两声“林汉”，然后对小雨说：“他还没回来，你要不要进来坐会儿？打他手机吧。”

小雨脸上带着红晕，“不了，我走了。”

钱旦一个人窝在沙发里吃完那只烤鸡后林汉回来了，他问林汉：“你跑哪儿去了？刚才美女来找你，她怎么也不打你电话，光站在门口叫？”

林汉疑惑，“哪个美女？”

“你不是只有一个目标吗？当然是小雨啊。”

林汉仍然是疑惑的表情，“她到这里找我了？”

“是啊，怎么了？”

“没啥，她今天又骂我‘神经病’了。”

钱旦来了兴趣，“说说，啥情况？”

林汉说：“我们下午去尼罗河坐帆船，我说如果她不答应做我女朋友，我就跳尼罗河里去，她就骂我‘神经病’，然后，又不搭理我了。”

钱旦想了想，“就你们两个人去坐帆船?”

“五六个人，她招待一个来出差的同事。”

“你别总是在大庭广众之下这样表白啊，我看小雨也不是那么外向的女孩，老这样给人很大压力，而且，不严肃。”

“我只有这样才说得出口啊!”林汉满脸是笑，边拨小雨电话，边朝自己卧室走去。片刻，他带着更疑惑的表情走了出来，“老大，小雨说她没来找我，她说‘忙死了，哪有时间找你’!”

“那我就搞不懂你们这些花花草草的事情了，反正我没骗你。”

钱旦的寂寞空虚不可能持续多久，一个充满意外的冬天来了。

老莫的到来是那个冬天第一个意外，老莫就是钱旦 2005 年 4 月在阿联酋见过的那位刁钻客户。阿联酋 ES 公司是个跨国电信运营商，他们在埃及拿到了新的电信牌照，要建设一张全新的移动通信网络，因为那是埃及的第四张移动通信网络，所以人称“埃及四牌”。伟通公司和爱立信各自从 ES 手里拿到了一半合同份额，这是一个价值数亿美元的“交钥匙工程”，本来项目中涉及 YR 产品线的部分并不多，但老莫被 ES 从阿联酋调到了埃及，负责 YR 产品线的 VA 产品，他的出现是大家一致认为的项目风险。

果然，项目刚刚开工老莫就对伟通公司的资源投入不满意，他给伟通公司负责 YR 产品线的分项目经理林汉提了很具体的要求，要求现场必须保持十个人，并且对中国人外出午饭的习惯极为不满，要求午饭只能送餐到施工现场来吃。伟通公司极重视“埃及四牌”，林汉和钱旦不敢在投入问题上得罪老莫，他们集中了所有能调动的人员在项目中，甚至安排了两个不懂 VA 产品的本地员工充数，他们天天中午在机房吃肯德基。

钱旦要解决的人的难题不止是老莫的需求，区域内几个中方骨干相继提出了离职。沙特 YR 产品服务部的“带头大哥”要走，因为已经在浙江移动谋了个职位，钱旦衷心为他终于从乙方变成了甲方而高兴，把地区部得力干将宋扬安排去了沙特接替他。摩洛哥 YR 产品服务部的负责人要走，他在给钱旦的电话里说自己一定是得了抑郁症，钱旦觉得他一字一顿的语气就像抑郁的样子，不敢怠慢，赶忙又从地区部抽了一个骨干去摩洛哥。伊拉克的小方提出了离职，他说女朋友对他长期在海外极其不满，终于下了最后通牒，令钱旦欣慰的是大刘主动提出不需要补充中国人去伊拉克，他们的本地员工完全可以顶上。

钱旦认为对服务业务的管理归根结底是对人的管理，这两年自己工作的重心本质上就是人力资源的建设和调配，他并没有太紧张几个骨干的离开。于私，大家都有自己离开的理由，于公，铁打的营盘流水的兵，沉舟侧畔千帆过，中方员工不可能一辈子留在海外，人员总是会有来有往。他和老谢在地区部建立起来的“海豹突击队”在关键时刻又起了区域资源中心的作用，他可以一边申请总部补充人力，一边快速自行变阵。但是，同宿舍小杰的走还是给了他很大触动。

小杰是 2005 年底才到中东北非来的年轻人，进伟通公司也不过三四年。他一直在地区部的“海豹突击队”中，这一年去苏丹、摩洛哥支持了两个关键项目，绩效不错，是钱旦心中新生代里的好苗子。他们住在同一套宿舍里，小杰提出离职让钱旦觉得很突然。两个人聊了几次，小杰说他要重回校园，要去美国，下了决心要走。

小杰回了深圳。没过几天，总部的老王给钱旦打来电话，说小杰回去后提出可以不离职，条件是换个地区部工作。他在总部抱怨中东北非工作压力大，工资低，钱旦承诺了给他加薪又不兑现。钱旦坚决反对让小杰继续留在公司，除非他能重回埃及。他的道理很简单，于公，“埃及四牌”项目交付压力巨大，如果小杰在客观上顺利的以离职为筹码临阵离开，去了生活条件更好的地区部，那么埃及的队伍就没法带了。

于私，钱旦心里颇多感触，小杰薪水的确低，他进公司起薪就很低。在伟通公司的规则里钱旦可以在公司每次调整薪酬的操作过程中来为下属争取涨薪的幅度，但是对调薪的时间没有任何话语权。钱旦不记得自己承诺过给小杰加薪，但他想自己应该是从心里认为他的薪酬偏低，两个人又住在同一套宿舍里，没准在闲聊时提起过。钱旦反思这是自己的错误，随意草率的话语把下属对个人待遇的期望提得过高了。总部尊重了钱旦意见，小杰离开了公司。

钱旦又叹小杰急躁，自己作为直接主管其实很欣赏他，何须在大战之前以这种方式匆匆离去？这算是新生代的自我与浮躁吗？钱旦亦提醒自己要更加注意尊重和欣赏团队成员的个体差异。

地区部的埃及员工队伍也发生了大的变化。

秋天来的时候钱旦准备让哈桑离开公司，这对他来说不是一件容易的事情。哈桑年纪不轻，是钱旦一年前招聘到的某产品专家。他工作上中规中矩，没有大的贡献可也没有什么过失，但是这一年部门的业务策略发生了一些变化，已经不需要他的专长了。他年纪偏大，从头学习其他产品未必是最佳选择。钱旦想不如趁着合同到期劝他另谋高就，毕竟，自己要对 YR 产品服务部在中东北非的经营结果负责，每个人都是成本，每个人都须有充分的产出。

钱旦在哈桑合同到期前一个月就做过暗示，等到终于把事情挑明时哈桑还是不能够接受。沟通了几次，钱旦总是内心不安，毕竟是自己没有看清楚业务方向，当初就不应该招聘哈桑进来。他过去也做过末位淘汰员工的沟通，每次都是双方心里有数，一拍两散。一对情人最令人难受的该是两个人对未来的期许不一样，劳资关系中也差不多吧。

开斋节前玛蒂哈突然来找钱旦聊天，做起了哈桑的说客，说这个时间段不好找工作。哈桑也不失时机地打起了感情牌，他问钱旦："你还记得那次我们一起去公园吗？很开心的日子，不是吗？"

钱旦记得那一天的快乐，春天里的一个星期六哈桑和他去逛了开罗市内的一个公园，他一直不知道那个公园的名字，只记得它离阿里清真寺不远，进门后有一组喷泉，孩子们爱在水柱间穿行。公园里绿草茵茵、落英缤纷，它地势又高，视野广阔，能看到不远处一大片最破旧的老城区，开罗老态龙钟的那一面。那一天哈桑还带着他可爱的女儿。钱旦修行不够，心里觉得哈桑真的会差给女儿的两尺红头绳钱过年，但他知道自己不能感情用事，他去找人力资源部的同事商量对策，人力资源部的同事建议他可以留哈桑两个月，但是须注意埃及法律，在这两个月中不要给哈桑安排任何工作以免被认定合同自动续期。

两个月以后，哈桑离开了公司。钱旦想自己的经验又多了一点，心肠又硬了几分，只是不知道该不该为自己越来越职业化而得意。

哈桑走了没多久，两个年轻的埃及人巴夏尔和胡夏姆相继提出了离职。胡夏姆 20 多岁，平时总透着机灵，那天突然一脸忧伤地来找钱旦，说他们全家都要移民澳大利亚，他不得不走，只能满怀遗憾地离职。最后，他诚挚地望着钱旦，请求为他写一封推荐信，因为他是如此热爱伟通公司，去了澳大利亚仍想找伟通澳大利亚代表处求职。钱旦认了真，晚上在宿舍一边看“Fashion TV”的美女，一边止不住想怎样才能为胡夏姆写好推荐信。

第二天，钱旦去了“埃及四牌”工程现场，却发现胡夏姆已经在ES公司谋了个座位。这个行业跳槽本是平常事，脚踏两只船也罢了，胡夏姆竟还编了个如此生动的故事。钱旦觉得又好气又好笑，一大帮伟通同事整天泡在ES公司的机房里，胡夏姆应该清楚这个故事会很快被拆穿，他编造这么个复杂故事应该只是为了离开时委婉些吧，这算埃及式的含蓄吗？

2006年结束的时候，中东北非YR产品服务部的八个埃及员工只剩下阿马尔、谢里夫和萨米三个人了。埃及人的相继离开有一个重要原因是“埃及四牌”带来了这个国家电信行业人才市场的活跃，哈桑和巴夏尔加入了ES公司，另两个离开的埃及人则加入了爱立信。

第二十二章

林汉每天晚上回到宿舍都会诉说老莫的新动向，他仍然习惯提出各种合同条款之外的新需求，包括业务特性、产品功能上的需求，也包括永远不变的现场人力问题。他不仅挖墙角挖走了伟通公司的埃及员工，还开始对中国人下手了，他瞄准的是 YR 产品线投入在“埃及四牌”项目中的骨干王海涛。

王海涛是 2005 年从中山大学本科毕业后加入的伟通公司，第二年年初来到了中东北非驻扎。他刚到开罗时学生味十足，但很快就成为了部门骨干，在阿拉伯世界里南征北战，屡战屡胜。钱旦印象最深的是有一次他从阿联酋赶回埃及，手里的埃及签证过期了，他独闯埃及驻阿联酋大使馆，面见签证官，晓之以理动之以情，楞是让人家给他办了个埃及签证，按时赶回了开罗。

与其他中国同事不一样，王海涛是一名如假包换的穆斯林。每年斋月期间在整整一个月时间里穆斯林们严守戒律，在每天朝阳升起之后，夕阳西下之前都不吃不喝，禁绝欲望。斋月里本地人只上半天班，中午就回家去了，每个下午办公室里只剩下中国人手足情深。王海涛虔诚又低调，他每天早上五点多就起床，赶在黎明第一抹阳光之前做好饭菜，填饱肚子，然后严守穆斯林的戒律和中方员工的工作时间，整个白天不吃不喝，直到晚上下班。

甲方在合同执行过程中就挖乙方的项目组骨干实在太少见，钱旦断不能让王海涛被老莫给挖走，他找了“埃及四牌”项目伟通方的项目总监，也是伟通中东北非地区部的销售副总裁，请他去和 ES 的 CTO 交涉，约束老莫的行为。

2007 年 1 月 1 日，新年第一天，也是钱旦 32 岁生日，他去了老莫办公室。

老莫正舒展在他的大班椅里小憩，见到钱旦进来他一边玩着一张名片一边先发制人，“你们人手又不够了？才四五个人在机房。”

钱旦瞟了眼他手上的名片，是伟通那位地区部副总裁的，他轻描淡写地说：“项目进展很正常，这几个人你也了解，都是我们的专家，没有必要增加人了。”

老莫似乎早料到钱旦会这么说，把手上名片往桌上一拍，“项目进度暂时是亮绿灯的，但是你们员工的身体亮红灯了，大家天天加班，王海涛都累病了，你们不尊重人权。”

钱旦想自己真是服了老莫，早两天王海涛的确因为身体不适被扶出了机房，但这不恰是老莫给逼的吗？在工程进度完全正常的情况下他仍然每天亲自蹲守在机房监工，大家出去吃个午餐都不允许。他居然把这笔账全算在了伟通头上，连“人权”的大旗都搬了出来。钱旦反诘：“我们本来有更多的人手，可他们都跳槽加入 ES 了，你能否帮助我们控制住这个趋势?”

老莫慢条斯理地说：“员工离开伟通是你们要解决的问题，你们薪酬太低了，你赶紧向总部反馈，走了多少人赶紧补充多少人过来。”

他实话实说，讲了自己真实的关切，当然不是“人权”，“你们这几个人很努力，也很不错，但是这么干下去都累倒了怎么办？那接下来还不是没人干活儿了？还不是会耽误项目？你们得再准备一组人，两组人轮流干，二十四小时轮流干都没问题。”

这次钱旦坚持自己的观点，没有给老莫承诺再增加人手。回迈阿第的路上他对林汉说：“我今后不来见老莫了。”

林汉赞同，“他太无理取闹了，不可理喻。”

钱旦摇摇头，“我们自己有些乱，老莫刚才在玩王总的名片，他能见到王总？你每天都见他，我也来见他，他每天去机房和王海涛他们也在沟通，这家伙很敬业，很精明，现在又在接触我们从地区部副总裁到工程师各个节点的人，很了解我们。我们内部上上下下的沟通并不顺畅，各个节点传递回来了各种经过自己消化、理解之后的信息，这样下去会被他越搞越乱。在项目过程中和他对等沟通的应该是你，我们向大项目组汇报下，今后他有什么超出合同承诺的需求你就直接拒绝，让他正儿八经地升级，就说让他的领导找我们的领导去。”

老莫倒是很快就消停了一些，原因之一是他们成功地为 ES 的 CTO 演示了 VA 产品的基本业务，CTO 当着大家的面称赞了 VA 产品的工程进度，令老莫的压力小了些；原因之二据说是他不仅折腾伟通，对爱立信也一样提出各种超出合同承诺的需求，爱立信的项目经理借助高层拜访的机会投诉了老莫，指责他乱提需求反而阻碍了项目正常进展。林汉幸灾乐祸地给钱旦讲了最新的变化，他感慨："我们有公司领导来见客户是先神神秘秘地去见，见完了回来责成地区部领导开会，依据在客户那里听到的只言片语来发泄各种不满，提出各种要求。爱立信的领导过来是先在自己内部开大会，获取各个环节的信息，了解各个部门的苦衷，然后去向客户抱怨、推动。"

钱旦也感慨在这样的重大项目交付过程中爱立信高层居然会帮着项目经理去投诉客户，这在伟通很难发生，他安慰林汉也是安慰自己，"江湖地位不一样，他们以理服人，我们以德服人。"

ES 的 CTO 承诺在工程未结束前不再挖伟通在项目组中的工程师。

王海涛说他不会跳槽去 ES，他对钱旦说放眼未来，他还是要回国的，不会离开伟通；他对林汉说老莫开出的价钱是月薪六千美元，如果能达到一万美元，也许他的选择会不一样。

那个冬天最大的意外是老韩的突然"下课"。

老韩在冬天来临的时候去了伊拉克出差，出差前不久他请大家在"Friday's"聊天，展望 2007 年。他对钱旦说："年底忙死了，要么你代替我去伊拉克？"

钱旦知道伊拉克的服务团队在组织氛围上出了问题，他的影响力不够，解决不了问题，"这我搞不定吧？"

老韩也清楚这一点，他不情愿地说："唉！我争取一个星期就回来，还要去巴基斯坦出差呢。"

老韩一直留在了伊拉克，12 月底他发了个邮件通知大家由他接替老赵担任伊拉克的服务主管，1 月份接替他担任地区部技术服务总监的老马到了开罗。

老韩的“下课”与2006 年开始汹涌而来的大项目交付压力有关，伟通公司过去只是单纯的设备供应商，只负责电信设备的安装、维护。2006 年海外运营商的新牌照项目此起彼伏，所谓新牌照项目是指新的电信运营商从政府获得新的电信牌照后，开始一张新的电信网络建设。像伟通这样的设备厂商从运营商那里拿到建设合同后不仅要负责自己设备的安装，还得负责包括土建、铁塔等在内的相关设施的建设。这样的“交钥匙工程”给伟通带来了动辄上亿美元的合同订货，对未来格局影响深远，但是空前复杂的交付形势给公司带来了极大压力。

钱旦听地区部一位领导讲了一杯水引发的老韩的“血案”：

伟通公司老板去了沙特、阿联酋拜访客户高层，客户对几个大项目交付颇多抱怨。老板在迪拜召集了地区部总裁、副总裁们开会。会议开到一半，大家正在倾听老板训话，负责销售的副总裁留意到会场没有准备水，他戳戳老韩，“你去给老板倒杯水吧。”

老韩出门去找水，没想到他一出门老板就开始训斥交付与服务存在的问题，讲到劲头上一问，听说负责地区部交付与服务的老韩出去倒水了，好一会儿才见到老韩端着两杯水走进来，老板大怒，“你工作干不好，不在这里好好讨论，端茶送水拍马屁有什么用?”

第二天早上老韩在酒店餐厅又见到老板，他脸上堆着笑过去问个早，老板又怒，“昨天刚骂了你，你怎么还能嬉皮笑脸的？一点压力都没有!”

老板问旁边的地区部总裁：“中东北非最艰苦的代表处是哪里?”

地区部总裁答：“马里吧。”

老板指着老韩，“把他调到马里去!”

老韩没有被立即流放马里，他被贬去伊拉克了。

老韩当然知道伟通公司讲究的是“把屁股对着领导，把脸对着客户”，他之前并没有和老板打过交道，那一天只是觉得一个老人讲了那么久，水都没有喝上一口，就听了别人建议出去找水。会场是临时安排的，他花了些时间才找到个饮水机，倒了两杯水。第二天早上无非是表示礼貌的笑容。

听完故事钱旦不免唏嘘，作为下属他对老韩一年的成败得失无从置评，他认为也许老韩该为项目交付和客户满意的“结果”埋单，但是他的为人、工作作风一点问题都没有。老韩对工作充满了热情，脑袋里始终在琢磨如何达到业务目标，如何找到持续改进的方向，如何把业务措施有效落实，他作风泼辣又关注细节，不唯上，对下能充分授权，最大限度地给了钱旦他们自由发挥的空间。

在和老韩的交往中，钱旦一直记得两个片段：

之一是某个周末傍晚他在办公室遇见老韩，老韩说正巧大家都在加班，开半小时短会讨论一下来年工作，然后他请大家吃火锅。结果那天大家在会议室一直待到了凌晨三点，每个人情绪都被调动得亢奋，完全沉浸于业务讨论当中，没有人困倦。

之二是一次和某代表处电话会议分析项目，项目经理刚在电话那头开了个头，地区部几个部门经理在电话这头就你一言我一语地开始教训人家，老韩把电话的“静音”键一按，“你们不要急着发言，先听一线讲，你们过去的经验符合这个项目的实际业务场景吗?”大家安静了下来，项目经理继续说，果然，人家想表达的根本不是电话这头一群人以为的那样。钱旦在伟通公司参加过太多类似的会议，难得看到领导能坚持“静音”到所有人讲完才发表高论。

虽然说“人在江湖漂，哪能不挨刀”，但是钱旦还是为老韩最终被“诛心”而鸣不平。

一天，钱旦在他们位于City Star的TAC（技术支持中心）与本地主管梅擦肩而过，梅叫住了钱旦：“丹尼尔，你怎么了？出什么事了？”

丹尼尔是钱旦的英文名，他心不在焉地回答：“一切都好，你为什么这么问？”

“因为过去你脸上总是有笑容的，最近，你的笑容不见了。”

钱旦一愣，既没有想到在埃及同事眼里他的标签是笑容，也没有想到自己忧形于色，连埃及人都看得出来。

充满意外的冬天过去了。

2月3日，在亚历山大召开的中东北非地区部销售与服务年会上钱旦代表地区部YR产品服务部上台领了个奖，他们获得了地区部销服体系颁发的优秀交付集体奖。不久前，他们还获得了公司全球技术服务部颁发的优秀技术支持团队奖。

钱旦特地穿了件浅色西服上台领奖，他想吸引大家的目光，不是为了自己，是为了在中东北非近二十个国家默默奋斗的兄弟姐妹们。这一年半以来，地区部从到处传说YR产品线的产品不可交付，领导们纷纷表示“今后不卖YR产品线的产品了”，到今天获得大家的认可，获得这个优秀交付集体奖，他们付出了很多。

钱旦也很清楚过去的成绩并不足道，世界上唯一不变的是变化，前路上一定会有新的困难等着他们，未来的挑战甚至会是过去不曾想象得到的，就像三年前大家没有预料到公司在海外进展如此迅猛，不会想到“交钥匙工程”、“管理服务”这些新的业务形态会迅速变成最常见的业务形态一样。

他们得了一万块钱奖金，钱旦征询了大家的意见，把奖金分成了两部分。一部分直接分给了放弃休假连续工作最长时间的三个人，另一部分他买了些书发给大家。连续工作时间最长的是苏丹的曹松，他已经有二十个月没有回国了，终于可以计划回去过个春节了。钱旦买的书是“Lonely Planet”系列中关于中东北非这些国家的几本，他希望未来大家能够有时间、有机会多了解自己曾经奋斗过的这片土地。

第二十三章

那段时间钱旦每天上床前都会怀着忐忑的心情上网，去“天涯社区”的“伟通专区”观察他老爸的新动向。

老爸在一家国企干了一辈子，刚刚退休。钱旦担心他退休后无聊，就把自己一台用旧了的笔记本电脑给了他。老爸小时候没学过汉语拼音，因此钱旦又买了个手写板方便他输入汉字。他老爸迅速学会了上网，迅速活跃于“天涯社区”，迅速发现了上面的“伟通专区”。

钱旦从 1998 年混迹于网易 BBS 开始，长期在各大中文社区流窜，他以为在网络上的不少地方一认真就输了，那段时间的“伟通专区”基本上是以各种八卦、各种内幕以及各种发泄为主，充斥着各种负能量。钱旦每次打电话回去，老爸总是兴致勃勃地说：“我在网上看到你们公司……”钱旦总是强调：“你不要信网上那些东西，很多愤青在上面见着风就是雨的。”

那天又打电话回去，老爸得意地说："我在你们的专区里发了个帖子，很多人回复，不少人说我是你们公司的老专家，还有人说我是你们的老板哪！"

钱旦紧张了，"你发什么帖子了啊？我们公司再三强调家属不要……"

他咽下了自己的下半句话，伟通在深圳有好几万人，平均收入水平在社会上算高，所以公司再三强调员工和家属要低调，不要在外面打着伟通的旗号招摇。但他老爸这算是上门踢馆，在伟通内部招摇，似乎不在公司反感的范围内。

他想想还是担心，"网上很多人讲话很脏的，你别太认真，到时候生气。"

老爸呵呵一笑，"我劝劝年轻人，你放心，我绝对不会暴露你的信息。"

钱旦上网去了"天涯社区"，不看不知道，一看吓一跳，他老爸的帖子叫《一个关注伟通专区的老头儿想说两句》，已经点击上万，跟帖近百了。帖子有一千多字：

因为特殊的缘故，让我这个退休的老头每天上网必浏览一下"伟通专区"。日子久了，有些话不由得想一吐为快。

学习过伟通公司的"天道酬勤"的文章，老一辈人不禁为之拍手叫好。我们的社会如今缺失的正是艰苦奋斗的精神。我们的祖国是靠艰苦奋斗起家的，我们的民族是靠艰苦奋斗振兴的，伟通也是靠艰苦奋斗才有今天的业绩的。在当今物欲横流、世风日下的暗流中，伟通又举起这面大旗，对青年知识分子们进行传统教育，使局外人看到了伟通的辉煌前景，打消了对伟通这面红旗到底能打多久的疑虑。

读"伟通专区"的帖，让我对伟通的管理模式、薪酬制度、绩效考核办法有了一些了解。我想说，相比国有企业而言，都应该是先进的、科学的。国有企业存在的政府干预、政企不分、为官腐败，以及干部能上不能下、站着干的不如躺着看的、“铁饭碗”终身制等弊端，在伟通没有市场。当然伟通仍在学习，仍在不断摸索改进。相信今后会更加科学合理。

读“伟通专区”的帖，感到发帖者普遍抱怨两个问题：一是太累，二是付出与得到不公。我也想说：作为青年人，该把企业也同时看作是一所学校。你付出得多了，你学到的知识也就多了。完成了知识的积累过程，你干工作不就会得心应手吗？我只想说，要让自己不累，只有在学习中不断提升自己的能力。

付出与得到公不公平的事是很难说清的。一个人的能力再好，没有一个让你施展才华的平台，你又能有什么作为呢？想想中国十三亿人口中的大多数，想想贫困地区的孩子，想想你一个月的收入也许比你父母一年的收入还多，你们还会抱怨吗？

还感觉“伟通专区”发牢骚的多，骂人的帖子多。网络提供了言论自由的场所，但让我感觉奇怪的是，这里却并不自由。谁说伟通好了，那你就是“干部的马甲”，就是枪手，是托儿。而且有的人骂脏话、粗话、痞话之水平，恐怕会让成就他们的大学汗颜，会让他们的父母蒙羞的。对公司有看法，有意见，善意地批评并提出合理的建议不是很好吗？谩骂于事无补！在抱怨压力大，抱怨加班多的同时，却有这闲功夫在这儿自寻烦恼，只会让人觉得在这里的是否真是伟通的员工了。上过“天涯”的不少版块，如此嘈杂恐怕也就此一家了。

我不是谁的“马甲”，不是什么枪手，只是一个年过花甲，希望伟通好、希望大家好的老头儿。

春节快到了，祝伟通的孩子们能与家人团聚！祝大家新年吉祥！

钱旦舒了一口气，帖子后面有人称赞，有人反思，有人委屈，有人反感，有人争辩，但是几乎没有看到骂脏话的，大家都是认真地说自己心里的想法，或者猜测楼主的身份。

他又打电话给老爸，叮嘱他不要和人家争论，别因为争论而生气。老爸依旧兴致勃勃，“我能不能去你们公司做老专家?”

“老专家”是伟通公司从一些研究院所、高校聘请的退休老专家、老教授，他们负责在员工遇到工作、生活上的困难时，利用自己丰富的人生阅历，向员工提供建议、帮助。钱旦认为他们类似美军的随军牧师。

他认真地想了想，告诉老爸：“我不知道老专家是不是对外招聘来的，而且，你是高中文凭，学历好像低了点。”

老爸自己又跟了条帖：

再次感谢看帖和跟帖的年轻朋友！感谢你们对一个老年人的尊重！大家平和地探讨问题，改变了我对“伟通专区”不怎么和谐的看法。让我知道了你们真实的一面。“说归说，闹归闹，下了线还不是一样死守伟通”，你们才真正是伟通的希望！

我到过深圳，也去伟通基地略看了一下。深圳的繁荣、深圳的高消费，让我知道你们所面对的生活压力；我曾拜读过伟通的“基本法”，再看到伟通基地的气派和规模，我心想年轻人在这里应该是可以有所作为的。在深圳的那些日子，每天早上刚七点多，孩子就得出发赶班车去上班，最早也要到晚上八点才能回家。站在阳台上，远远看着孩子拖着疲惫的步伐回来了，进门却又是一脸阳光，作父母的真的忍不住要流泪。如果加班，孩子回家时我们都真的要睡了。想想你们，真的不容易！

伟通作为一个民族工业的代表，冲出了国门。伟通骄傲，中国人都骄傲。许多的伟通员工在海外辛苦打拼，像放飞的风筝，却总有一根细线系在父母的心中。工作再忙、再辛苦，请不要忘了给父母打个电话、发条短信，报个平安。到了该有电话的时候没来电话，哪怕只是迟到了一天，家里的亲人也会坐立不安的。

版块内抱怨工资太低的人很多。我不希望年轻人和我们一样安于现状，享受清贫。但是我认为一个人对回报的期望值，首先还得取决于对自身能力的定位。能力提升了，回报自然会高。只要想通了，新老员工工资上的差异也就不会那么让你不平衡了。何况你也会步入老员工之列呢！深圳的工资比内地高，伟通的工资在深圳又属偏高，这也许是不争的事实。你们进入了大城市生活，房子、车子很有必要，但我觉得财富的积累总得有一个过程的。我相信你们的能力一定会让你们如愿以偿。

伟通是个民营企业，我无意为某个资本家唱赞歌，获取最大利润必然是每个投资者的最终目的。平心而论，伟通在遵守国家法律法规、注重员工培训、让员工持股、提高员工福利待遇、参与社会保障等方面，与同样性质的企业来比较，还是做得比较好的。

我的确不了解伟通，说错了，请大家只当是一个老头儿在瞎说罢了。我不是共产党员，也不会什么党的理论。我更不是什么专家，我只是一个退休了没事干，在家用手写板学着上网的老工人。我希望大家好，希望伟通好。

不再回帖。再见了！

爸妈在深圳短住过一段时间，钱旦完全没有发现每天老爸在阳台上守望的身影，没想到他会为自己的晚归心疼。每个伟通员工背后又有多少双这样默默守望的眼呢?

帖子最后被点击了六万多次，跟帖三百多条，是“伟通专区”那段时间难得的理性讨论热帖。

伟通已经连续几年大规模招收新员工了，一些新生代对公司常说的艰苦奋斗不理解，认为这个词语已经脱离了大时代；对老员工更高的收入水平不服气，尤其是老员工每年都有的内部虚拟股的分红回报。在钱旦老爸的帖子和跟帖中一再提到的“天道酬勤”是伟通人力资源委员会在半年前发表的一篇文章，老人家算是义务为伟通做了场“天道酬勤”沟通会。

在《天道酬勤》里说到了伟通公司十八年的艰苦奋斗路：

“伟通没有背景，也不拥有任何稀缺的资源，更没有什么可依赖的。除了励精图治、开放心胸、自力更生，我们还有什么呢？最多再加一个艰苦奋斗，来缩短与竞争对手的差距。公司高层管理团队和全体员工的共同付出与艰苦奋斗，铸就了今天的伟通。

“自创立那一天起，我们历经千辛万苦，一点一点地争取到订单和农村市场；另一方面我们把收入都拿出来投入到研究开发上。当时我们与世界电信巨头爱立信、朗讯、阿尔卡特、诺基亚、摩托罗拉、西门子、北电的规模相差二百倍之多。通过一点一滴锲而不舍的艰苦努力，我们用了十余年时间，终于在2005年，销售收入首次突破了五十亿美元，但与通信巨头的差距仍有好几倍。最近不到一年时间里，业界几次大兼并：爱立信兼并马可尼，阿尔卡特与朗讯合并、诺基亚与西门子合并，一下子使已经缩小的差距又陡然拉大了。我们刚指望获得一些喘息，直一直腰板，拍打拍打身上的泥土，没想到又要开始更加漫长的艰苦跋涉。

“当我们走出国门拓展国际市场时，放眼一望，所能看得到的良田沃土，早已被西方公司抢占一空，只有在那些偏远、动乱、自然环境恶劣的地区，他们动作稍慢，投入稍小，我们才有一线机会。为了抓住这最后的机会，无数优秀的伟通儿女离别故土，远离亲情，奔赴海外，无论是在疾病肆虐的非洲，还是在硝烟未散的伊拉克，或者海啸灾后的印尼，以及地震后的阿尔及利亚……到处都可以看到伟通人奋斗的身影。我们有员工在高原缺氧地带开局，爬雪山，越丛林，徒步行走了八天，为服务客户无怨无悔；有员工在国外遭歹徒袭击头上缝了三十多针，康复后又投入工作；有员工在飞机失事中幸存，惊魂未定就救助他人，赢得当地政府和人民的尊敬；也有员工在恐怖爆炸中受伤，或几度患疟疾，康复后继续坚守岗位；我们还有三名年轻的非洲籍优秀员工在出差途中因飞机失事而不幸罹难，永远地离开了我们。

“十八年的历程，十年的国际化，伴随着汗水、泪水、艰辛、坎坷与牺牲，我们一步步艰难地走过来了，面对漫漫长征路，我们还要坚定地走下去。”

文章里还说幸福的生活要靠劳动来创造，给新生代描绘了“以岗定级、以级定薪、人岗匹配、易岗易薪”的涨薪前景：

“大多数伟通员工来自山区、乡村和城镇，许多人在童年和少年时代都体会到了生活的艰辛。父母在他们那个年代和环境里努力用他们的付出，把我们抚养大，从他们身上，我们知道了生活的含义，领悟到了我们现在身上的责任。我们用自己的劳动收获寄回了孝敬父母的第一笔钱，虽然可能微薄，但其中的滋味难以言述，就象我们第一次拿到海外的合同一样，从心底里舒畅和宽慰，还有喜悦。当我们自己成为了父母，看着我们的小孩由于我们的劳动付出而能够那么安详地吮吸着生命的乳汁，露出香甜而无忧无虑的睡容，听着老奶奶讲着古老的传说，互相分享着格林的童话，尽情地享受着天真而稚趣的童年，我们有一种从未有过的幸福和神圣的责任感。我们的劳动不仅改变了人们的生活，增进了人们的沟通，而且也一天一天地充实着我们自己，丰实着我们家人的生活，也在一年一年地改变我们自己的生活。

“公司创业之初，根本没有资金，是创业者们把自己的工资、奖金投入到公司，每个人只能拿到很微薄的报酬，绝大部分干部、员工长年租住在农民房，正是老一代伟通人‘先生产，后生活’的奉献，才挺过了公司最困难的岁月。支撑了公司的生存、发展，才有了今天的伟通。当年他们用自己的收入购买了公司的内部虚拟股，到今天获得了一些投资收益，这是对他们过去奉献的回报。我们要理解和认同，因为没有他们当时的冒险投入和艰苦奋斗，伟通不可能生存下来。我们感谢过去、现在与公司一同走过来的员工，他们以自己的泪水和汗水奠定了伟通今天的基础。更重要的是，他们奠定与传承了公司优秀的奋斗和奉献文化，伟通的文化将因此生生不息，代代相传。

“为了适应未来的发展，我们正在推行人力资源变革。这次人力资源管理变革的目的是为了要建立一支宏大的，能英勇奋斗，不畏艰难困苦，能创造成功的干部员工队伍。我们将推行‘以岗定级、以级定薪、人岗匹配、易岗易薪’的工资制度改革，实行基于岗位责任和贡献的报酬体系，为更多新人的成长创造空间。任何员工，无论新老，都需奋斗。从高层管理团队到每个基层员工，只有保持不懈怠的状态，伟通才能活着走向明天。”

文章在最后说：

“伟通的国际市场刚刚有了起色，所面临的外部环境比以往更严峻。全球超过十亿用户使用伟通的产品和服务，我们已经进入了一百多个国家，海外很多市场刚爬上滩涂，随时可能被赶回海里；网络和业务在转型，客户需求正在发生深刻变化，产业和市场风云变幻，刚刚积累的一些技术和经验又一次面临自我否定。在这历史关键时刻，我们决不能分心，不能动摇，不能因为暂时的挫折、外界的质疑，动摇甚至背弃自己的根本，否则，我们将自毁长城，全体员工十八年的辛勤劳动就会付诸东流。无论过去、现在，还是将来，我们都要继续保持艰苦奋斗的作风。

“一个中国高科技企业，在海外开拓的征途中，注定是艰难的，但意义也将是非同寻常的。

“幸福不会从天降，全靠我们来创造，天道酬勤。”

第二十四章

2007 年春节来得特别晚，2 月快要过完了猪年才姗姗来到。钱旦回国休了个假，他和秦辛要利用这个假期去领证、结婚。

两个人郑重地领了结婚证，去蛇口一家地道的意大利餐厅吃了顿烛光晚餐，手拉着手慢慢走回家。夜里钱旦做了个梦，梦见自己和秦辛在尼罗河帆船上看日落，风很大，船迎着夕阳飞驰，正惬意时，忽然有轮船汽笛不住地响，钱旦四处张望，却怎么也看不见轮船。他猛地惊醒，原来是自己的手机在响，钱旦不耐烦地瞟了一眼时间，北京时间午夜两点！电话是林汉打过来的，“埃及四牌”出事故了。钱旦的手机是二十四小时开机，区域内产品线的重大事故须在半小时内通报给他。这次是“埃及四牌”的 WA 设备出问题了，所有用户无法都无法通过它使用手机上网。

他们已经启动事故应急响应流程，建立了电话会议，总部专家远程登录上了现场的设备。钱旦拨通电话，参加了电话会议，他怕吵到秦辛，披件衣服去了书房。事故定位和处理很快，伟通的设备并没有问题，是与他们的 WA 系统连接的 A 公司设备出了故障，A 公司那边处理好之后业务就恢复了。钱旦舒了口气，才感觉双脚被冻得冰凉，他又爬上了床。

第二天傍晚，他和秦辛按计划回湖南，正准备过机场安检时电话又响了，电话那头仍是林汉，“老旦，老莫又开始折腾了，今天一大早他连发了两个传真，正式投诉到地区部，投诉昨天的事故。”

钱旦示意秦辛先过安检，他退到了一边，“不是 A 公司的问题吗?”

“是 A 公司的问题，不过我们也比较土，告警的指示性差，业务中断了两个多小时一直没有任何报警。再加上‘埃及四牌’的手机上网用户不多，等客户服务中心接到几个投诉再转到我们这来的时候，业务已经中断两小时了。”

“老莫有啥诉求?”

“他揪着我们业务中断两小时没有报警，也没有及时发现问题这一点指东打西，提出两个诉求，一是满足他提出来的定制几张报表的需求；二是要我们把几台伟通的防火墙、路由器全换成思科的。”

钱旦知道老莫又在借题发挥了，他老早之前就提出来要求，让伟通给他定制几张用于统计、分析业务的报表，但伟通希望建立规则，把需求和问题区分开，需求的满足是需要另行收费的，因此双方没有达成一致。老莫对 YR 产品线在“埃及四牌”使用的伟通路由器、防火墙不满，提了几次要把伟通的“廉价货”换成思科的产品。他的两个诉求实际上和此次事故都没有什么关系，但地区部和项目组不希望节外生枝，钱旦和林汉知道又到“以德服人”

的时候了，两个人商量的结果是，更换硬件的事情是不能答应的，不过免费做几张报表看来是难免的了。

商议完毕，林汉去拜访老莫。

老莫算是有技术情结的，办公桌上除了他的笔记本电脑外还放了台台式机，台式机接入了伟通设备的维护网络，他随时可以监控设备的运行情况。林汉进门时老莫正在专注地望着他的台式机。

林汉灵机一动，“穆罕默德先生，你这电脑显示器太小了吧？注意休息眼睛。”

老莫直率地说：“如果你们的设备把告警系统做得更好些，大家就能轻松些了。”

林汉认同他，“你说得非常对。我们已经把这次事故的回溯报告发回公司了，公司很重视，确实要改进我们业务的监控和告警能力。不过，你是技术专家，知道对硬件等基础设施的监控和告警要容易些，对业务本身的监控和告警要难些。尤其是像这次伟通的设备完全正常，故障点在对端。”

林汉的手往老莫办公室的墙壁上一指，“穆罕默德先生，你办公室这么大，别把东西都挤在办公桌上了，换个大显示屏，那种液晶的、超薄的、可以挂在墙上的，监控设备运行情况和看统计报表都很方便。”

精明的老莫立刻响应，“换个大显示屏？由伟通提供吧！你们设备的告警系统做得太差，只能先这么弥补了。”

林汉趁老莫情绪不错，“没问题，我来处理。不过，别换我们的防火墙、路由器了，我们的东西运行挺稳定的，你别迷信思科。另外，以前提出来的报表需求我们可以讨论，但今后还是必须明确双方的需求管理机制。”

老莫故作体谅状，“可以先不换你们那些廉价货，我们好好讨论一下报表的问题吧，我给予你们那么大的帮助，定制几张报表你们还要视为新需求来收费？你们怎么想的？”

林汉心里想我真不觉得你给予了我们“那么大的帮助”，嘴里却附和了他两句，坐了下来，和他讨论起报表的需求，以及事故和投诉的闭环计划来。

钱旦和林汉满意最后的结果。但王海涛说老莫在林汉走了之后就去了机房，得意地拍着他的肩膀说：“我太知道怎么对付你们公司了，你们还是要乖乖满足我的要求的！”

他们琢磨老莫其实从一开始就是想解决报表的问题，其他都是虚晃一枪。

钱旦和秦辛回湖南摆了喜酒。酒席刚散，他的电话就响了。

来电话的是苏丹的陈永生，“老旦，后天晚上 ST 的新版本割接上线，我们一定要一次成功，你要协调家里的专家把把关啊！”

钱旦挺纳闷：“怎么了？曹松把关就行了。要求助也是曹松打电话向我求助啊？你咋突然对他没信心了？”

陈永生说：“曹松病了，发烧三四天了，他硬撑着在干。生活上兄弟们会尽量照顾，但项目停不下来，客户 CTO 亲自盯着这次割接了，关键时候您老一定要支持。”

“曹松怎么了？不是疟疾什么的吧？”

“应该不是。现在也没别的办法，你一定要协调研发部的专家参与进来，好好审核方案，做好远程支持的准备。”

钱旦接完陈永生的电话，对着秦辛抱歉地笑笑，“苏丹有些急事，我打几个电话。”

他找了个僻静角落，先打电话给曹松，问候了下病情，又了解了下现场的情况，然后给总部的主管、专家们电话，和他们讨论远程支持的方案。

夜里等秦辛睡着了之后，他忍不住还是打开了电脑，收了以邮件发过来的苏丹割接方案，仔细地审视着。

两天以后，苏丹的割接已经准备得很充分，过程自然也就相对顺利。客户CTO在机房大声宣布了割接成功，带领大家鼓掌欢呼完，就和几个主管离开了机房。

工作完成时已经是当地凌晨四点多，曹松离开了电脑，和陈永生下楼透透气。他的烧已经退了，但人还虚弱，他们靠在楼下墙根聊着下一步计划。

小军带着两个人也下了楼。ST机房所在的院子里正在搞基建，机房大楼的门外杂乱地堆放着建筑材料。他们蹲在一堆砖头前抽烟，没有留意到靠在墙根聊天的曹松和陈永生。

陈永生指了指小军，对曹松说："兄弟们像不像建筑工地的农民工？"

他嘘了口气，接着说："大家都挺不容易的。有时候，我觉得我们在苏丹没日没夜地干活，主观上各有各的原因，客观上却很伟大，因为我们通过技术和设备丰富了人们的沟通和生活，也算是为这个世界做了贡献了。你是为什么来苏丹的？"

曹松也望着在砖头堆前抽烟的几个兄弟："我是被领导骗来的啊，前年6月份和我沟通，让我来苏丹支持半个月，结果来了就被老旦扣下了，一直到上个月才回北京过了个春节。不过，也确实是走不开，我不下地狱谁下地狱？你呢？将来有什么打算？"

陈永生说："我是主动申请来海外，申请来苏丹的。我还挺喜欢这种日子的，有成就感。打算再在这边干几年，然后，不是说公司在欧洲的业务量要起来了吗？申请去欧洲吧。”

钱旦离了家乡，先回深圳，再赴开罗。

火车缓缓开动，他望着站台上挥手相送的父母，记起了不知道谁说过的一句话，“年少时总想去远方，去了远方才发现最远的远方是故乡。”母亲的膝盖一直有些病痛，每次见到她有些瘸拐的步伐，钱旦总是下意识地在记忆深处找寻年轻时的母亲。那时候的母亲高大，现在的母亲瘦小；那时候的母亲时髦，烫了一头卷发，现在的母亲朴素，白发苍苍；那时候的母亲风风火火，偶尔呵斥钱旦的磨磨叽叽，现在的母亲步履蹒跚。

身旁的秦辛懂得他的沉默，伸出手紧紧握住了他的手。

2007 年 3 月 8 日，钱旦回到开罗。

他和苏琳去宰马利克岛上吃了顿晚餐。尼罗河中央的宰马利克岛是藏在繁华边缘的恬静闲适之地，在历史上深受西方殖民者喜爱，在当代是开罗的外国使馆区。他俩找了家林荫路边的日本小餐馆，边喝清酒边聊自己的回国见闻。钱旦给苏琳讲了自己和秦辛的爱情马拉松，苏琳没有祝贺他们终成正果，只是一直听着，玩着日本人的小酒壶，若有所思。

伟通战车继续滚滚向前，新的一年他们调整了地区部交付与服务的组织结构，新设置了交付副总裁，把交付与服务相关的几个部门拉通管理了起来，一切只为了支撑未来更多、更复杂的大合同、大项目。

接替老韩的老马召集讨论 2007 年重点工作，讨论了两天，得出的最重要的三件事和2006年老韩认为的三件事一模一样，钱旦脱口而出：“讨论了两天，还不是这几件事？”

老马不以为忤，认真地说：“谁说每年必须从零开始？我们就解决好执行中的问题吧！”

在始终强调创新和变革的伟通公司，一个不否定前任的领导需要更大的勇气，一个重视继承的变革者并不多见。

“以岗定级、以级定薪、人岗匹配、易岗易薪”的工资制度改革从文章里走到现实中，抛开理论的玄机，海外中方员工和本地员工普遍得到了加薪，绩效优良者获得的加薪幅度不小。大家都离不开人间烟火，这次调薪如及时雨般稳定了军心。钱旦又想起了小杰，年轻人最大的本钱就是无需患得患失，可以无牵无挂地去寻找新的机会，但是，有时候也不妨等待。就像挖一口水井，也许再坚持几分钟，再用力挥几锄头你的辛劳就将获得涌泉相报了。

公司在全球范围内推广苏丹经验，老钟他们针对代表处销售和服务脱节，客户线、产品行销线、服务线三条线之间界墙高高的问题提出了“铁三角”的概念，在代表处内部打破部门墙，针对不同的客户组建了以客户经理、产品经理、服务经理为铁三角的核心管理团队。大家同心同德，减小了内耗，提高了运作效率。钱旦认为这既是弥补短板的当务之急，又在客观上弱化了各专业线顺着总部、地区部、代表处的烟囱式业务管控机制，为将来把业务责任、权力和能力进一步向代表处、系统部及项目组前移埋下了伏笔。

第二十五章

阿马尔总在问钱旦有没有机会调动去深圳工作，他说的不是短期轮训，而是定居深圳。

他第一次问时钱旦没放在心上，只是觉得难得有个埃及员工如此认可公司，认可中国，备感欣慰。

他第二次问时钱旦认真了，一本正经地和总部同事讨论了可行性。钱旦认为最大问题是阿马尔算不上“业界高端”，不能以顾问、专家身份和公司另签合同，公司现有的 HR 制度保障不了他的个人利益。钱旦问阿马尔为什么惦记着去中国常驻，阿马尔说因为他喜欢中国。钱旦隐约觉得他另有所图，却也问不出个所以然来。

林汉兼职 YR 产品服务部的“包打听”，长期掌握各种最新的江湖八卦。那天钱旦请大家在 231 街的“上海人家”吃上海菜，他提到阿马尔对伟通和中国的强烈认同感，林汉在一旁嘿嘿笑了，“阿马尔不仅对伟通和中国有强烈的认同感，对中国姑娘也有强烈的认同感。”

原来，阿马尔爱上了公司研发部来埃及支持项目的一个姑娘。故事的开头颇有戏剧性，阿马尔有天加完班回家，车开到僻静路上就见一个埃及小伙在前面跑，一个中国姑娘在后面操着不熟练的英语边追边喊：“Money back，My money back!”迈阿第一带治安不错，那姑娘运气不好，刚到开罗就在路上遇到抢夺的。关键时刻阿马尔挺身而出，驾车拦在了小毛贼前面，帮她夺回了钱包。第二天他俩重逢了，像很多电影里一样，他俩居然在支持同一个项目。女孩在开罗待了半年，他给了她不少帮助，还带她领略了开罗和亚历山大的风景。

这是一段剃头挑子一头热的爱情。

阿马尔和钱旦又去河畔餐厅“Casino”抽水烟。路上，阿马尔沉默地开车，音响音量调得很大。钱旦兀自望着尼罗河发呆，没有留意到同一首歌放了一遍又一遍，直到阿马尔跟着大声唱了起来：

“My life is brilliant.

My love is pure.

I saw an angel.

……

You're beautiful. You're beautiful.

You're beautiful, it's true.

There must be an angel with a smile on her face,

When she thought up that I should be with you.

But it's time to face the truth,

I will never be with you."

钱旦等他唱完，问："这是你喜欢的歌，还是她喜欢的歌？"

阿马尔忧伤地说："这是我放给她听的歌，她很喜欢。但是，她不像我喜欢她那么喜欢我。"

他告诉钱旦："我买自己的房子了，在离胡夫金字塔不远的地方。从我的房子里可以天天看见金字塔的早晨。"

正是夕阳坠入尼罗河的时候，钱旦望一眼他被染成金色的忧伤的脸，认定他新换的怪异发型十有八九也是因为那姑娘。钱旦认真地对阿马尔说："我希望你房子的女主人早日出现，我想那应该会是个漂亮、聪明的埃及姑娘。"

2007 年 4 月 24 日，钱旦去了摩洛哥出差。

摩洛哥是一个色彩斑斓的国家，它最北端是蓝色直布罗陀海角，遥望着海那边的欧罗巴；最南部是黄色撒哈拉大沙漠，有钱旦少年时代偶像三毛的足迹；南北之间有古老皇城红色马拉喀什；有属于那部好莱坞著名电影中里克和依尔莎的白色卡萨布兰卡。钱旦在 2006 年秋天和 2007 年春天两次出差摩洛哥，来去匆匆，他没有来得及领略撒哈拉，没有时间拜访马拉喀什，没有去感悟直布罗陀，对卡萨布兰卡也仅是匆匆经过。他只在拉巴特小住了一段时间，就认为摩洛哥是北部非洲最漂亮的国家之一。

拉巴特作为一国之都名气反不及卡萨布兰卡，它只有不到七十万人口，显得清静了些。但钱旦以为这个城市貌似寂寥，骨子里却透着浪漫气质，总在不经意间流露出来，令人平生几分迷恋。他住在火车站旁边的"IBIS"，一家经济型小酒店。酒店里面没有奢华大堂和宽敞房间，但早餐时人们可以坐在院子里草坪上，一边眯着眼睛看金色阳光下的芳草地，一边慢条斯理把蜂蜜往酸奶上倒，用一种不由自主松弛下来的心情作为忙碌一天的开端。在去办公室路上，钱旦眼睛里并不是钢筋水泥的丛林，而是如洗蓝天、茵茵绿草、满地黄色野菊花、路边人家铺满了白色院墙的藤藤蔓蔓，呼吸里是那么清新的味道。他真希望车就一直在路上，一直穿行在这样的画境里，永远不要到达那个用网线连接起来的世界中。晚上回到酒店，他常常不急着遁入房间，而喜欢独自漫步在夜色里，清醒一下混沌的头脑。他偶尔会步入酒店旁的火车站，在冷冷清清站台上走一走，心里生出随意登上一列火车去向又一个陌生城市的冲动。但冲动终究是一闪而过，他终究还是老实回到房间，打开电脑，回到现实里。

YR 产品线在中东北非的新挑战是新产品的交付。产品线主打的 IV、BS 等产品解决方案更复杂，定制化程度更高，涉及的客户部门更多。当然，它们能带来的项目规模更大，合同订货和收入更多。这些新产品在中东北非的几个代表处都取得了市场突破，接下来就是考验交付和服务能力的时候了。

与钱旦同个航班到达摩洛哥的还有位代表处财经部门的同事，在从卡萨布兰卡机场去拉巴特的路上，那位同事听钱旦介绍自己是 YR 产品服务部的就感叹："你们的活儿不好干啊！"

钱旦奇怪："怎么了？连你都有感触？回款搞不定了？"

"没有啊，你们 IV 项目刚上线商用那几天问题不断投诉不断的，我们代表处全体动员，去客户机房 24 小时值守，连我都上了！"

"胜则举杯相庆，败则拼死相救"是伟通公司长期以来的优良传统，但钱旦还是没有料到代表处在关键时刻连财经人员都进客户机房去帮他们守局了，他既感动，又惭愧。

陈小波在摩洛哥。他从沙特项目调出来后来了摩洛哥常驻，但是没有重回技术专家之路，而是离开 YR 产品线，转了客户经理。树挪死，人挪活，陈小波在沙特管理复杂交付项目不行，在摩洛哥和一帮讲法语的客户打交道却如鱼得水，获得大家交口称赞。

钱旦跟着陈小波去参加与客户一起召集的项目分析会，会议室里客户的项目组成员叽里哇啦说着法语，他一头雾水，陈小波却应付自如。钱旦佩服陈小波的语言天赋，他再次提醒自己作为主管，要懂得欣赏个体差异，知人善用，不要总想着把一株草浇成花，或者把一朵花修剪成草。

出差任务完成得顺利。周末，代表处服务主管老吴拉着钱旦去海边公路兜风。海，近在咫尺，就是非洲大陆一直向西到尽头之后的大西洋。天气并不好，他们遇见是惊涛拍岸卷起千堆雪，有些路段上海浪不羁地高高跃起，浪花一直飞溅到公路上。钱旦觉得和他之前所见的深圳湾、波斯湾、地中海、红海们比，这里才是真正的大海风范。公路另外一边也是海，是花海，那不是城市花坛里人工修剪出来的整齐划一，而是由着性子生长，点缀了几百公里海岸线的野菊花。

他们把车拐下了海滨公路，往另一边的山间河谷里开去，一样是人在画里游。远山是松树林的苍绿，近坡是草地的嫩青，更近一点则是一直连绵到路旁的花田，遍野黄色花丛中又有点点红色花朵在摇曳。钱旦不识花草，仍然被吸引到跟前去细看，却有了几分疑惑，这些亭亭玉立的鲜艳花儿分明就是从前在照片上看到过的罂粟呀！在摩洛哥种植罂粟是合法的么？问老吴，他也不懂得花花草草。晚上回到办公室后上网仔细研究才明白它们原来是在植物学上与罂粟花同属罂粟科罂粟属的虞美人，北非就是它最早的产地之一。钱旦在网络上读到这样的文字："从前虞美人为耕地内分布广泛的杂草，种子在泥土内休眠多年，于土壤被翻耕时方发芽。第一次世界大战期间及战后，受战争蹂躏的土地遍开虞美人，于是虞美人成为这次战争的象征。"以鲜花来象征战争？钱旦仿佛看见花瓣被子弹撕裂，在血腥味的风中凄凉飘落。浪漫就是浪漫，残酷就是残酷，人们可不要再为杀戮戴上美丽面具了。

晚饭去吃了羊肉"Tajine"，"Tajine"是摩洛哥原住民柏柏尔人流传下来的料理，他们用一种叫作"Tajine"的圆锥形陶锅把羊肉、蔬菜和当地人喜爱的香料放在一起慢慢炖煮，煮好以后羊肉香软，汤汁鲜美，撑得钱旦胃疼。

吃完饭老吴带着钱旦去了家酒吧，要了壶人称"摩洛哥威士忌"的薄荷茶。他们一边饮着由新鲜薄荷叶、绿茶、糖冲泡出来的热茶，一边欣赏酒吧里面混合了阿拉伯、法国和西班牙气质的美女。这是一个混血的国家，从最初的柏柏尔人到后来的阿拉伯王国，再到被法国和西班牙瓜分，直至最终的独立，不同的文化混合发酵成了今日摩洛哥。钱旦真希望自己能在这片土地上自由流浪，从地中海畔往南，沿着大西洋东岸一直去向撒哈拉沙漠，慢慢品鉴这个国家的一切，慢慢找寻他心底里最真的梦。不过，他亦知道这些年"通天塔"、"谍影重重"等好莱坞电影中的影像并非虚妄，即使是在从卡萨布兰卡到拉巴特的美丽滨海路上行驶，视野里也会出现最原始的窝棚最贫穷的人，在摩洛哥的很多地方人们仍然过着极其清贫、落后的生活。也正因为它向北与欧洲只隔着一条窄窄海峡，向南又是广袤的撒哈拉大沙漠，基地组织的一些分支在摩洛哥暗流涌动。风景再动人，贫穷落后不应该被赞美。钱旦希望未来的摩洛哥依旧保留其色彩斑斓的一面，又能够尽快摆脱贫穷落后的另一面，哪怕会牺牲掉一些旅行者所迷恋的蛮荒的美丽。

5 月 4 日晚上十一点，钱旦搭乘摩洛哥皇家航空公司 AT270 航班离开卡萨布兰卡机场，他沿着非洲北部海岸飞行了一夜，第二天凌晨七点平安降落在开罗机场。就在那个凌晨，在非洲南部一架从喀麦隆飞向肯尼亚，本应在凌晨六点降落在内罗毕的肯尼亚航空公司航班不幸坠毁，5 名中国人遇难，其中一位是伟通公司南非地区部的同事，年仅 29 岁。

每天在这个世界上飞来飞去的中国人越来越多，到处都有伟通人的身影。

第二十六章

2007 年 6 月 4 日，钱旦离开开罗，第二次去伊拉克。

他依旧在迪拜转机，但这一次没有入境阿联酋，而是在机场里等待。飞往苏莱曼尼亚的航班一再晚点，他时而枕着电脑包蜷在墙角小睡，时而推着行李车东游西逛，从零点等到中午十二点多才开始登机。

钱旦想起买一支手电以应付伊拉克可怜的电力供应，结账时发现收银台里的女孩是个中国人。那姑娘说自己来自济南，那一年迪拜机场从山东招聘过来了一批人在几个航站楼免税店工作。南来北往在此转机的中国人越来越多，今后中文会在这个繁忙空港畅行无阻了。

钱旦在登机口还见到几个中国男人，穿一样红色短袖衫，背后都印着“Beijing”。一开始他以为他们穿的是明年北京奥运会的宣传衫，后来听说他们领头的曾经是伟通老对手汉新公司在伊拉克北部的负责人，离职单飞后先是谋划修建水电站，最终做实的是整体厨柜生意，公司名字就叫作“Beijing”。这几个人是其从国内招聘到的熟手，正准备去苏莱曼尼亚开张大吉。钱旦希望他们起步顺利，生意兴隆，最好将来整个伊拉克北部只要有人计划装修房子就会想起这队中国红衣客，最好他们像在巴格达卖盒饭给美军发了财的那两位中国人一样成为此间传奇。

苏莱曼尼亚还是老样子，城里依旧缺电，虽然伟通公司宿舍和办公楼都配备了油机，但每天中午办公室必然停电，停电之后房间里顿时变成蒸笼，大家只能乖乖回宿舍午休。这里畅销一款打火机，大小外观都与常见的一次性打火机一样，但里面只有一半空间装的是油，另一半空间装着三个钮扣电池和一个小灯泡，就成了一支小手电筒，也算是因地制宜的小发明了。

城郊公路边依旧有那么多拿着塑料油壶卖汽油的孩子，他们的汽油有两种颜色，据说粉红色的是从土耳其过来的走私油，黄色的则是私炼的劣质油。曾经的石油大国在被美国人解放四年后竟然变成了一个“贫油国家”。

库尔德人依旧友善，伟通办公楼下是个家具店，那天中午钱旦从店里穿过时遇到两个正在午餐的库尔德兄弟，他们热情洋溢，非要把已经放在嘴里的烤肉咬一半分给钱旦。钱旦实在不想与两个陌生汉子交换唾液，但一时竟然不知道该如何拒绝。

伊拉克安全形式依旧谈不上乐观，爆炸、绑架是电视里固定的新闻，公司一位本地员工回巴格达路途上被人拦住，仅仅因为名字看上去是属于不同宗教派别就死于非命。已经来到伊拉克半年多的老韩说不久前一个月黑风高夜他突然被急促敲门声惊醒，一群荷枪实弹的军警冲入楼内，令他在黑洞洞枪口下好不惶恐。吵闹了半夜才知道那个晚上住在他楼下的女孩有男友过来约会，男人停在路边的陌生车辆令邻居们警惕，害怕是汽车炸弹，就报了警。

几度夕阳红，青山依旧在，钱旦到了没几天，有幸又赶上了同事们郊游，度过了一个令他念念不忘的苏莱曼尼亚郊外的晚上。

那一天的聚会在城外小河边，6 月初河道有一半干涸着，他们在河道里建起了烧烤场。到达时候天色尚明，大家七手八脚把烧烤炉、木炭、食材从车上卸下，又把啤酒、饮料、西瓜往河水里放，用原始办法令它们冰一冰，等到晚上再享用。虽然是在伊拉克，他们的烧烤架可是中国制造的专业装备，上面还带着一个手摇吹风机。他们的木炭、铁钎、烧烤汁也是讲究的，看得出来烧烤是此间同事们传统节目。一切准备就绪，“带头大哥”一声吆喝，大家烧火的烧火，刷汁的刷汁，烤肉的烤肉，好几个人都颇有夜市烧烤摊上新疆大叔的风范，一会儿就可以在烟熏火燎中大快朵颐了。

夜色愈来愈深沉，大家吃着烤肉，喝着啤酒，讲着身边故事。有人说他有一天去埃尔比出差，随身带了把钳子，办完事匆匆去一家酒店晚餐，酒店门口的 X 光机发现了钳子，安全人员就要求他去办理寄存。他走到存包处，只见排着长队的男女老少们纷纷淡定地从身上掏出各式枪支匕首，只有他从怀里摸出来的是一把破旧钳子，不禁自惭形秽。有人展示了手机里全副武装的美国大兵特写照片，前不久伟通巴格达驻地的二楼厨房不幸钻进了一枚迫击炮弹，所幸不是吃饭时间，爆炸之后无人伤亡。几个同事没心没肺嚷着“炸了炸了”直扑现场，正好赶上美军杀到，他们又快乐地对着美国大兵们照个不停。钱旦觉得最有趣的一个故事是这样的：一个周末，出去郊游的几个同事发现了一个私人动物园，动物园里竟然有当地的珍惜动物，一头猪。大家心头暗喜，赶紧找老板商量，希望把猪买下来，结果惨遭拒绝。回到宿舍，几个人对猪念念不忘，下个周末又扑了过去。动物园老板终于被中国人对猪的深情厚爱所感动，他欣然同意借猪："既然你们喜欢，我就把这头猪借给你们半个月吧，半个月之后你们还回来就行了。"可怜的库尔德大叔哪里知道这群长期吃不着猪肉的中国人心里打的是什么算盘啊，半个月之后恐怕这头猪连骨头都炖了几次汤了吧！

讲完故事，他们把两辆越野车大灯打开了来做照明灯，在河道里铺上大地毯，围坐一圈玩起了杀人游戏。钱旦喜欢玩杀人游戏，但之前只玩过两次，第一次是2005年早春在乍暖还寒的上海，在新天地酒吧里一边看楼下衣着暴露的舞者跳康康舞，一边与几个朋友藏在二楼角落的摇曳烛光下玩这游戏；第二次则是头一年秋天和秦辛、老谢、严丽丽等人在埃及南部尼罗河的游船上。这一次在苏莱曼尼亚郊外深夜里，在星光和车灯照亮下，在小河流水与郊野虫鸣伴奏中来玩伊拉克乡村版杀人游戏自然又是完全不同的心情。大家越玩越投入，甚至为了彼此间配合的失误有了争执，钱旦却越玩越松弛，他不再在乎游戏的逻辑，总是找机会开开小差，望望洁净星河，享受宁静、从容的夏夜。

大家终于决定打道回府了。不幸是一辆开着大灯做照明的越野车因为引擎没有被发动所以蓄电池没电了，幸运是后备箱里有电缆，他们在蚊飞虫鸣中借助另一辆车的电池把它发动了起来。

子夜山间公路显得格外孤寂，钱旦和大刘两个人一台车，越往前开越感觉不对劲，来的时候一共才经过三个哨卡，这已经开到第四个哨卡了怎么还在山里？他们竟然一不小心走错了方向，越开离城越远了，这可是在战乱尚未平息，绑架案此起彼伏的伊拉克啊！好在醒悟得及时，来得及调头回到正途，车里又是两张忠厚中国人的脸，哨卡里那些荷枪实弹的士兵们也没有因为他们深更半夜的莫名徘徊而多加盘问。

近了苏莱曼尼亚，钱旦以为其他同事早就回了宿舍，电话一联络才发现发生意外的不止他们。有一辆车在路上熄火后怎么也发动不起来了，想是在路边加了劣质油的原因，同事们只得挤上另外的车回城，故障车就弃在路边等到天亮以后再去处置了。

青山依旧在，几度夕阳红，YR 产品服务部的伊拉克人不知不觉间就可以独当一面了。

总部在苏莱曼尼亚的 AC 公司是伟通在中东北非最慷慨的主顾之一，他们的 WI 系统要做一次重大升级，钱旦跟着大刘去了现场。大刘拎着两大袋饮料、零食，一副胸有成竹的样子对钱旦说："你放心，不用我动手，巴哈他们就搞得定。"

巴哈是代表处本地员工的标杆人物，他不是库尔德当地人，而是 2003 年战争爆发后从巴格达迁移到苏莱曼尼亚来的阿拉伯人，个子不高，但一天到晚精神抖擞的样子。大刘不是盲目乐观，那个晚上他和钱旦基本上就是呆在外间的运维办公室和一帮客户维护人员吃吃喝喝，巴哈带着几个伊拉克人在里间的机房中忙碌。

凌晨三点，巴哈从里间走了出来，拉开一罐可乐："差不多了，他们几个再拨测一阵子就可以宣布升级成功了。"

他喝两口可乐，补充道："今天晚上升级三套双机，我们三个人一个操作一套，看谁快。结果最快的四十分钟完成，最慢的花了两个小时。"

大刘骄傲地拍拍巴哈肩膀，对钱旦说："不错吧？今后就靠他们了。"

没过几天，AC 公司的 MD 设备发生了一次重大事故。事故原因匪夷所思，客户安排了清洁工打扫机房卫生，清洁工居然拿着吸尘器对着机柜后门一蹭，只听见噼啪两声，机柜里两台服务器、一个交换机的电源模块报销了。事故处理得有条不紊，两个伟通的伊拉克员工花了一上午临时装了套系统，把业务恢复了起来。

半年来伟通公司的海外本地员工离职率偏高，中方主管们又普遍认为使用本地员工影响了工作效率，大家在海外本地化策略上有所动摇。伊拉克人的表现坚定了钱旦的信心。他认为要避免非黑即白的简单结论，过去两年不区分地域特点、不分析各业务模块合理的资源配比模型而片面追求本地员工数量上的快速膨胀确实是中国人好搞运动的旧传统的反映，但是，并不能因为出现的各种问题而去否定海外本地化策略。他反思这个阶段 YR 产品服务部在地区部放了八个埃及人注定会是消化不良的结果，能用好阿马尔、萨米和谢里夫足矣；在沙特、阿联酋这些本来就是以外来劳工干活为主的国家与其使用印度人、斯里兰卡人去充本地员工的数，还不如就使用中国人；而在伊拉克、伊朗这样教育水平并不低的国家就应该大胆依靠本地人。

他亦认为这个阶段人员的流失并不可怕，总会有个大浪淘沙的过程。

老韩被调到伊拉克做服务主管基本上是一把牛刀在杀鸡。

他请他的足球队吃烤鱼，邀请钱旦做嘉宾。钱旦纳闷，在埃及从来没见老韩踢过球啊？老韩的球队几乎全是伊拉克本地人，他坐在中间谈笑风生，钱旦则抓紧时间吃鱼。苏莱曼尼亚的鱼来自附近杜坎湖，厨师把它们从背上剖开，去除内脏但不刮鱼鳞，然后用铁架夹好，竖立在柴火边烤。烤鱼只烤一面，慢慢熟透后加些西红柿、洋葱片什么的做佐料，入口香嫩，肥而不腻，算是伊拉克一道名菜。钱旦来了两次苏莱曼尼亚，吃过几次烤鱼了，每次好不容易等到它们被大铁盘盛着端上了桌，他都是脸上淡定，心里雀跃，食指大动。

他以为工作压力小了，老韩是轻松、快乐的。一天黄昏他们去了阿兹马山，阿兹马是苏莱曼尼亚郊外的大山，在山顶可以俯瞰城里渺小的建筑和人。老韩站在旱季枯黄里，忽然对钱旦说："我准备过完今年就离开公司，离职报告已经写好了。"

不等钱旦反应过来，他轻轻叹口气，问到："你说人生的意义到底是什么?"

钱旦想老韩是被调动到伊拉克以后有了彷徨的时间吧？人生的意义究竟是什么呢？他知道老韩心里一定已经有了自己的答案。他望着眼前连绵大山和山下饱经沧桑的苏莱曼尼亚，只觉得人何其渺小，人生何其短暂，纵使有再多精彩或者无奈，人们终究只是这个蓝色星球上的匆匆过客，赤条条来终会赤条条去。也许，"曾经来过"就是生命的最大意义了。

钱旦想说"开心就好，人的幸福全在于心的幸福"，但终于还是什么也没有说，只是沉默在伊拉克的暮色里。

下山路上钱旦接到王海涛电话，林汉出车祸了。

那天中午林汉见到公司食堂有螃蟹吃，他把自己喂饱之后想起了在"埃及四牌"的几个兄弟。于是，他打了包准备给王海涛他们送过去。阿拉伯人干什么事情都不急不躁，开车除外。送林汉的埃及司机一样把车开得飞快，在尼罗河的大桥上撞车了。

王海涛说林汉没有生命危险，但也伤得不轻。

第二十七章

2007年6月30日，钱旦回到了开罗。

林汉在车祸中头被撞破了、一条腿骨折、肩膀上也撕了条口子，所幸医生说能痊愈，不会留下后遗症。他已经出院了。

钱旦打开宿舍门，林汉因为受伤剃了个光头，正以一种别扭的姿势躺在沙发上。电脑放在茶几上，他在看那一年伟通公司里最流行的电视剧"亮剑"。不等他俩打个招呼，一个女声从厨房里传来："好了，鸡汤好喽!"

小雨从厨房走了出来，双手端着一锅汤。她见到钱旦脸一红："老旦，回来得正是时候，喝汤。"

林汉伸手把电脑合上："小雨一大早就去7街买了鸡，煲了一天了，真正的老火靓汤。"

小雨走了以后钱旦推开林汉卧室门，"不错呀，因祸得福了。”

林汉自得地说：“安拉帮我安排的苦肉计啊！我这伤其实都不算重，但是多，看上去吓人。那天她去医院看我，我躺在床上包着头、裹着肩膀、吊着脚，她看了半天不知道怎么办，抓着我这只好手就哭了。她一哭，我心里就得意地笑，连伤口都不疼了。”

林汉突然收起了得意，哭丧着脸，“好景不长，她要去苏丹了。”

“是吗？出差还是常驻？去多久？”

“调动！没天理啊！把个女生往苏丹调。不过她说她乐意，说地区部也是机关，要去代表处一线多学些东西。”

林汉忧心忡忡，“旦哥，你不知道苏丹那帮兄弟，一个个如狼似虎，上次有个 MM 调过去，天天有人排着队请她吃晚饭，请她喝果汁。那个 MM 不到一个月就被人搞掂了。”

钱旦不以为然，“没那么严重吧？这也要看人来吧？小雨还是比较踏实的。要么，你委托曹松罩着她？”

林汉夸张地说：“曹松那家伙老是公然叫嚣自己还是处男，谁知道他真的假的？”

他嘿嘿笑了两声，“不过，我已经打探清楚了，曹松回去过春节时相亲了，据说对一个姑娘一见钟情。我今天刚在 MSN 上和他聊过，如果他帮我护好花，小雨能全身而退，我重重有赏。要么你把曹松放回北京去，把我调去苏丹吧？”

“那可不行，江湖上传说老莫越来越喜欢你了，看你的眼光都基情四射了，换个人不一定搞得掂他。再说了，苏丹也不会放曹松走啊！”

林汉叹口气，“她后天就走，都等不到我伤好。”

他接着告诉钱旦："最新消息，老莫要走了。"

"是吗？去哪里？"

"据说他要被ES调去印度了，我们在印度和ES有新项目。"

"是吧？总算离开我们的地盘了，印度的兄弟要接受挑战了。"

老莫告别埃及前去了机房，与正好在那里的几个伟通工程师依依惜别。王海涛说看上去他动了感情，自诩给予了伟通很多帮助。钱旦想不知道老莫是不是真感伤，但是，他的精明、执着、不近人情的确在客观上促进了大家的进步。

接替老莫的客户主管叫艾哈迈德，大家心里想着老莫，就称呼他为老艾。

老艾刚到开罗没几天，"埃及四牌"的伟通设备又出了事故，这一次是伟通自己的软件有Bug导致了事故，业务中断了十分钟。

老艾对事故并没有太大反应，只是职业性地要求伟通查明根因，他表示事故恢复及时，并没有打破合同承诺的SLA（服务等级协议），所以无须做额外的追究。大家在议论老艾的通情达理，钱旦关注到的是他对SLA的重视以及映射出来的契约精神。伟通和ES的合同中SLA承诺的重大事故恢复时间是两小时。

钱旦做了个测试，他给各个代表处YR产品服务部的负责人以及几张关键网络的责任人打电话，一一问他们在和客户签订的合同中承诺的SLA是什么？问十个人有九个回答是"不知道"，甚至还有人反问他"SLA是什么"，他追问大家："不知道SLA，那依据什么给客户提供服务呢？"答案要么是"越快越好"，要么是"拼尽全力"，钱旦觉得又是缺乏专业精神的政治表态。他决定自己接下来要推动大家"读合同"，工程交付要读合同，维护服务也要读合同。先养成读合同的习惯，再想办法进一步提升契约化交付的意识和能力。

也不知道是伟通跑得太快给员工带来了更大的压力，还是从房价到猪肉价格的暴涨令年轻人对未来彷徨，伟通员工中患忧郁症、焦虑症的人不断增多。公司老板写了篇“要快乐地度过充满困难的一生”，呼吁员工“懂得高雅的文化与生活，积极、开放、正派地面对人生”。

公司安排了个心理医生来开罗和大家座谈。钱旦听人说得抑郁症的往往都是优秀的人，例如张国荣、三毛。他以为真要有了抑郁症，不是读读老板讲话，喝两碗心灵鸡汤就治得好。因此，他去认真听了专家讲座，记住了医生对精神疾病症状、治疗的介绍，也记住了医生说的不少话。譬如医生说人生到了中年就像长江流到了下游，虽然不再有上游的跌宕起伏，中游的九曲回肠，但是可以欣赏沉静的美，何况沉静的表面之下往往蕴藏着更大力量。譬如医生说人生动量守恒，有失就有得，他从医几十年从来没有遇见过又懒又蠢的病人，心理有毛病的大多是聪明人勤快人。譬如医生说别看你们现在坚强，弹簧绷久了总有一天会出毛病。

钱旦才 32 岁，自觉仍然抓着青春的尾巴，离中年尚远。他对照了一下医生所说，认为自己除掉偶尔关了房门下了楼之后仍会惦记着门到底是不是关上了，没有其他心理疾病的蛛丝马迹。部门员工中似乎也没有不正常的人。钱旦觉得自己最大的健康隐患还是缺乏锻炼，或者说根本就没有任何体育运动的习惯。他决定每周去迈阿第俱乐部游一两次泳。

苏琳听钱旦说起他的健身计划，建议：“到了冬天你就跟我去打网球啊！”

钱旦和苏琳一起跟着她请的教练打起网球来。在迈阿第俱乐部打网球每个小时场地费 40 埃镑，教练费 40 埃镑，合计折合人民币一百块钱左右，比起国内算便宜很多了。钱旦总是打不好，始终停留在需要教练喂球的阶段，但每周在红土地上打一两次球，每次出一身大汗，再加上苏琳在旁边又跳又叫，夸张地为他加油，他发现这真是放松身心的好方法。

秋天到了。

国内的国庆黄金周刚过，总部就给海外各技术服务部出了道难题，公司要求 12 月 31 日之前在海外服务领域停止所有国内合作方的使用，清理所有与中国合作公司的服务合作。

过去三年与中国合作公司的合作一直是伟通海外地区部缓解资源压力，保持资源弹性的重要手段，来自国内的合作公司是他们攻城掠地的重要伙伴。钱旦组织中东北非 YR 产品服务部做了梳理，在各个国家为 YR 产品线工作的国内合作方工程师超过了 90 人。公司有战略层面的考虑，有合法合规经营的更高追求。并且，涉及敏感的采购业务，他们更要执行公司指令。但是，要在三个月内把超过 90 个能讲中文的工程师送回家，给业务带来的压力可想而知。

钱旦从老马那里领了任务，召集各个代表处 YR 产品服务部的主管电话会议讨论清理计划。

曹松发言："全世界出租车司机都是巴基斯坦人，全世界佣人都是菲律宾人，全世界程序员都是印度人，我们为什么不能把全世界电信工程师都变成中国人啊？这才是真正的全球化视野，全球一盘棋的分工合作嘛。"

钱旦一时没法反驳他，只能说："好了，别扯这些了，我们这些人在公司存在的价值就是解决各种难题，并且是在'IF'下求解，'IF'的事情我们常常决定不了，我们来讨论'THEN'的事情吧。"

他已经有过思考："大家不要空谈原则了，把 90 多个人一个一个地看，一个一个地标注切换计划。分成三类，第一类公司给了政策，也和合作公司达成了谅解，部分优秀的人统一招聘进伟通，例如苏丹的小军小伟就得搞进来；第二类用本地员工替换或者内部挖潜，直接释放掉；第三类你们自己潜规则，以本地员工身份就地招聘进来，解了燃眉之急再从长计议。”

大家很有狼性，不仅择优以伟通中方员工的身份录取了 20 多人，通过了总部审批，还以本地员工身份就地招聘了一批人，甚至借机去挖了在其他区域工作的合作方员工。国内某代表处的经理千里迢迢打来电话，抱怨中东北非有代表处在挖他们的人，钱旦嬉皮笑脸说了很多好话，获得了人家的理解。公司干部部的同事打来电话，警告钱旦注意以本地员工身份招聘中国人的风险，钱旦硬着头皮说：“我们招聘的人都是有当地工作签的，合法合规，你说在沙特招印度人和招中国人有什么不同？你们总部管杀不管埋，我得又当爹又当娘地张罗啊！”

解答了合作切换的题目，钱旦接下来要解答是“分家”的题目。

伟通在中东北非生意越做越大，公司计划在 2008 年将中东北非一分为三，分成北非、中东、西北非三个地区部。钱旦须在 2007 年底前拿出 YR 产品服务部的分家方案。

钱旦热爱自己在伟通的工作，很重要一个原因是每次回头望，都认为现在的自己比一年前的自己又有了进步。能令自己始终有进步无疑是一份工作给个人的最好激励。而过去两年进步的不仅是他，还有他团队的兄弟们。他相信“分家”的题目不难解答，无须公司空降任何干部，自己的团队完全可以分兵三路，齐头并进。

他准备安排宋扬负责中东地区部 YR 产品服务部。宋扬在 2006 年底从埃及调去了沙特，代表处产品线的业务在他去了以后有非常大的改进。宋扬最大优点是心态开放，总是在观察、在学习、在提高。在伟通最重要的就是开放、学习，因为公司很大，业务覆盖很广，很多难题其实都有旁人或者前人探索过、实践过，举一反三是作为主管最基本的素质。

钱旦没料到宋扬的任命在地区部和产品线都遭遇到质疑，大家质疑的是“宋扬脾气不好，合作性不好”。

俗话说：“问题出在前三排，根子还在主席台。”“脾气不好”在伟通从来不是大问题，“亮剑”里李云龙脾气也不好，但“李团长”是那一年伟通大小主管的偶像。伟通公司刚刚针对领导作风搞了一轮“批判与自我批判”，大大小小的主管轮流上台自我批判，并接受上级、同僚和下属的批判。结果，十个人中有九个的缺点是“脾气不好”。他们的“脾气不好”往往是因为对比自己弱势的人“追求完美”，所以对下属、同僚脾气不好；宋扬的“脾气不好”是因为对公司流程、要求“追求完美”，所以对上级部门脾气不好。钱旦也领教过，如果对自己的要求有异议，宋扬会毫不犹豫指出：“你觉得这样做有意义吗？这不是形式主义吗？”但他也常常看到宋扬在办公室坐到深夜，脾气非常好地远程指导异地的同事处理问题。

钱旦坚持要用发展的眼光看人，他相信自己的眼光，相信宋扬的潜质。11月份他特地去了一趟沙特，和中东的骨干们规划未来，亦和未来中东地区部负责服务的领导就人员安排达成了共识。从利雅得回到开罗，钱旦固执己见，说服两个“婆婆”接受了自己的方案。

另一个意外来自曹松，苏丹计划让曹松离开 YR 产品线，去负责南部的交付与服务。苏丹虽然已经南北统一，但是貌合神离，两边的来往并不方便。伟通在南部设置了办事处，本来只是常驻了两三个人，半年前却签了个大单，交付压力越来越大。代表处讨论来讨论去，决定安排曹松过去担纲。那边生活条件更艰苦，还有疟疾。钱旦打电话给曹松慰问，曹松呵呵一笑："代表处找不到别的合适的人了，我不入地狱谁入地狱？"

在分兵三路的同时还要输出一员大将，钱旦断定自己来年仍然会"永无宁日"。

第二十八章

一个虔诚的穆斯林一生中该去位于沙特阿拉伯的圣城麦加朝觐至少一次，这是伊斯兰教徒念、礼、斋、课、朝五功之一，也是世界各个角落穆斯林的人生理想。

朝觐时间通常在每年伊斯兰教历第十二个月的哈吉节期间，信徒们从四面八方而来，聚集在麦加附近，搭建帐篷而居。整个朝觐过程延续三五天，直到哈吉节结束他们才依依不舍地离开麦加附近，踏上归途。

每年哈吉节从各地蜂拥而至的穆斯林数以百万计。麦加城里城外基础设施建设不足，沙特政府的社会管理能力也有所欠缺，隔个几年就会在朝觐期间发生悲剧。1997 年麦加宿营地一场大火烧死了三百多位远道而来的朝觐者，2004 年因混乱拥挤造成两百多人丧生，2006 年又有三百多人死于踩踏事故。

人的拥塞还带来了通信拥塞，每年哈吉节期间沙特的几家电信运营商、设备商都压力巨大，唯恐一不小心就会发生通信中断的事故，而重大事故仍然一再在哈吉节期间出现：2003 年 L 公司在麦加地区的网络全网瘫痪，2004 年 A 公司的网络全网阻塞，2006 年 A 公司的网络再次大面积阻塞。

伟通的网络在 2005 年首次为哈吉期间来朝觐的人们提供通信服务，在伟通工程师的悉心保障下，他们的网络奇迹般地全程稳定运行。不怕不识货，就怕货比货，伟通设备给客户贡献了节日期间的巨大收入，营造了良好的社会形象，也树立了自己的品牌，促进了伟通在沙特市场的进一步拓展。从那以后，每年的哈吉节通信保障是伟通中东北非地区部的年度大戏。

头两年 YR 产品线的设备在沙特没有规模商用，哈吉节对于钱旦只意味着一次令人期待的大假期。日历翻到 2007 年末，在代表处、地区部和总部联合召集的哈吉节通信保障开工会上，沙特代表处提出的困难和求助中第一条就是："YR 产品线现场人力资源紧张，不能够满足工程和保障的需求，而且首次面对如此大话务量的冲击，没有经验可寻。需要组织进行全方位的评估和风险预测，并派出专家到现场保障。"

钱旦对每个代表处的网络情况都很清楚，他又是个实在人，在开工会上刚开口说了句"YR 产品线的设备没什么大问题"，领导就打断了他，"怎么能说没问题？肯定有问题，你放下手上其他事，亲自去现场保障。我们都得去。"

钱旦 11 月刚去过沙特，原来计划年内不再出差，待在地区部组织 YR 产品线的年度收入冲刺。但领导点了名，他决定还是再去趟沙特。

2007 年 12 月 15 日，钱旦又到了利雅得。

他仍然住在前年第一次来时住的小区，小区门口还是戒备森严，但穿过两道围墙进到院子里面感觉更加热闹了，中国人随处可见，多是伟通员工和家属。小区中间有个会所，里面网球场、健身房、游泳池一应俱全，还有桌上足球、台球等室内游戏可玩。会所二楼天台上可以喝咖啡、果汁，抽阿拉伯水烟，是伟通人就近“Team Building（团队建设）”的好地方。

沙特依然是宗教限制最严格的国家，公众场合依然见不着可以称得上娱乐的任何活动。据说此地女人们已经开始了争取平等权利的努力，钱旦估计路漫漫其修远兮。伟通公司办公楼地下停车场的电梯口挂了张公司宣传照片，是各种肤色员工在一起的和谐照，钱旦在不少地方见过这张照片，惟独利雅得挂着的这一张不一样，照片上女员工的脸被人用墨水涂黑了，算是为她们蒙上了黑纱吧。也不知道是伟通人自己主动改的还是被路人恶意涂的。

钱旦觉得出人意料的是一个一年多前从埃及调到沙特的单身汉做爸爸了。那位兄弟也算少小离家，走遍万水千山，却在最难见到女人的利雅得找到了自己的另一半。原来，一次超市偶遇让伟通兄弟们发现离住处不远的一家医院里有群中国来的女护士，一回生二回熟，花花草草的故事得以在利雅得的黑纱背后上演。

不过也有运气差的兄弟，不止一位伟通帅哥在此地遭遇过同性性骚扰。有坐出租车被司机乱摸揩油的，有晚上加完班回宿舍路上被人拦住当街调戏的，还有一位仁兄见到小区警卫架着挺机枪威风凛凛的样子，就过去边闲聊边摸那挺机枪，警卫问他的房间号他也留下了。结果，夜半传来敲门声，一开门，白天那位警卫摆出一副心有灵犀的样子就往他卧室里去，幸好是集体宿舍，房间里正好还有几个兄弟才保住了那位仁兄的贞洁。后来大家总结这事还是错在他自己身上，没事去乱摸人家的枪干什么啊！

哈吉节通信保障开工会后钱旦不再说“没什么大问题”了，他张口闭口都是“压力非常大”，从总部申请了十多个专家来沙特现场支持、加上地区部和代表处的投入，YR 产品线聚集了二十多人在哈吉节通信保障现场。宋扬请大家吃饭，二十多个兄弟浩浩荡荡去一家本地餐厅吃骆驼肉。到了餐厅门口，侍者礼貌地将他们拦住，因为餐厅只接待家庭，不接待“单身汉”。大家正在门外徘徊，宋扬带着老婆儿子及时赶到，他用手指对着人群画了个大圈，“Family，my family.（家庭，我的家庭）”，侍者立即网开一面，让他们进了餐厅。不知道沙特人是真信了这群中国人是个偌大的家庭，还是为了生意睁着一只眼闭上了一只眼。

客户满意度 = 客户感知 - 客户期望，所以要想提升客户满意度，除了通过行动和结果切实提升客户感知，有技巧地降低客户期望也是个办法。那一年哈吉节通信保障的技术总负责姓赵，是伟通公司不多的六级专家，人称“赵六”。“赵六”和钱旦是老相识，他一见钱旦走进项目组作战室就嚷嚷：“钱老板来了，你们的 RB 系统风险很大吧？怎么办呀？”

YR 产品线在沙特已经突破了 SC 和 MO 两家运营商，在 SC 的 RB 系统是产品线在沙特商用最好的业务，也是此次哈吉节通信保障对 YR 产品线挑战最大的产品。但是它提供的是增值业务，停掉它无关基本通话功能，它出了故障却可能连累基本通话功能。所以，钱旦半开玩笑半认真地说：“时局艰难啊！要不我们建议客户哈吉节期间把它下线得了。”

“赵六”却和他一拍即合，“好啊，就这么定了，我们假设 RB 系统是一定受不住高话务量冲击的，那么重要的就是制订业务应急放通方案，在紧急情况下果断停掉 RB 系统，放通业务，以降低全网负荷，确保正常电话功能不受影响。我们找个理由去和客户沟通呗。”

理由好找，按照通用公式计算，SC 提供的中继可能不够。客户接受了他们的建议，抱着 RB 业务一定会被停掉的期望迎来了哈吉节的人潮。

钱旦嘴里说压力巨大，RB 系统一定会被放通，心里可从来没有那么想过。他们在哈吉节前反复检查了设备，协调客户做了部分扩容；他们把该更换的硬件提前更换了，该打补丁的软件提前打了补丁；他们反复推敲，制订了严密的值守计划，二十多个工程师分成了 A、B 两班，二十四小时在机房值守。

网络负荷最大那天晚上，钱旦和宋扬守在 SC 的运维中心。眼看忙时就要过去，网络负荷在往下走了，他俩走下楼，在空旷里透透气。宋扬接到了王海涛的电话，“MO 的 WA 设备业务中断了！”

MO 是新进沙特的电信运营商，它的网络规模比 SC 小，YR 产品线的网上设备也不多。钱旦他们把重兵聚集在 SC 这边，MO 那边由王海涛担纲，投入的资源要少得多。王海涛是为了确保哈吉节保障万无一失，特地从埃及驰援沙特的。

钱旦和宋扬接到电话就往 MO 大楼赶，利雅得的夜很冷清，宋扬的车开得很快，他俩很快到达了目的地。业务已经恢复了，现场工程师说只是闪断了两分钟，最终用户不会有什么感知。王海涛正在和客户当班的组长分析原因，钱旦和宋扬在运维中心的办公室里站了十分钟，客户当班的组长把手一挥，“你们这么多人来干什么？好了好了，你们回去吧，别都挤在这里了！”

他俩走出了办公室，王海涛跟了出来，“没事的，我们之前一直在和客户反复确认、演练应急预案，他们的期望不是一点问题不出，而是出了能及时处理好，这个时间点闪断一次他们认为正常。我会盯着的。”

他又说：“刚才那哥们知道伟通在和 MO 谈管理服务合同，老想着将来会不会失业，会不会被转到伟通来。”

管理服务是指运营商把整个网络的运维分包给设备商或者第三方，沙特的两个主要客户都在和伟通谈管理服务合同。

YR 产品线的第一次哈吉节通信保障有惊无险地结束了。SC 公司对 RB 系统始终没有按照紧急预案实施放通感到满意，因为结果超出了他们的期望。MO 公司的 WA 业务闪断也没有引起客户管理层关注。

大家如释重负，代表处组织了庆功宴，YR 产品线也在宿舍吃了顿火锅。

火锅宴在假日最后一天的中午，大家挤在宿舍里开心地吃着、说着、欢笑着，忽然有人问王海涛怎么不在，知情人爆料说他去了麦加。钱旦知道王海涛是个虔诚的穆斯林，为他终于去了心中圣地而高兴。他脑海里浮现出大漠孤烟直，海涛同学一袭白袍踽踽独行在沙漠公路，走向曲终人散的圣城的样子。此刻王海涛的心中会为自己过去几天的废寝忘食而骄傲吗？

第二十九章

伟通公司老板的2008年新年祝词与以前祝词的最大不同是第一次有了对海外本地员工的情真意切：

“岁月不居，天道酬勤。在刚刚过去的2007年，伟通保持了稳健的增长态势，全球销售额突破160亿美元，同比增长达45%，其中超过70%的收入来自中国以外的市场。我们已与全球50强运营商中的35家建立了合作伙伴关系，在欧洲、美国和日本等市场树立了品牌并不断取得新的认可；在拉美、亚太、中东北非、南部非洲和独联体等新兴市场，我们的市场份额稳步提高，已经奠定了优势格局；在中国，我们在各运营商市场份额稳步上升，同时盈利水平显著提升。

“上述成绩，来之不易。尤其这一年来，公司外部竞争环境非常复杂，我们内部也进行了各项变革。在这里，要诚挚地感谢您辛勤的工作，感谢您对公司各项变革的理解和支持！

“目前，国际化拓展的伟通正面临着巨大的发展机遇，这也就意味着您个人广阔的发展空间。更多有志于与公司一同长期成长的本地员工，也将分享到公司业务全球发展的成果。我们已决定建立本地优秀员工定期回总部轮换工作的机制，我们将开放、鼓励更多的本地员工进入管理岗位。我们将继续完善‘以岗定级、以级定薪、人岗匹配、易岗易薪’的薪酬制度改革，同时，对本地员工的长期激励方案也正在试点之中。任何员工，无论您来自哪个国家，无论新老，只要坚持奋斗，绩效贡献大于成本，我们都将视为宝贵财富，不断激励您成长。

“为了更好地支持国际化的发展，几年来，伟通持续进行了组织结构调整和流程优化。我们确定了将英文作为公司的共同工作语言，正要求各部门加强英文语言应用，并落实到 IT 平台中。我们正在建设知识共享平台，使全球员工能更好地沟通和协作，提高工作效率。

“我们的目标是要成为网络设备的业界最佳。‘质量好、服务好、内部运作成本低、优先满足客户需求’是我们达到这一目标的四大策略。2008 年，我们要不断聚焦价值国家市场、价值客户、价值产品，同时也将加大专业服务的投入，不断增加服务收入，丰富我们未来的增长点。我们可望获得更多价值运营商的认同，伟通产品和服务解决方案将进入更多的国家和地区，我们全球的销售规模会进一步增长。我们还将进一步提升精细化和规范化管理水平，确保在规模增长的同时，获得更好的盈利能力。我相信，明天的伟通，在全球化发展中会取得更多的成功。

“展望 2008 年，我愿意和您，和全球七万余名伟通全体同人一起，继续奋斗、积极进取，共同创造更好的成绩！”

钱旦睁开眼睛，2008 年第一缕阳光正穿透窗帘，轻轻打在身上。他在号称“阿拉伯福地”的也门，在号称“也门之门”的萨那送别了属于2007年的昨夜，醒在了崭新的一年里。他从前甚至不知道也门的首都是叫萨那，订机票的时候老是不记得将要去的城市的名字。别人告诉他也门才是阿拉伯世界的起源和中心，也门人才是血统最纯正的阿拉伯人。萨那古城早在1986年就被列入了世界文化遗产，因为“它位于海拔两千二百米的山谷里，当地居民已居住了两千五百余年。在7世纪和8世纪期间，此城变成了伊斯兰教的重要传播中心。其中的政治和文化遗产包括一百零六座清真寺，十二座哈玛姆寺和六千五百间会所，全部建于公元11世纪前”。

钱旦又赖了一会儿床才起来拉开窗帘，这是一个静谧的早晨，阳光和煦，窗下窄巷里见不着人影，巷子两边的房子都是方方正正的形状，褐色墙面，再把房、窗、门的轮廓用夺目的白色勾勒，别致而耀眼。

他是在哈吉节后从利雅得飞到萨那的，住了几日，起居行走间总觉得这座城市是孤独、倔强的性格。他利用一个周末去了萨那城外的石头城，过去从来没有见到过那样长在风化而成的大石头柱子上的城堡，它完全是一副拒人于千里之外的气质。从石头城回来后去了萨那古城，它的城门令钱旦想起电影《大话西游》结尾时的那个城门，坐在城墙上晒夕阳，心里感觉不再停留在今世，而是穿越回到几千年前。萨那给他留下的最深刻印象还是住在城里的人。来的那天航班满员，同机的多是在麦加朝圣后返家的人。他随着人流一走出机场就被吓了一跳，路旁挤满迎接亲友的人，多是面相粗犷、皮肤黝黑、身材精壮的汉子，每个人腰间都是一条宽大腰带，腰带里别一把带鞘弯刀。刀有小时候家里用的砍柴刀大小，从刀柄处直直下来，过了中间位置忽然弯了个近一百八十度的弧，末端尖尖上翘，看上去仿佛一件工艺品。进了萨那城，他发现街头男人们最普遍的装束是一袭白袍，白袍外面罩一件西装，脖子上松垮垮一条围巾，腰上一条宽大腰带，腰带里一把带鞘弯刀，难不成这里满街都是“古惑仔”？原来，弯刀只是也门男子传统服饰中最重要的一个部分，也是也门文化的重要象征，据说在公元前这种英文名字叫“Jambiyah”的腰刀就开始与也门男人如影随形了。全世界男人的传统里都好宝刀名剑，不过，如今大多数男人只是摸着手机的伪金属外壳，顶多再捏支纤细的手写笔在屏幕上点点画画，世上像也门男人这样在街市里佩刀而行的不多了吧？

也门男人的“个性”不止于此，街头巷尾常有一边腮帮突出，鼓出个小肉球的当地人。钱旦第一次见到时以为是先天长得畸形的人，怕有冒犯而不敢多看，后来发现那竟是城中最流行的脸庞模样。他们是正在咀嚼卡特树叶的人。

钱旦在古老石头城边见过生长着的卡特树，细细直直弱不禁风一般的树干，椭圆的小树叶，看上去和普通绿化树没什么两样。卡特是也门最重要的经济作物，它的产值占到了全国农作物产值的三分之一强，以种植卡特为生的也门人超过一百万。咀嚼卡特树叶是大多数也门男人的美丽人生，他们常常在午后开始把卡特树叶一片片放入嘴中，慢慢嚼碎，吸其汁液，并用舌头把嚼过的残渣卷在一边腮帮处，残渣越积越多，腮帮越鼓越高，终于鼓出个怪异小肉球。卡特中富含的麻黄碱类物质能刺激神经，让人产生快感，据说嚼到后来，人会口里干渴，浑身发热，却又欲罢不能。不少国家把卡特和可卡因、鸦片划成了一类，成了禁止种植、贩卖和食用的违禁品，它的风行只是在也门。

钱旦对卡特久仰大名，到了也门就颇有兴趣地向同事们打听它的味道。有浅尝过的中国人不以为然，说它只会让人口干舌燥，“一点都不好吃”。也门本地员工哈立德把他的好奇瞧在眼里，一声不吭地出门片刻，回来时手里多了一个塑料袋，打开一看，正是“上等好货”。哈立德反复叮嘱钱旦第一次浅尝辄止，千万别吃多了。钱旦选了片看上去干净、鲜嫩的叶子放进嘴里，一口咬下去出来的味道是苦涩，多嚼几口，却有甘甜浸入喉间，再拣几片放入嘴里，苦涩和甘甜连绵交替，感觉就像喝一杯浓苦丁茶。那天下午，钱旦一边工作一边下意识地把卡特往嘴巴里放，不知不觉中整整一袋树叶都在嘴里变成了残渣。晚上，他特意多拿了一瓶水回宿舍，但是并没有等到传说中的干渴和燥热，只是身上觉着暖和一些，倒是睡得更香了。

第二天，大家听说他竟然消灭了那一袋卡特，还摆出一副意犹未尽的样子，个个都觉得诧异。钱旦笑说自己是个经不住诱惑的人，该赶紧离开也门才行，否则这世上会多一个瘾君子。

钱旦也门之行的重要目的是道歉，为他们设备最近出现的质量事故而道歉。2005 年路文涛来到也门后对维护 SOP、服务规范的重视到了“令人发指”的地步，不要说对代表处服务工程师的严格要求，就连每次有研发工程师来也门出差，只要是需要进客户机房的，他都会亲自逼着人家签字画押，承诺严守现场工作规范，不出人为事故。据说有一次他的车捎了个研发专家去机房，在路上发现专家还没承诺遵守服务规范，愣是展开个烟盒，逼着人家在上面写了承诺。每次 YR 产品线有重大升级前，钱旦不管在哪里都能接到他的电话，“你是清楚当年我是为什么被派到也门来的，你亲自审核过升级方案没有？你们采取了哪些措施确保这次升级成功？”他在也门两年，也门杜绝了任何人为事故。这次是 YR 产品线在 YC 客户网络上的 SM 产品因为软件 Bug 出了事故，他逼着钱旦到也门来给客户道歉。

他们去见了 YC 的 CEO。约的时间是晚上八点，他们早到了二十分钟，把车停在 YC 的停车场就在车上等。路文涛前几天去了厄立特里亚出差，当天才回到也门。他和钱旦聊了起来。

他介绍说：“YC 这个 CEO 好打交道，才三十多岁，早年在伊拉克巴格达大学读的书，他在 YC 的官僚中算兢兢业业，很辛苦的。我们经常在晚上到他办公室来开会。”

钱旦把话题岔开了，“你还没有搞掂啊？说来也门‘造人’的，这都两年多了。”

路文涛说：“哪有时间啊，一来就忙死了。”

“忙得没性趣了？不是说也门的蜂蜜很好，壮阳的吗？”

“你以为我没吃啊？有段时间天天吃。现在不是说埃及是风水宝地吗？过完春节回开罗造人去。”

最近两年好几个伟通同事在埃及造人成功，还有勇敢的女同事选择了在开罗的医院生孩子，所以大家都说埃及是风水宝地。春节后路文涛和老谢都要调回开罗，路文涛去地区部项目管理办公室做项目经理，老谢去地区部管理服务部做项目经理。2007 年以前伟通公司的项目经理是“位低权轻责任重”，项目不出事他们驱动服务部内部的各个产品线都难，更别说去拧合客户线、产品行销线的力量了，项目出了事首先“下课”的就是他们。2007 年以来随着对“大项目”交付经验和教训的总结，伟通越来越重视项目经理，一批优秀骨干转入了项目经理队伍。

YC 公司的 CEO 的确待人谦逊，好打交道。虽然拜访的主题是“道歉”，但他没有任何的借题发挥，只是温和而有条理地讲述着 YC 的诉求。告别时他拿出个塑料袋让钱旦带走，里面是满满一袋花生、瓜子和水果糖。钱旦回到宿舍一边坐在床边嗑花生、瓜子，一边回顾交流过程，感觉刚才不是做好了挨骂准备去给客户 CEO 道歉，倒像是去乡下走了一趟亲戚。

离开也门时钱旦没有听从路文涛的建议去买蜂蜜，他买了些咖啡带回开罗。也门有个港口城市叫摩卡，就是“摩卡咖啡”的那个“摩卡”。有考证说虽然咖啡树最初是在埃塞俄比亚高原上生长着，但它走向世界却是从隔着条窄窄海峡的也门开始。有人说是一只大鸟衔着粒咖啡树种子飞过了红海，也有人说是曾经强悍的非洲兵团把咖啡带到了也门，不管是怎样的开头，结局就是咖啡随着去麦加朝觐的人们从也门传遍了整个阿拉伯半岛，再经波斯和土耳其流传到了欧洲。今天的摩卡港早已经淤积、败落，但也门咖啡的种植和制作方式一千年以来并无大的变化。

钱旦还帮路文涛带了口大皮箱去开罗。他期待着三个老兄弟在开罗的重逢。

第三十章

2008年1月9日，伊斯兰新年，埃及人民放假一天。

钱旦请地区部YR产品服务部的几个同事在一家叫作“金库”的湘菜馆吃“散伙饭”。中东北非地区部一分为三，他们将各奔东西，去向不同的未来，有几个兄弟订了第二天的机票离开开罗。钱旦咬咬牙买了茅台酒，他真心感谢兄弟们又在一起奋斗了一年。地区部刚刚通报表彰了一批交付项目，其中YR产品线的项目不少，他们的组织绩效也在各个部门间名列前茅。

铁打的营盘流水的兵，他们没有太多离愁别绪，而是热烈讨论着公司将在2月1日生效的新的“海外补助管理制度”。新制度很复杂，但算来算去，每个人每个月可以比以前多拿几千块钱补助，算一个好的新年礼物。

伊斯兰新年过了没几天，中国新年又到了，2008年是农历戊子年，鼠年。秦辛又来到了开罗，与钱旦共度春节。

除夕是星期三，伟通放假一天，从中午开始在食堂过团圆年。开罗冬天适宜睡懒觉，他俩睡到自然醒，起床后上“新浪”“文学城”“倍可亲”等网站看了看各地的普天同庆，快到十二点才离开宿舍。他们牵手在迈阿第林荫路上走着，一路上清清静静，当然不会有国内那般的春节气氛。到了食堂，一进门“春节”迎面扑来，从国内来过年的家属不少，室内已经坐满，屋外也整整齐齐摆了好几排桌椅。大家穿得漂亮，一张张笑脸在阳光下闪耀。不管过去一年有过多少艰难困苦，彼此之间有过多少为工作而起的争执，这个时候每一次眼神交汇处只剩下了祝福。“新年好!”简单三个字一次又一次在每个人耳边响起，从每个人嘴里说出。吃完团圆饭，他们继续留在食堂看春节联欢晚会，直到北京零点钟声响起。有人张罗着燃起了烟花，可开罗的太阳还停在树梢上。

苏琳也在开罗过年，她的男朋友刘嘉嘉过来了。

大年初二是星期五，埃及的周末，钱旦、秦辛、苏琳和刘嘉嘉四个人结伴去了阿拉曼。钱旦老早就想去阿拉曼，他曾经是个军事迷，收藏了一堆《航空知识》《舰船知识》《兵器知识》，对“二战”历史尤其有兴趣。阿拉曼在埃及北部，1942 年蒙哥马利率领的英军第八集团军与隆美尔麾下的德意非洲军团在此一决雌雄。那一年英军在战场上投入了二十多万人，一千辆坦克，试图将德国人一举赶出埃及，从而牢牢控制住苏伊士运河。而在阿拉曼附近防守的德意军队有十万人，五百辆坦克以及信奉“最好的防御就是进攻”的“沙漠之狐”隆美尔。两支大军在大漠里血战十多天，蒙哥马利把隆美尔一举赶到了突尼斯边境，德国人从此丧失了非洲战场主动权。当时英国首相丘吉尔评价道：“在阿拉曼战役前，我们从未打赢过一仗；在阿拉曼战役后，我们所向无敌。”钱旦一直就想去寻访那个著名的“二战”战场，在碧血黄沙间感触一下战争与和平，但是一直没有能够成行。有次对阿马尔说起，阿马尔对他有这样的兴趣大感讶异，耸肩摊手地表示“坟墓而已”。没想到刘嘉嘉和钱旦兴趣相投，来了开罗看过金字塔后就开始打听阿拉曼。

他们四人租了一辆七人车，虽然车在高速路上爆了胎，却还是在中午前赶到了亚历山大。午饭后从亚历山大再出发，沿着与地中海平行的公路一路向西，不多久就到达了阿拉曼。夏天才是地中海边这几座城市的旅游季节，2 月的阿拉曼冷冷清清。他们找来找去，也完全没有感觉到“沙漠在热浪中抖动。它只能被看作一个被高爆炸药爆炸时产生的尘土笼罩的地方，一个被燃烧着的坦克和卡车产生的烟弄得很昏暗的地方，一个被无数枪支的火光照亮的地方，一个红色、绿色和白色曳光弹满天飞的地方，一个在轰炸中震颤的地方，和一个被双方的炮火弄得震耳欲聋的地方”。

几个人商量了一下，觉得这个季节的阿拉曼虽然有漂亮、清静的海滩，但实在是没有人气，大过年的还是不留宿于此了。继续往西去地中海边另一个旅游城市马特鲁估计也是这般冷清，他们决定返回亚历山大，回到喧嚣尘世中去过夜。回程路上倒是在当地人的指引下闯入了一座德国人的纪念馆。纪念馆用土黄色石砖砌成，八边形，像个碉堡。走进去，它有个露天中庭，一座不算雄壮的纪念碑耸立在阳光下，四周墙壁上密密麻麻地刻着阵亡者的名字，回廊里有几具石棺，一具石棺上放着的花环尚未凋谢，应该是刚刚有人来祭奠过。纪念馆里文字多是德文，楼梯边的耶稣像下见到一块石碑上赫然写着“隆美尔，1941—1943”，显然，它是德国人纪念隆美尔和他的非洲军团的所在。

他们回到亚历山大，去“Fish Market”吃了海鲜，在海滨大道上找了家酒店，四个人开了个两房一厅的套间住了下来。他们夜里睡得晚，在客厅沙发上一边看电视里放的恐怖片，一边闲聊。谈到那个冬天发生在中国南方的罕见冰冻雪灾和被堵在回家路上的人们，苏琳说“春运”是因为冷漠城市没有给外来工真正意义上的家，她认为如果每个城市都能给人更多温暖，也许“春运”就不存在了。钱旦则认为“春运”是因为在中国人传统里始终在“小家”后面还有个“大家”，无论在别处有个多么奢华的窝，到了这个时节仍然会有钱没钱回家过年，雪灾冰冻回家过年。两个人你一言我一语地争论了起来。钱旦起身走到窗前，望着黑黝黝的地中海说：“‘春运’不但会一直存在，说不定将来还会成为国际问题，没准再过十年阿联酋航空都得设个‘春运办’。中国人口可比欧洲人口加上美国人口加上加拿大人口加上日本人口的总和还要多，资源又有限，今后生活在海外的人会越来越多，一到春节他们就会惦记着回家过年。”

刘嘉嘉在专注地盯着电视里放的恐怖片，秦辛打了个哈欠，“困死了，睡觉去了。”她说着走进了卧室。钱旦在客厅多留了不过十分钟也进了卧室，却发现秦辛侧着身子似乎是睡着了。他蹑手蹑脚地脱了衣服，刚钻进被子就听到秦辛说：“舍得来睡觉呀？”

钱旦说：“我说你怎么这么快就睡着了，什么叫不舍得来睡觉呀？”

秦辛继续背对着他，“你和那小姑娘挺合得来的嘛。”

钱旦从背后搂住她，“哎呀，和我合得来的人多了，大家一起出来玩嘛。”

秦辛停了片刻，“我觉得她看我的眼神挺不自然的，不知道是什么感觉，总之不正常。而且，你嘴里和她争论，看她的眼神中却带着温柔。哼！是我们刚开始恋爱那时候你眼神中经常有的温柔，好久不见了的。”

钱旦表白：“是你太敏感了吧？哪有那么多温柔、不自然的！”

秦辛翻过身，盯着钱旦的眼睛，“你老实说，你们真的没什么?”

“没什么啦！你瞎想啥啊？别老上‘天涯’看伟通八卦了。”

秦辛没有再说话，自然的把脚往钱旦两小腿间钻，一到冬天她就把那里当作暖炉。

钱旦确实和苏琳没什么，但不知道为什么仍然觉得莫名心虚。

春节过完，秦辛就回了深圳。

3 月 15 日，钱旦去沙姆沙伊赫参加北非地区部的市场大会。中东北非分家后他属于北非地区部了。

他们住在红海边上，却把时间全耗在了会议室里，整天是西装领带，整整齐齐的装扮，辜负眼前的蔚蓝大海。他们只在每天午饭后有短暂休息，大家没有时间换身衣服就三五成群地走在海滩上，穿行在舒展于阳光下的“比基尼”中间，或者找几张沙滩椅，西装笔挺地仰面躺着，显得与周围一切格格不入。扎扎实实开了两天半会，第三天下午终于放假半天，大队人马包船出海，钱旦和两位兄弟商量了单独行动，打算就在酒店后的海里浮潜，追鱼赏珊瑚。

上一次游泳还是去年夏天，在迈阿第俱乐部的游泳池里，此刻可以亲近红海，钱旦心里迫不及待。上午会议一结束他就匆匆吃了午餐，在路边小店买了个浮潜面罩，回房间换了衣服就往海边去。每天中午被他们枯望的红海还在那里，3 月海水微凉，在水里泡着的人并不多，更多的人是躺在沙滩椅上进行日光浴。一座木头栈桥从沙滩伸向海中，一群少年在桥上嬉闹，百米开外的地方还有一座同样的木头栈桥与它平行，从海水颜色看桥的尽头该是海里深浅分明的悬崖。他决定从这边栈桥下水，沿着海沟游到那边桥上岸。

钱旦连伸手扭腰的热身运动都没有做，便兴冲冲地钻进了红海的怀抱。海水却不是想象中那般清澈，没有见到漂亮珊瑚，几只游过的鱼儿也只是普普通通的青灰色。他有些失望，又一心想找寻记忆中的美丽红海，双腿一蹬，一个人沿着海沟向远处那座栈桥游去。海里面一派冷清，不知道是浮潜面罩不好还是自己有段时间没游泳了，他总觉得呼吸不够通畅，吸一口气仿佛只进到喉咙间就停住了。他动手摆弄了一下那根塑料呼吸管，咸涩海水却涌进了面罩，怎么弄也觉得不对劲了。他索性脱掉面罩继续向前游，却发现自己站在岸边山坡上观察时对两座木头栈桥之间的距离判断出了错，它们之间隔着何止一两百米。他游不动了。

钱旦倒没有丝毫慌乱，他看见前方不远处的水面下有珊瑚礁，距离海面不足一人高，虽然知道珊瑚棱角可能把人划伤，他还是游了过去，想站在礁石上休息休息。脚触到珊瑚，并没有刺痛感觉，只是站不稳，好不容易才用双腿绞住礁石，稳住了身体。他在珊瑚礁上停留了不到一分钟就继续向前进，很快发觉自己进退两难了，四下张望，能见到的都是深深海底，再没有落脚之处，向前游到目的地已是不可能。他惊觉自己选错了方向，终于放弃了对面的桥，掉头往回游。可是，他离出发的桥也已经远了，远到看不清楚桥上人的模样。渐渐地，钱旦意识到自己每一次蹬腿划臂后前进的距离越来越短，运动的方向越来越似上下扑腾。他仍然没有惊慌，但知道自己必须做一件事情了，他开始放开嗓门喊："HELP!"

他不知道有没有人听得到自己的呼救声，只知道自己的手脚动作已经失去了协调，又一次头顶出水面望到海上仍然空荡荡不见一个人影时，他终于感觉心随着身体在向下沉，眼前所见仿佛不是真实的存在，而是一幅玄幻的画面。以前看电影总觉得故事的角色在面临危险时还能拖拖沓沓地有各种感触是剧情太狗血，那一天那一刻他的思绪却真的抽离出当下，秦辛的样子充满了他的脑海。他想起了他们的初吻，想起了云南的旅行，想起了蛇口港的告别，想起了“法老号”上的玫瑰花、尼罗河上的承诺和卢克索神庙前关于生生世世的那首诗。

眼前海面上仍是空荡荡一片，他清晰地意识到这一次奋力向上后头没有再顶出水面，就在不自觉要在水面下张开嘴的一刹那有一双手从身后把他的头托出了海面。仿佛是从天而降，他周围一下子出现了五六双关切的眼。他始终都没想明白他们是如何突然出现的。钱旦闭上眼睛，用最后力气让自己放松身体，保持住平衡，任救生员把他拖回了出发的栈桥上。

一踏上坚实的桥面，他只觉得站立不稳，就向地上瘫软下去，喉咙里满是海水的苦涩味道，想吐又吐不出来。两个救生员没有让他在栈桥上喘息，把他从桥上架到了山坡上的一张椅子上，那里应该是个服务站。有工作人员拿来医药箱，拧开瓶红药水整个往他腿上倒。他纳闷地低头一看，发现虽然在海里没有任何疼痛感觉，但腿脚已被珊瑚划得伤痕累累了。一位陌生“比基尼”递过来一瓶纯净水，他有气无力地挤出句“Thanks，I'm OK”，漱漱口，再大喝几口水，喉咙里清爽了一些，但仍然没有力气动弹。

同行的老王出现在身边，用狐疑的目光望着他，“咋了？”

钱旦心里暗骂：“你在水里爽了三十分钟，全然不知我已过了三十年啊，还要我费劲给你讲故事。”

听了他最简洁的情况汇报，老王先是恍然大悟，“难怪我好像听到有人叫‘HELP’，还以为是那帮小孩闹着玩哩。”

然后又表扬道：“不错不错，英文有进步，危急关头不是叫‘救命’，我听那‘HELP’发音还挺标准。”

钱旦挤出个苦笑，“真没面子，差点戴着个浮潜面罩在度假酒店里被淹死。”

他摆摆手，示意老王找个美女多的地方躺着凉快去，他得再就地瘫软一会儿。过不多久，又一同事路过，望了望他腿上的累累伤痕点点头，用一种貌似内行的语气说：“哟！采珊瑚去了?”钱旦哭笑不得，决定离开路边。他卯足了劲站起来，蹒跚着走去老王旁边找了张沙滩椅躺下。

第二天，他给秦辛电话汇报自己的遇险经历。末了，他说：“昨天最后关头脑海里全是你的样子，我又确信了自己对你的爱。”

秦辛敏感地问：“怎么？你才确信啊?”

钱旦说：“不是才确信，是又确信、再确信、更确信。”

秦辛在电话那头长嘘了口气：“我不管你是什么确信，我刚才越听越觉得后背发凉，从后脑勺一直凉到尾椎骨。我不能想象这个世界没有你。”

第三十一章

钱旦、老谢、路文涛终于在开罗重逢。

他们的办公楼从迪格拉广场边上搬去了 11 街，离宿舍有了些距离。那天钱旦加完班下楼正好遇见老谢，钱旦建议："我们去喝点东西，抽抽水烟吧，带你去个新地方，55 号。"

"55 号"是 9 街上一家阿拉伯式的 Bar，可以抽水烟，喝果汁，吃冰淇淋，还有大屏幕放足球赛。他们打了电话给路文涛，在"55 号"坐了二十分钟，路文涛浑身是汗地跑了过来。他往桌子上一趴，哀叹道："累死我了，都要跑到吐了。"

老谢憨笑着说："来杯芒果汁？叫你来，你也不用这么实在，不用跑着来见我们嘛。"

路文涛说："芒果汁加冰淇淋！谁说我是跑着来见你们？我刚开始跑步，跑了十分钟就接到你们的电话，一路跑过来才跑够半小时，算完成了今天的锻炼计划，累死了。"

钱旦取笑他，"跑半小时没用，减不了肥，至少要连续运动四十分钟才能够燃烧脂肪。”

路文涛故作不屑，“谁说我是减肥？你们两个烂身材都不减肥我减什么肥？我这是为了提升精子质量！”

路文涛的妻子很快就要过来，两口子下了决心在开罗冲刺造人。钱旦依然取笑路文涛，“唉！这也是一个人生悖论啊！你年轻、精子质量好的时候干吗去了？那时候就担心这次不会怀孕吧？这次不会闹出人命吧？现在老了，又天天担心是不是精子质量下降了？”

2008 年 5 月 12 日，开罗阳光明媚，云淡风轻。钱旦早上一到公司就坐在会议室里开会，眼看过了十二点会议还没有结束的迹象，他觉得头晕脑胀，走出会议室绕着办公区兜圈。

“虾头哥”从突尼斯调到了北非地区部，钱旦总爱在休息时去招惹他。他走到“虾头哥”身后，“吃饭不按时，工作肯定有问题，说明一个上午没动脑筋，消耗不够，所以不觉得饿。”

“虾头哥”头也不回，“四川地震了，好像死了几十个人了。”

钱旦凑了过去，“虾头哥”在上网看新浪新闻。钱旦看了看，想起了苏琳。他拨通了她的电话，“四川地震了，你打电话回去问问没？”

“我打过电话了，家里没事，不过好像地震挺严重的。”

第二天钱旦才知道北京时间 12 日 14 点 28 分发生在汶川、北川的地震造成了极大损失，到 13 日统计的死亡人数已经超过了一万二。那几天他和林汉每晚回到宿舍都会打开电视机守一阵子，看看国内来的报道，两个大男人常常情不自禁地擦着自己的眼泪。

夏天，因为要盯着几个重要的交付项目，钱旦马不停蹄地去了苏旦、伊拉克和叙利亚出差。

两年不见，苏丹代表处变化很大，食堂变得窗明几净，不再有苍蝇横飞。连续几十天只吃一道土豆烧牛肉的日子一去不复返了，如今吃得到魔芋豆腐，喝得到王老吉。晚上回宿舍竟然没有停水，洗澡洗得从容，还可以和几个同事坐在客厅沙发上看看凤凰卫视。房间里面网络速度也比以前快。比其他代表处更胜一筹的是公司出钱请了清洁公司，员工可以享受免费的洗衣服务。办公室门口还摆了台自动擦鞋机。

曹松离开 YR 产品线后，小军接替他负责 YR 产品服务部的工作，一切仍是井井有条。

曹松在南部，钱旦没有见到他，但听人说他终于不再自称“处男”了，他五一节回国休了个假，和去年春节相亲时一见钟情的那位姑娘结了婚。

钱旦住的宿舍恰巧在陈永生宿舍隔壁。晚上，两个人坐在陈永生的房间里，钱旦关切地问：“你长胖些了，不过脸色不好。”

陈永生呵呵一乐，“虚胖，锻炼得少。”

“现在压力小些了吧？你们终于把汉新赶走了哈，这次的 G 网项目我们是独家中标吧？”

陈永生找出两个纸杯，又从墙角拎出个小塑料桶放在桌子上，“椰枣酿的酒，喀土穆的生活越来越好了。”

他满上两杯酒，“斗了三年，终于把他们打跑了。2005 年，ST 拿到移动牌照后是汉新忽悠他们建 C 网的，当时其实是我们处在下风，首都的份额是人家的，我们主要是在首都之外的农村。C 网虽然覆盖比 G 网好，但是终端类型少，国际漫游又成问题，我们一直在引导客户建 G 网，这次终于搞掂了。独家中标，竞争对手出局，兄弟们的付出终有回报了。”

陈永生说这些话的时候，显得并没有那么轻松快乐，倒是有几分沉重。不过，这种沉重也没维持多久，就被钱旦的赞叹声压过了。

两个人把酒言欢，直到装酒的小桶见了底，这时已经很晚，钱旦起身告辞，他离开时走到门外又转身回来，“我上次回去体检，检出高血脂、脂肪肝了，你体检没问题吧？”

陈永生答道：“我有两年没体检了，懒得去医院。”

钱旦的第三次伊拉克之旅终于不用绕道迪拜，可以搭乘从开罗直飞苏莱曼尼亚的航班了。他中午十二点从开罗准点起飞，下午两点在苏莱曼尼亚按时降落。这一次与前两次曲折、漫长的旅程相比，体验是云泥之别。

大刘和老张前后脚调动回国了，代表处 YR 产品服务部的经理变成了本地员工巴哈。巴哈一见到钱旦就把他拉到自己电脑前，指着一封邮件连声说“谢谢”。不久前他获得了公司金牌员工奖，钱旦发了个邮件祝贺，奉承他是产品线的“TOP GUN”。巴哈说他把邮件拿去给新结识的一位做牙科医生的女朋友分享，告诉她自己是公司的“TOP GUN”，女孩很开心，很为他骄傲。钱旦没有想到一封邮件两句赞美不但鼓励了巴哈更加努力工作，还帮助他在心爱的女孩那里获得了加分，他反思自己还是太吝惜赞美了。

老韩离职走了，据说他已经离开了通信行业。

正逢伟通公司和在伊拉克最大的客户 AC 公司的合作年会，大会收集了几年合作过程中的经典照片，做成 Slides 在大屏幕上放。伟通是在战争结束后第一时间进入伊拉克的，和此间的客户算是患难之交。其实，不管是在国内还是在海外，伟通公司走的都是“农村包围城市”的道路，都是先进入西方友商看不上的偏远市场，再一点点突破主流市场的主流客户。也正因为此，伟通在一线从事销售和服务的年轻人付出得更多，他们在世界各地的艰苦环境中流下了太多的汗水，也留下了一个个坚实的脚印。

那趟出差钱旦呆得最久的是叙利亚。

叙利亚代表处的宿舍人满为患，钱旦在老城旁边一家酒店里住了几天。他在大马士革的第一天早上就有了不那么令人愉快的遭遇。那天他起得早，一个人坐在酒店大堂等去办公室的车，渐渐生出些等候的无聊时，电梯又送下来一家六口人，爸爸、妈妈、三个孩子和一位老人。两个小男孩一出电梯就在大堂里绕着圈子追逐打闹，女儿、妈妈和老婆婆站在一隅私语，做爸爸的一屁股坐在他旁边，和他攀谈了起来。他们是来自伊朗的一家人，到叙利亚来度假的。听到钱旦介绍自己是中国人，职业是“工程师”时，那位面相慈祥的中年男人突然变得严肃起来，甚至有些激动，他连珠炮一样向钱旦发问：“既然你是中国来的工程师，我要问你几个问题，为什么我的中国手表买了不到半年就不走了？为什么我帮妻子买的中国包用了不到半年带子就断了？为什么我的中国插线板差一点把我的房子给烧掉了？你是中国人，你是工程师，你能告诉我为什么吗？”

钱旦本来想着和他扯扯闲谈打发时间，哪里料得到刹那之间就晴天转雷雨了。“中国人制造一切”，这是近两年海外朋友听到他是中国人后最常用的恭维话，但来自中国的劣质产品的确随处可见，败坏了中国人聪明、勤奋的好名声。钱旦在埃及曾经遇到一位出租车司机一本正经地对他说：“过去中国人好，中国货也好；现在中国人好，中国货不好了。”在沙特也曾经有位洗衣店老板向他对比两支圆珠笔，一支是中国制造，一支来自日本，一眼看上去中国笔的质量就差了个档次；在伊拉克宿舍里也看到过破破烂烂，让他都不敢把电脑电源插进去的中国产插线板。中国人当然不是只生产劣质产品，他只恨一些唯利是图的人在给中国货打上粗制滥造的标签。

他心里生出几分惭愧，嘴巴上却还对着伊朗大叔强词夺理，“中国地方太宽广，人太多，每个人的需求不一样，有人更看重质量，不在乎多花几个钱，有人更在意价格，对质量要求不高，所以我们的东西是分等级的，有高品质产品，也有质量差一些的。你买的都是便宜货吧?”

老爷子怒气未消，准备反驳他，年轻漂亮的女儿见状走了过来操着流利的英语打圆场，“他只是一个工程师，哪能把中国货的问题都怪他啊!”

伊朗大叔忍住没有再开口，但钱旦那个早上的好心情已经被少数不争气的同胞破坏掉了。行走在他乡，不管愿不愿意，他们每个人都是中国的形象大使。

本地同事阿贝德带着钱旦和两个中国同事去了趟哈马出差。

哈马是叙利亚第四大城市，据说早在新石器时代就已经有了人类活动。20世纪七八十年代这里是反政府武装大本营，政府军曾经出动战机、坦克对哈马发动全面进攻，经过二十多天的血腥屠城，古城几乎完全被战火摧毁，如今的哈马是一座新城，只在奥伦提斯河畔还留着一些老巷和它的城市名片——大水车。

那些木头水车直径有一二十米，是罗马帝国传进来的农田灌溉技术。阿贝德说它们现在还被用来汲水灌溉农作物，钱旦将信将疑。那里不像田园，更似哈马人凭栏怀旧的河畔公园。最后那天下午，他们完成了工作任务，沿着奥伦提斯河边的绿地走了走，去分辨哪些水车是真正的古物，哪些只是后世的模仿。然后，一行人钻到对岸旧城窄巷里去逛了逛。小巷阳光斜斜，路人寥寥，幽静里传来的吱吱呀呀声把他们带进了一个做水车纪念品的作坊。作坊里面，两个老工匠心无旁骛地刨着木头，不急不忙的样子仿佛只是为了把人生的最后时光在此消磨掉。他们又遇到个卖古旧小玩意儿的杂货店，走进去逗留半晌也没有别人进来，老板坐在门口晒太阳，根本懒得搭理他们几个。这巷子是被人们遗落在河边了吧。

钱旦看看手表，示意该动身回大马士革去了。阿贝德却说哈马城里有家非常不错的冰淇淋店，提议去买冰淇淋。几个中国人欣然同意，阿贝德却先去了家超市，要了个泡沫塑料盒，就像钱旦小时候见到的沿街卖冰棍的人背着的那种盒子。看来，阿贝德不只是想吃吃而已，他还要从哈马带冰淇淋回大马士革去，两个城市可是有着超过两百公里的距离。钱旦问阿贝德："这里的冰淇淋比哈密地亚市场里那家'Bakdash'的还要好吃吗?"阿贝德毫不犹豫地回答了一个"Of course"。

冰淇淋味道的确不错，他们吃饱了后帮阿贝德装了满满一盒子，然后就往大马士革赶。钱旦有些累了，靠在座椅上打了个盹，隐约想着一个阿拉伯大家庭热热闹闹分享两百公里外来的冰淇淋的情景。迷迷糊糊时，手机响了，是一个准备调动过来的新员工从国内打过来的，那位新员工心里纠结中东局势，打电话过来唠叨叙利亚是否安全、基本生活是否有保障之类的话题。钱旦眯眼望着夕阳下面的金色大地，耐心地劝他"先过来再说，眼见为实"，瞌睡全无了。

他瞟了一眼阿贝德，阿贝德驾驶的样子格外专注，再瞥一眼时速表，一百五十公里！他想叫声"Slow down（慢一点）"，又忍不住享受速度的快感，还是没有出声。路上的车并不少，阿贝德左冲右突，超过了一辆又一辆车。遇到一辆不肯让道的，他们追在人家屁股后面，两车相距不过十米，紧咬了近十分钟才找到机会挤了过去。阿贝德得意地哈哈两声，问钱旦："刚才买冰淇淋是几点钟？"

他一问这个问题，钱旦便觉得这位老兄是为了那盒冰淇淋在狂奔，忽然间就直觉冰淇淋未必是为了一个阿拉伯大家庭，于是问他："你老婆很爱吃冰淇淋吧？"

阿贝德语气里透着温柔，"这些冰淇淋她一个人吃都吃不够哩。"

钱旦想自己没有猜错，无论古今，不管东西，爱情故事里始终会有一束鲜花一盒糖果点心的简单浪漫。他开始为那一大盒冰淇淋祝福，希望它能色香味形俱全地抵达大马士革某扇房门之后，给门内那个女人送去一个温馨夜晚。他随手拧开车上的收音机，阿拉伯人的情歌不管旋律是忧伤还是快乐，歌词里面总是有太多的"哈比比（亲爱的)"。两个人的世界里未必总会有海枯石烂的盟誓，一茶一饭的长久也同样难得。他又问自己，会一辈子为一个女孩主演这样的冰淇淋时速吗？

第三十二章

2008年8月8日，下午钱旦和老谢、路文涛、“虾头哥”等一帮超过30岁的老男人在231街那家意大利餐厅看北京奥运会开幕式。30多岁在不少地方只能算年轻人，在埃及的伟通人中却可以算老男人了。伟通是个年轻的公司，他们身边有太多初生牛犊。

8月8日正好是路文涛的生日，他们分了蛋糕。钱旦问：“你老婆怎么还不来？你跑步跑了几个月了吧？”

老谢嘴里塞着一大块蛋糕，吐字不清地说：“你出差出太久了，他早就不跑步了，他老婆也不来了。”

钱旦奇怪了，“咋了？婚变了？”

路文涛踹了他一脚，“变你个头啊！搞定了，我老婆怀上了，来不了啦。”

钱旦仍然没想明白，“你老婆是3月份从也门回国的，你是3月份从也门来埃及的，今天是8月8日，谁帮你搞定的?”

大家哄堂大笑，路文涛咬牙切齿地说：“谁告诉你是现在怀上的? 就是3月份从也门走的时候怀上的，四五个月了。”

伟通的海外员工中不少人是30岁左右年纪，他们既做好了常驻海外至少三年的计划，又抱着迟早要回国回家的打算；既有自己在工作之外的情感和家庭，又受到公司规章制度的约束，不少同事把自家的“造人计划”安排在了生活在别处的日子里。大家在一起最常闲聊的话题之一就是各种各样关于造人的段子，一起聚餐时总会遇到有人上一场豪情万丈，这一顿就倒扣酒杯，声明“封山育林中”。路文涛为了生个健康孩子听从各方“专家”教诲，戒酒戒了两年多，每次聚餐大家都会放他一马。穆斯林不喝酒，他也不需要以酒来应酬客户。不过，他们两口子却一直没能如愿以偿，老谢戏谑说他俩是长期搞混淆了安全期和排卵期。告别也门前夜，代表处同事欢送他，有人拿出了私藏的五粮液，他一时性起，开戒喝了好几杯。回到宿舍酒后乱性，却是一击即中。小两口心里有些担心，不知道喝下的五粮液会不会对宝贝的健康有影响，但随着时间的推移，期盼和欣喜已经替代了担心。

刚看完奥运开幕式钱旦就接到苏琳的电话，她约他晚上去“Casino”坐坐。

两个人又坐在最靠近河水的老位置上。钱旦还在回味开幕式，苏琳却对这个话题提不起兴趣，她问钱旦：“你结婚是因为爱你老婆，还是因为爱你自己?”

钱旦一愣，“这又是什么怪问题?”

苏琳脸上没有了一贯的浅笑，微翘着嘴，“我这段时间在想我究竟是因为爱他还是因为爱我自己。”

钱旦问：“你们闹别扭了吧？两个人在一起难免会闹别扭的。”

苏琳对他的话不置可否，“上次他来开罗过年，两个人天天在一起，我却突然产生了这个问题。我在想自己与全家人作对，坚持要和他在一起，到底是因为太爱他，还是因为太爱自己，只是要给自己这么多年的坚持一个说法？我长这么大事事顺利，从来没有输过什么。最近我爸妈开始接受他了，一是因为地震以来他表现优良，我妈觉得他已经成长为一个有担当的男人了；二是因为他在淘宝上卖卤味卖得有声有色，算事业有起色了。”

钱旦插话：“在淘宝上还能卖卤味？”

“你 Out 了吧！现在淘宝上啥都可以卖，他收入终于高过我了，我妈还爱吃他们家的卤味哩。但是，这个问题却越来越萦绕在我心里了。你不是说向你老婆求婚求了很多年，那你到底是因为真的爱她，还是到后来变成为了坚持而坚持，为了不服输而坚持？”

钱旦真没琢磨过这么高深的问题，“这有差别吗？”

苏琳突然又笑了，“你说刘欢今天唱主题歌穿的那身衣服，也太随意了吧！”

钱旦想这姑娘思维跳跃真快，也乐得跟着把话题转回奥运会。聊了一会儿，苏琳望着他，带着点调皮，又似乎是认真的，“也许是因为我在拿他和你比吧！俗话说就怕货比货，春节我们去阿拉曼，我心里在悄悄地拿你和他比，我和她比。我们是闹别扭了，他总催我回成都，但我挺喜欢现在的工作。我总觉得如果换成你，你就会理解我、支持我，是不是？”

钱旦故作淡定，“别瞎比，他是不放心把个如花似玉的你放这么远，说明他爱你。”

晚上回到宿舍，钱旦从冰箱里翻出罐“SAKARA”，关了卧室门，坐在写字台前胡思乱想。他确信自己是爱秦辛的，但苏琳在自己心中的地位显然和别的朋友不一样。他想，苏琳意味着诱惑吗？还是……他想起了红玫瑰和白玫瑰的说法，秦辛成熟，但思虑太多，而苏琳的心事总是透明的，和她在一起总是会不自觉地放松自己。

放在桌上的手机响了，是短信提示，苏琳说：“不能说我们相见恨晚，我和他是上初中时就认识了，上高中就恋爱了，如果上帝让我上小学时认识你，那也没用啊。”

钱旦想了又想，回了一条：“早点睡吧，别想那么复杂的问题，珍惜已得到的。”

9 月 14 日，中秋节。

苏琳回国休假了，那天之后她和钱旦仍然像以前一样偶尔见个面，吃个饭喝个果汁，她常兴致勃勃地介绍刘嘉嘉的卤味新品。刘嘉嘉仍然总说想让她早日回成都，她就决定放下工作，请了年假回成都过中秋和国庆去了。

钱旦约了老谢、路文涛去尼罗河的帆船上赏月。数百年来，这种叫作“Feluccas”的帆船一直是尼罗河上最重要的交通工具，如今虽然已经不再需要它们运粮送人，但从阿斯旺、卢克索直到开罗，依然到处可见白帆点点，它们是去埃及旅行的人们重要的异域体验。在开罗几年，钱旦记不清楚自己经历过多少次帆船之旅了，为了看风景，为了吹吹风，为了招待祖国来宾，还参加过在帆船上召集的“Workshop”。他们三人从“Friday's”附近上了船，订了两小时，也没提任何要求，就让船夫在河上随意漂流。老谢和路文涛在船中央，一人躺在一边的靠垫上，钱旦则躺在船头甲板上。风很大，船夫张满了帆，哗哗的水声贴着他耳边奏响，偶尔浪花飞溅上脸庞。钱旦说："产品线给我打电话了，问我什么时候能回去，我觉得回去没啥意思，你俩呢？都还没有回去的意思？准备拿公司的'天道酬勤'奖？"

"天道酬勤"奖是伟通公司从2008年开始颁给长期在海外常驻员工的奖励，常驻时间达到十年即可获得，老谢和路文涛都是2001年就奔赴海外常驻的。

路文涛说："我做完手上这个项目再说吧，怎么也要干满十年吧。"

老谢斩钉截铁地说："我向领导提了，我一定要回去了。"

"怎么了？"

"你们不知道，我儿子5岁多了，感觉完全不一样了。儿子刚出来时，顶多只是想着自己错过了他第一步走路，第一句说话，心里有些遗憾。他慢慢长大，有思想了，还是要多陪陪他。平时他只能在电脑里看照片，视频聊天时才看得到我，三四岁时经常指着家里电脑叫'爸爸'，说爸爸住在里面。今年回家休假，我一进门他就拉着我的手要下楼，走到楼下找到院子里的小朋友一个一个地介绍'这是我爸爸，我是有爸爸的'。我当时就忍不住泪奔了。"

船夫收起了风帆，船在河中央随波起伏。夜像黑色丝绒包裹着他们，月亮是上天温柔的眼，三个人沉默着，想着各自的心事。

帆船靠岸后他们无意早早回宿舍，去了河边那家星巴克。咖啡店里挤了一帮少男少女，男生们头上有太多发胶，女孩们个个有优美曲线，一屋子青春味道。埃及是个穆斯林国家，但它是个世俗的穆斯林国家，尤其在开罗，总是会有这样的生动藏在夜晚某个角落。

10 月 27 日，中国中央歌剧院在开罗歌剧院上演《图兰朵》。正巧小雨从苏丹到埃及来出差，苏琳买了四张票，请她和钱旦、林汉一起去看歌剧。苏琳自己却临时接到工作任务，晚上要加班，钱旦拿着票非拖着老谢同行。

歌剧院在宰马利克岛上，距离开罗塔不远，是埃及的最高音乐殿堂，经常有埃及顶尖艺术家及国际优秀艺术团体的演出，并且，票价很便宜，很少会超过人民币一百块。几个人一本正经地穿着礼服，欣赏着这个中国人在埃及演出的，意大利人想象中的中国传奇故事，心里有不少的新鲜感觉。《今夜无人入睡》和《茉莉花》的经典旋律，艺术家们的精湛演出，令他们回味良久。

歌剧结束后他们挤在前排为演员们鼓掌、欢呼，男主角把手里一束鲜花抛向观众席，正好被小雨接到。

钱旦开车，老谢坐在副驾驶位上，林汉和小雨在后排，四个人沿着河滨大道回迈阿第。车刚过 HSBC 大楼，钱旦蓦然发现前面一辆车停了下来。他的车跟得不紧，应该来得及刹车，他先轻点了两脚刹车，再一脚踩死，车在距离前车一米的地方停了下来。钱旦刚舒口气，就听“嘭”一声闷响，他的头猛得向前一点，后来的车没刹住，把他们的车推到前车上，三车连环撞了。

最惨的是后面那辆车，前盖翻起来了，地上一摊不知道是水还是机油，他们的车还好，碎了两个灯，前面瘪了一块。小雨穿了件露了半个背的礼服，站在路中间太引人注目，晚上河风又有些凉意，他们决定让林汉和小雨打车先回去，老谢陪着钱旦等交警来处理。

过了将近一小时，钱旦重新发动车，离开了现场。他们在“Friday's”前面转了弯，却看见不远处路边有两个中国人牵手走着，女孩身上披了件男士西服，男孩一只手捧着大束花，正是林汉和小雨。

钱旦把车放慢速度，老谢探出头，“你俩怎么才到这里啊?”

林汉回答：“我们去‘Friday's’坐了坐。”

老谢又说：“上车吧。”

小雨抢着支吾回答：“不了，你们先回吧，林汉送我就行了，我们走走。”

老谢还想劝他们上车，钱旦赶忙说：“那我们走了，你们注意安全啊。”然后故意对着林汉补上一句，“我不用给你留门留灯了吧?”

那一天，林汉彻夜未归，他和小雨难舍难分，两个人在小雨房间缠绵到天明。

一年又过去了。

苏丹 YR 产品服务部获得了公司产品线的“奋斗贡献奖”，那是个有十万块奖金的大奖，奖励的不是当年的优异表现，而是几年来的成就。颁奖词里说：“苏丹 YR 服务团队不畏艰苦，以客户为导向，善于竞争，一年一个新台阶：2005 年从零起步；2006 年以优势服务支撑公司封闭客户 YR 产品市场，竞争对手彻底出局；2007 年服务单签代维合同，优势服务获取利润回报；2008 年，ST 客户满意度高，第五次扩容，并支撑突破 MT、ZI 两个新的客户。”小军他们安排了两个本地骨干专程去深圳参加颁奖晚会。

在地区部的迎新晚会上，老谢和路文涛获得了地区部的“天道酬勤”奖，北非地区部在公司“天道酬勤”奖的基础上，给所有在这片土地上常驻满五年的中方员工，以及加入伟通满五年的本地员工颁发了纯金金牌一块。

路文涛得到的不仅是一枚金牌，2008 年他还收获了一个健康、漂亮的女儿。他是幸运的，赶回国去迎接女儿诞生，刚刚走到小区楼下，正好遇见妻子被搀扶着往医院赶。他连家门都没有进，拖着行李就去了医院。

两口子本来准备顺产，结果却不顺利，淘气的孩子一直赖在妈妈肚子里不出来，打了催产针也没有用，医生开始动员剖腹。虽然看到有报道说国内医生总是太轻易要求剖腹产，并不利于孩子和母亲，但他们哪能做专业的判断，只有相信医生的专业素养。第一次作为家属听手术前的那些声明，在同意手术的那张纸上签字，路文涛心里很忐忑。妻子被推进了手术室，里面同时做着两台手术，门外很安静，两家人在等待。路文涛一家人在等待新生命的诞生，另外一家是老人被车撞了，子女们焦急地等待着生命被挽救。医院是个矛盾的地方，温情和冷酷纠缠不休。不知道等了多久，手术室门开了，两家人同时望了过去，一个护士抱着个小人儿出现在门口，路文涛赶紧迎了上去。他心里在牵挂里头的妻子，先问："大人怎么样?"护士说："很好很顺利，是个女孩。"他的目光才拉回到孩子身上，总感觉和想象中的情景不一样，电影里好像不是这样的，他很快明白了过来，"她怎么不哭啊?"话音未落，孩子"哇"地大声哭了起来，哭得那么响亮，生怕这个世界会忽略她的到来，生怕爸爸不知道她的活力。

安顿下来后他给朋友们发了条短信报喜："我的余生多了个使命，铲除天下色狼，为女儿保驾护航。"

老谢回复说："女儿好，别人说女儿是爸爸前世的情人。"

路文涛第一次听到这个说法，心里想这个小人儿真是因为上辈子没有被疼够，今生又来到身边要他接着宠爱吗？那这辈子可要连本带息还清楚这笔债了。

第三十三章

2009年5月的一个星期五，北非地区部服务团队组织部门活动，大家去了艾因苏赫拉。

艾因苏赫拉在红海西岸，距离开罗一百多公里，距离苏伊士运河四十公里左右，在那里沿海边修建了许多度假酒店，算是离开罗最近的海滨度假地了。钱旦刚去也门、苏丹出差回来，难得放松的机会，他终于克服了一年前红海遇险留下的心理阴影，下了海。

他钻出海浪看见“虾头哥”站在水里望着他身后发愣，扭过头一看，只见远处几个黑鳍在游动。黑鳍下面的躯体跃出了海面，“海豚!”他们异口同声。有十多只海豚正你追我赶地经过他身后，向着苏伊士方向游去。它们偶尔此起彼伏地跳跃，划出一道道漂亮弧线。过去只在电视上领略过海豚的聪明可爱，也从来没有听人说过在艾因苏赫拉能见着它们，意外的惊喜令他激动，他朝着岸上的同事们大叫起来，想告诉他们海上来了不速之客。同事们有些躺在沙滩椅上小憩，有些沉迷于沙滩排球中，倒是岸边一位西方游客听到了他的叫声，顺着他手指看过去，顿时满脸惊恐，“Shark？It's shark？（鲨鱼？是鲨鱼?）”那家伙是想起了电影《大白鲨》吧？钱旦赶紧告诉他那些不是鲨鱼，而是友善的海豚们。目送它们渐渐游远，消失在视线中，他又乐颠颠地跑去了不远处伸向海中的一座栈桥上，希望能够有更多海豚到来。可是，直到天光暗淡下去也没有再看到它们了，眼前只是夕阳渲染的红海和远处等着通过苏伊士运河的几艘轮船。

钱旦感慨这个奇妙的世界，那一秒钟之前他绝不会想到回过头会看见成群的海豚。有时候人们以为眼前了无生趣，有趣的东西却正从身后悄悄溜走。而有些时候错过还是相逢只在于那一个瞬间你选择的方向。

回到沙滩椅边，手机上有两个未接来电，是利比亚的陈永生。最近两年利比亚的市场竞争日趋激烈，伟通尚处于下风，陈永生在年初被从苏丹调动去了利比亚。最近 YR 产品线在利比亚 LA 客户那里的 BS 项目交付遇到了麻烦，客户抱怨不断，代表处对产品线也有诸多不满。钱旦没好气地回了电话过去，“不是都安排好了吗？你到底想干吗？邮件满天飞，到处叫。”

电话那头也很不爽，“兄弟，我刚到利比亚就遇到你们这么个烂项目，客户老大总在借题发挥，我容易吗？我和你们 YR 产品线有仇啊？走到哪里都要被你们的东西折磨。”

“好了好了，别说了，我马上办签证到利比亚来。你别满世界发邮件了，尤其别再发那种标题是‘裸跪撒哈拉，吐血求助!!!’的邮件了。”

6 月 2 日，甲型 H1N1 流感在人世间如火如荼，钱旦飞去了利比亚首都的黎波里。这几年里北部非洲几个国家中他只剩下埃及西边的利比亚没有去过了。

钱旦最初是因为卡扎菲而知道的利比亚。关于老卡桀骜不驯的故事流传得太多，譬如他出访他国不愿意住酒店而总是扎帐篷为营，去罗马见贝鲁斯科尼如此，去纽约参加联合国大会如此，去南斯拉夫参加不结盟运动首脑会议时不仅住帐篷，还随团带去了六头骆驼以便在每个清晨享用家乡的驼奶味道。譬如他先是狂热致力于阿拉伯世界统一，在20世纪70年代曾经组织数万利比亚人徒步跨越撒哈拉沙漠，“向开罗进军”，希望利比亚和埃及合二为一，结果被当时的埃及总统萨达特拒之门外。联合阿拉伯世界的梦想破灭后他又四处呼吁建立一个统一的“非洲合众国”。卡扎菲来自撒哈拉游牧民族贝都因人家庭，在大漠里出生，不到30岁就攫取了这个国家的最高权力，自是养成我行我素、百无禁忌的个性。有人把老卡视为疯子，有人把他看作传奇。这些年来他倒是积极向“名门正派”靠拢，他为洛克比空难遇害者支付了二十七亿美元高额赔偿，并且第一时间站出来支持美国人的反恐战争。美国和欧盟投桃报李，相继解除了对利比亚的长期制裁，2007年7月法国总统萨科奇还组团热热闹闹地访问了的黎波里，承诺用法国的核反应堆来换取利比亚的优质石油。

虽然这个国家已经踏上了改变之路，但它骨子里的我行我素没有那么容易被改变。钱旦的中华人民共和国护照上有中文有英文，这几年没听说哪个国家的大使馆看不懂，唯独办理利比亚签证非要他先把护照信息翻译成阿拉伯文，还得去中国使馆盖章证明后贴在护照上，耽误了不少时间。等签证拿到手上，他发现与护照上其他十多个国家签证不一样的是上面全是阿拉伯文字，见不着一个英文。他只得找埃及员工帮忙确认有效期等签证信息。降落在的黎波里的那个晚上，排队等待入境时他打量四周，偌大的入境大厅愣是找不到一个英文指引。不过，边检官员态度倒是比想象中要友好得多，他瞟一眼签证，啪地盖个章，不到一分种就把钱旦放进了利比亚。

钱旦到达的黎波里没几天就又记起了 2005 年奔赴海外前老董对他说的话："好好干，你要相信我们永无宁日，永远没有停歇的一天。"因为，他从他们项目交付的困难中看到了 BS 项目交付又有了新的特点，未来又将面临新的挑战。新的 BS 项目中集成的产品更多，解决方案更复杂，根据客户需求的定制更多，他们投入在项目中的交付资源来自分属于研发、服务的七八个部门，但是项目组中缺乏既有一线客户服务经验，又理解软件开发客观规律的项目经理，也缺乏具备系统和业务视野的专家，大家心里只想着自己负责的模块，在各自为阵地"拼积木"。钱旦首先带着大家坚持做了项目管理的一个最基本动作，每天晚上开个或长或短的项目分析会，审视项目计划和进展，刷新遗留问题和风险跟踪表，努力把大家同步在一个频道上。

项目涉及的客户部门也很多，陈永生每天晚上都来参加项目分析会。他告诉钱旦："LA 客户原来使用的系统是本地一家软件公司开发的，那家公司和客户的一些主管有着千丝万缕的关系，再加上老系统其实挺稳定的，客户也用得很习惯，所以对用我们的东西来完全替换老系统很排斥，要让客户上上下下都满意很难。"

钱旦对他说了实话："我们这个产品还不成熟，我觉得现在去替换人家的是不是冒进了？"

陈永生不同意"冒进"的说法，"那我们可得有'小三'心态才行！什么叫'小三'心态？我们要坚信客户现在过得不幸福，坚信老系统是不适合客户未来发展的，坚信虽然自己也有毛病，但怎么也会比原配好，并且能够努力做到比可能出现的‘小四’要好。我们才是真正以客户为中心的，客户只有和我们在一起才会过上幸福生活。”

北部非洲有不少名城是沿地中海而建。因为隔岸相望的是意大利，所以海这边走到哪里都会有古罗马遗迹，动辄就在世界文化遗产之列。的黎波里附近也有一处，它不是人们说起罗马遗迹时常会想起的一个圆形剧场或者一座孤独城堡，而是紧靠在海边的一个城镇。一个星期五中午开完项目分析会后陈永生和钱旦带着同事们去了那处遗迹，让大家放松半天。

城镇早已荒芜，从断壁残垣的宏大，从旷野里散落的罗马柱的挺拔仍然可以看得到昔日繁华，据说这里还曾经诞生过一位罗马皇帝。刚下车时大家从身体到心情都还没有远离办公室，身上穿戴整齐，脸上一本正经，但很快就被微咸的海风和浓烈的色彩带入了风景里。风景里只有两种颜色，废墟的土黄和海天一色的深蓝，浓烈的色彩令钱旦觉得这里仿佛是被张艺谋装修过一样。

走到海边，大家忍不住甩掉鞋子，除去衣裤，跳进了地中海的怀抱中。陈永生是最开心的一个，他在海水里钻来钻去，欢乐地大笑，不时和同伴们开着玩笑。他呼唤岸上的钱旦：“老旦，你真的不下来？好爽啊！好久没有这么爽过了！”

钱旦头天在机房搬桌子时不慎扭了腰，踌躇着没有下水。他一个人坐在礁石上看海的广阔蔚蓝，人的生动活泼，心里倒也满是轻松愉悦。

钱旦在的黎波里待了一个月，要回开罗了。他们的项目渐渐回到了轨道上，但他认为只是暂时回到了轨道上，离项目彻底成功还有很多工作要做。一方面他安排林汉从埃及过来出个长差，把地区部 YR 产品线最强的项目经理投入到了利比亚项目中去；另一方面这个世界唯一不变的就是变化，他们又需要思考新的可复制的打法了。

紧靠着地中海南岸的的黎波里总是不缺少阳光、清风、蓝天、白云。此间的伟通人外出在路上可以遇见它们，待在办公室也可以从虚掩的木窗里、拐角的阳台上和它们不期而遇。而在 LA 客户办公楼顶层的餐厅里午餐时，一抬头就可以看见远处的蓝色地中海。从伟通公司的办公室至宿舍不过十来分钟脚程，却可以走过火红的凤凰木，青涩的柠檬树，熟透在地上的无花果，几树素雅、淡香的槐花，只是大家常常没有时间停下脚步去亲近每日可见的景致。

钱旦回开罗后，林汉来了的黎波里负责 LA BS 项目的交付。7 月 15 日的晚上，他们从客户那里回到了伟通办公室，开他们每日的项目分析会。大家就客户最新提出的两个需求的应对策略有些争执，研发来的同事坚持应该拒绝客户，把新需求遗留至项目下一期再实现，陈永生坚持这两个需求是从客户领导层过来的关键需求，需要推动家里给一个实现方案，必须在本期满足客户。会议室里气氛热烈，空气有些闷。大家暂时搁置分歧，把其他问题讨论完后，晚上九点多，最后又回到了分歧点上。

陈永生站起来，走到白板前，拿了支笔正准备写些什么，却身子一歪，倒在了地上。离他最近的林汉赶忙站了起来，“老陈，你还没吃晚饭吧？饿晕了？”

他走过去扶陈永生，“真晕了！”

“中暑了吧？房间空气太差了，把窗户都打开。”

陈永生紧闭着双眼，仿佛叹息般的呼了两口气，完全宁静了下来。林汉扶着他，突然心头一颤，“不对不对，快送医院！谁知道医院在哪?! 谁知道急救电话?!”

钱旦在开罗的宿舍里，他坐在卧室的写字台前，看着上午收到的陈永生的邮件。陈永生的邮件标题又是“裸跪撒哈拉，吐血求助”，不过邮件只发给了钱旦一个人。他请钱旦协助推动公司考虑客户新提出的两个需求的实现。钱旦看看表，十点多了，他的习惯是不在晚上十点之后打工作电话骚扰别人，但那天犹豫了一下，还是拨了陈永生的电话。

回铃音响了好一阵子电话才接通，他刚要开口却听见那头是个老外叽哩哇啦的用阿拉伯语讲了几句就把电话挂了。钱旦一愣，等了几分钟又拨了电话，这次电话那头是林汉。

林汉在医院。

陈永生没有被抢救回来，他在那个晚上永远离开了阿拉伯人的世界，离开了伟通，离开了他所热爱的一切。医生说是心肌缺血导致的不幸。

钱旦呆坐桌前怔了很久，突然觉得房间里闷得慌，他走出了自己的卧室。同宿舍的同事都出差了，客厅没有开灯，特别静寂。他去了阳台，俯在阳台栏杆上点燃了一支烟。199 街的马路两边是一幢接着一幢的公寓楼，隐约可以看见对面楼里开罗人家的日子，这一家几个男人在客厅对着电视欢呼，是有什么球赛吗？那一家的母女俩在阳台用力拍打着白天晒的被子。正对着的阳台上有个小伙俯在栏杆上讲电话，钱旦想他使用的是伟通的网络吗？信号还好吗？两个年轻的中国人背着电脑包沿着小巷从 200 街走到了 199 街，他们在地上的影子被路灯拉得长长的，那是加班晚归的伟通人。

半夜，好不容易才睡着的钱旦被电话吵醒，是一个新员工从深圳打过来的。那位新人激动地告诉钱旦：“我马上要调到埃及来了，听说您是主管，先打个电话问候您。”

他显然没有想到时差问题，钱旦没有提醒他，说了几句欢迎的话，等他挂了电话。过了两个小时电话又响了，还是那位新人，他激动地告诉钱旦自己弄错了，要去的是尼日利亚不是埃及。钱旦还是没有提醒他注意时差，只是耐心地祝他旅途顺利。每年，一拨又一拨伟通人就是这样懵懂地走向海外，走向未知的新世界。

钱旦再也睡不着了，索性起床又去了阳台。隔壁的清真寺传来咿咿啊啊的祷告声，那是一天之中的第一次。钱旦扭过头，望着宣礼塔上幽幽的绿色灯光，突然想起了2005年在阿联酋第一次听到拂晓的祷告声时向他解释的陈永生。他不能自已，眼泪夺眶而出，刹那间就泪流满面。他索性伏在阳台栏杆上，放肆地抽泣起来。

第三十四章

2009年过去了。

2010年伟通公司老板的新年献词叫作《春风送暖入屠苏》。献词里首先回顾了伟通公司最新的成就：

“我们2009年销售额将超过三百亿美元，销售收入将达到二百一十五亿美元，客户关系得到进一步提升。今年全球绝大多数区域投资都趋下降，在这样的一年里，中国作为本土市场历史性地突破了一百亿美元，光传输、接入网，我们走向了世界第一，有力支撑了公司的发展；3G、LTE构筑了全球第一的竞争力；路由器走出了困境，实现了与业界竞争力同步；专业服务发展迅速，不仅支撑了公司的高速发展，更实现了自身产业的健康成长，连续三年实现百分之五十以上的增长；软件产业走出了停滞不前的状态，连续两年超百分之三十的增长；终端持续保持了优良竞争态势；配套件异军突起，掀起了一片光辉的未来；我们成功地在突尼斯铺设了第一条海底光缆。供应链在及时、准确、优质、低成本交付上，打了一系列漂亮仗。财经管理已开始全面进步的冲刺，IFS 继续从第一波向第二波纵深展开，完成了 LTC 的流程、组织设计工作，二者将构筑明年的进步。我们对后勤服务进行了改良，我们的行政服务有了相当进步，海外员工的生活发生了很大的变化，在异国他乡，有了家的感觉。”

钱旦将要在虎年春节前告别埃及，告别中东北非了。

他独自驾着车在迈阿第的林荫路上兜了一圈又一圈。iPod 连在车载收音机上，收音机里传出的是 Damien Rice 的歌，他喜欢他淡然又真挚的声音，苦甜参半的旋律。他也喜欢晴朗日子里穿行在这样的林荫下，阳光透过树叶间隙照射在行驶的车上，令车内光影变换，忽明忽暗，仿佛暗示着光阴的流转。他记起某次回国一位长辈关切地慰问：“埃及是不是很荒凉啊？见得到树吗？生活一定很枯燥吧！”那位长辈没有想到迈阿第会有这般清凉的树下，路旁会有一间连一间盛开着温馨的花店。那些日子钱旦常在嘴边念叨一句埃及谚语：“只要你喝过尼罗河的水，那么不管你将来走得多远，总有一天你要回来的。”他相信这句谚语，相信有一天自己会再回来看看开罗，再在迈阿第的大街小巷上走来走去。但是现在他得离开了，埃及的工作已经交接完毕，到了说再见的时候了。

离开开罗的前一天清晨，阿马尔在宿舍楼下打电话给钱旦。他站在那辆属于他妈妈的老旧但是拾掇得很整洁的红色小车旁，钱旦一走出楼梯口他就打开后备厢，从里面拿出一副水烟具和一些烟料送给钱旦当作临别礼物。阿马尔认真地给钱旦讲解着如何使用这副精致烟具。钱旦并没有用心去记，他想自己回到深圳后应该不会独自坐在阳台的摇椅上抽阿拉伯水烟的，但是一定会珍藏好这份礼物，把水迷烟醉的开罗时光在心底慢慢沉淀，深深雕刻。他抽水烟完全是被这个埃及人给“带坏”的，最初是在尼罗河旁的“Friday’s”，他在几个埃及员工的鼓动下第一次识到了水烟味道。后来，在阿马尔家附近的小巷里享受星期六午后慵懒的时候，在木卡通山顶俯瞰万家灯火的时候，在尼罗河上那家叫作“Casino”的露天咖啡馆里和那些快乐的埃及年轻人在一起的时候，他们身旁都会放着一樽咕咕嘟嘟的水烟壶。

四年前，钱旦初来中东北非时就认识的几个本地年轻人都赶在阿马尔前面告别了单身生活。嫁给伊拉克的巴哈的就是那位做牙科医生的女孩，婚礼前巴哈通过邮件传递来他的喜悦心情，钱旦遗憾没有机会去伊拉克参加他和她的婚礼，只是托人捎去了礼物，一面镶嵌着中国蝴蝶标本的镜框。英语法语都讲得不错的埃及姑娘梅嫁了，从此规规矩矩地包上了头巾，新来的中国人只能见到标准埃及妇女模样的她，不会知道过去有着时尚发型的那个靓丽女子了。会讲中文的玛蒂哈也嫁了，曾经开玩笑说中国人也有机会的她最终嫁了个同样会讲中文，还常去天津出差的埃及男人。钱旦又去买了面镶嵌着中国蝴蝶标本的镜框做婚礼的礼物。

秋天的时候钱旦去参加过一场最特别的婚礼，新郎是王海涛，新娘是个美丽的开罗女孩。女孩是伟通的一名文员，她负责中方员工的签证和机票办理。王海涛常常出差，常常去请求她的协助。一来二去，两个人竟然坠入了爱河。伟通公司在丰富人们的沟通和生活上真是贡献巨大，在俄罗斯、巴西、越南等不少地方都有当地姑娘嫁给了中国的小伙子。王海涛的故事是发生在埃及的第一例。

钱旦开玩笑地问新婚的王海涛："难怪你越来越虔诚，穆斯林可以一夫四妻，你图的是这个吧？"

王海涛很严肃地反问钱旦："如果一个女人就让我快乐了，我为什么还要娶第二个？如果一个女人就让我不快乐了，我又为什么还要娶第二个？"

告别的前夕，钱旦在宿舍又吃了一顿伟通海外员工宿舍特色的火锅宴，大家围坐桌边，不想结束，直到把冰箱里的所有鸡蛋都打进了火锅，直到喝干最后一杯酒。

最后留下的是老谢、路文涛、钱旦和苏琳四个人。这些天钱旦一直没敢和苏琳单独告别，这个晚上特地邀请了她来吃火锅。

正是一天中最后一次祷告时间，隔壁清真寺的广播又响了，钱旦走上了阳台。他转过身对大家说："现在每次听到清真寺的声音，我都觉得心里特别沉静，甚至觉得我的灵魂在被召唤着。真的习惯了这里啊！"

路文涛喝了不少酒，摇摇晃晃站起来，问钱旦："那你急着走什么？再过半年就可以拿到了中东北非的'天道酬勤'金牌了，地区部也准备给你安排更重要的岗位，回去又没有位置给你。"

钱旦动情地说："半年前我完全没有想过要走。陈永生出事那天晚上我站在这里听着晨礼的祷告声，想起了老韩在伊拉克的大山上问我的一个问题，人生的意义到底是什么？7月底回去休了个假，看到我妈又老了些，她身体不太好，准备过完年动个手术。我在父母家住了几天，那天站在母亲房间望着墙壁上的世界地图，那是我来海外后她为了琢磨我的位置买的地图，我突然觉得自己很幸运，这么多年没照顾过父母，他们一直任我没心没肺地自由生长着，从来没提过什么要求，我知道他们其实是有多牵挂我，多希望我多回家看看啊。还有，秦辛怀孕了，是这次休假的意外。所以我想我得回去，要回去守着老娘手术，陪着老婆生产去。我该被公司打上‘惰怠’的标签了吧？”

老谢也站了起来，“惰怠！你不算惰怠谁算惰怠？我08年就申请回国，还要等到春节后才能走，你咋走这么快？”

路文涛嚷了起来：“你们两个别叽歪了，我们去金字塔吧！”

“啥思路？这时候去金字塔？喝高了吧？”

“你俩刚才不是都说还没去看过金字塔晚上的声光表演吗？走啊，我请你们看去。”

老谢认真地看看表，“几点了？早演完了吧？”

“又叽歪，说不定有午夜场了。”

钱旦来了兴致，“走！去看金字塔去！苏琳一起去不？老谢，你没喝多少吧？你开车。”

四个人真的去了金字塔。每晚在狮身人面像前举行的声光表演早就散场了，铁栅栏拦住了进园的路，四下里冷冷清清，有些寒意，几个人在栅栏外看着月光下的狮身人面像和金字塔。

钱旦感慨：“对这个世界来说，只存在几十年的我们都是来出差的，金字塔和狮身人面像可以算常驻员工了，红海、西奈山、撒哈拉才是主人啊！”

从金字塔回到迈阿第，车在“Friday's”对面的路口停了，苏琳下了车，和大家挥手道别。等车又开出几米，钱旦突然叫老谢：“停下车，我送送苏琳。”

他下了车。

路文涛故意大声叫道："送什么送，人家本来是安全的，别被你送出危险来了。"

老谢暧昧地笑笑，"自己打车回来，不等你了。"

说罢真的扬长而去。

迈阿第的夜晚依然宁静，野猫悄无声息地游荡，蓝色牵牛花静静地绽放。走到苏琳宿舍门口，钱旦心里想别有太多伤感和暧昧，但还是脱口而出："好了，有些人兜兜转转总会遇上，有些人一经告别就再不相见，我们不知道什么时候再见了。"

苏琳露出了熟悉的笑容，"明年就见呀！我答应他明年结婚，到时候把请柬寄给你，欢迎你来参加我的婚礼。"

钱旦爽快承诺："好啊！我有十年没去过成都了。"

苏琳凝望着他的眼睛，然后，微微低下头，用额头轻轻顶在他胸前，"在我心里，你不是一个观众，不是一个路人，算神父吧，见证我的幸福，见证我一生的幸福吧！"

钱旦下了楼，走在路上时下意识地回头一望，却看见苏琳一动不动地站在她房间的窗边，窗户开着，尼罗河的风吹起窗帘，她的影子若隐若现。他停下了脚步，只不过几秒钟，又加快了脚步，没敢再回头。

回到宿舍，他站在阳台上发了条短信给秦辛："有专家建立统计模型，分析说这个世界上能成为你最佳伴侣的人有八万个，只是世界太大，他们分布在各个角落，你未必能一一遇见。你到香港来接我吧，我们去卡地亚买俩戒指戴上，不求钻多大，但求套得紧、取不下。将来万一遇见了其他七万九千九百九十九人中的一个，得提醒自己已经被套牢了。”

第二天早上收到秦辛的回复：“买戒指挺好！关于你的理由，我呸！”

送钱旦的车在从迈阿第去开罗国际机场的公路上疾驰，多么熟悉的一路啊！阿里清真寺又远远出现在左前方，它孑然矗立在开罗高处俯瞰众生已经上千年，有多少人如今天的钱旦在它脚下匆匆而过呢？他们和她们都来自何方？去向哪里呢？走了还会再回来吗？光阴总是似箭，日月永远如梭，到了离开的时候钱旦仍然觉得有太多事情没有来得及去做，譬如，和此间的朋友们再抽一壶水烟，喝一杯红茶，吃一顿火锅；再一起加个班熬个夜开一场没完没了的会议；再去尼罗河帆船上漫无目标地随风逐流。

开罗国际机场阿联酋航空柜台前，柜台里的金发女子用中文问他：“你有行李要托运吗？”钱旦遇见她好几次了，一开始她只讲英文，后来会用中文问：“你到哪里去？”现在显然在练习她学会的新句子，谁都看得见钱旦拖着两个大皮箱、背着两台电脑，还提着个水烟壶。他早已养成坐走道边座位的习惯，为的是长途飞行中的活动方便，但这一次特地要了个靠窗的位置。飞机昂首冲离大地，他凝望窗外，如洗的天空没有翅膀的痕迹，而他已飞过。

钱旦走了之后，老谢和路文涛相继离开了埃及。老谢回国了，路文涛调动去了西欧地区部继续他的海外征程。欧洲正在成为伟通公司新的主战场。

根据美国《财富》杂志公布的数据，伟通公司在2009年成为了继联想集团之后，成功闯入世界五百强的第二家中国民营科技企业。